코미디의 영광

새
소설
22

코미디의 영광

권석 장편소설

자음과모음

차례

지금 이 순간에도 세상을 웃기려고 분투하고 있을

이 땅의 모든 코미디언에게

사랑과 존경을 담아.

일러두기

이 책에 나오는 등장인물, 사건은 전부 창작된 허구입니다. 실존 인물, 특정
사건과 관련 없습니다. 진짜로!

어쩌다 코미디언

지금까지 내가 본 코미디 중 최고는 바로 내가 코미디언 이었다는 사실이다. 세상의 모든 직업을 내게 어울리는 순서대로 줄을 쭉 세운다고 쳐보자. 맨 끄트머리에 있을 게 바로 코미디언이다. 나와 코미디언은 '뜨거운 아이스아메리카노'처럼 처음부터 같이 붙여 쓸 수 없는 말이란 얘기다.

내가 코미디언, 그것도 지상파 T 방송국 공채로 뽑혔다고 하자 사람들은 한여름 낮잠에서 깬 것처럼 멍한 표정을 지었다. 왜 그런 거 있지 않은가. 너무 슬프면 눈물 한 방울 나오지 않는 거. 너무 웃겨서 오히려 웃지 못하는 상황. 코미디에는 막판 반전이 무엇보다 중요한데 내 경우는 그게 너무 심했던 거다. 말도 안 되는데 엄연한 실화란다. 순간 헷갈린다. 이게 코미디야 다큐야.

원래부터 난 웃기지도 못했지만 웃지도 않았다. 크게 웃어봐야 피시식, 풍선에서 바람 빠지는 소리 정도? 사춘기를 지나면서부터 난 항상 심각하고 우울했다. 왜 그랬냐고? 나는 오히려 어떻게 그렇지 않을 수 있냐고 되묻고 싶다. 인생이란 게 원래 비극 아닌가? 어머니 자궁을 나서는 순간 고생문 활짝 열린 거고 하루하루 살아내는 게 사막 모래 폭풍을 헤쳐 나가는 고난의 연속 아닌가? 생각해보라. 살면서 웃을 일이 얼마나 있었는지. 그보단 외롭고 부대끼고 상처받는 일이 훨씬 많지 않았는가.

　인생은 가까이서 보면 비극이고 멀리서 보면 코미디라고 한다. 겉으론 여유 있고 행복해 보여도 사실은 오리처럼 물 밑에서 죽을 둥 살 둥 발버둥 치고 있는 거다. 이렇게 고달픈 인생을 웃으면서 산다는 건 거짓말이다. 세상은 살 만하다고 스스로 속이거나 남에게 좋게 보이려고 짐짓 웃는 '척'을 하는 거다. 그건 가짜다. 그래서 난 오만상을 찡그리고 울상으로 인생을 사는 게 솔직한 삶의 태도라고 생각한다. 그게 진짜니까.

　눈치챘겠지만 나는 더 이상 코미디언이 아니다. 나는 서울에서 택시를 몬다. 이벤트 회사, 출판사, 보습학원 강사, 해본 건 많다. 그러다가 5년 전부터 이 일을 시작했다. 나는 운전을 좋아해서 예전부터 핸들을 잡고 여기저기 돌아다니는 것을 즐겼다. 돈벌이? 변변치 않다. 불행인지 다행인지 난 아직 싱글이다. 몸이 가벼워서 택시 몰면서 내 몸뚱어리 하나는 건사할 수 있다.

그런데 내가 어떻게 어울리지도 않는 코미디언이 됐냐고? 그 얘길 지금부터 한번 풀어보려고 한다. 예전 카세트 테이프를 오랜만에 꺼내 듣는 기분으로. 교통사고처럼 갑작스럽게 내 인생에 몰아쳤던 그때 일을. 마침 오늘은 손님도 없고 또 아침부터 이상한 문자를 받았으니까.

2007년 겨울, 크리스마스를 며칠 앞둔 밤. 방이 냉골이라 전기장판을 틀고 파카까지 챙겨 입고 이불을 뒤집어쓴 채 TV를 보고 있었다. 나의 최애 프로그램이 막 시작됐다. 하루하루 총알이 빗발치고 포화가 작렬하는 인생 전쟁터에서 내 유일한 낙이 월요일 밤, 이 프로그램을 시청하는 일이었다. 먹보는 빵을 먹으면서 운다고 한다. 너무너무 맛있지만 먹을수록 빵이 줄어드는 게 슬픈 거다. 이 프로그램을 보다 보면 나도 먹보의 심정이 된다. 너무 재밌지만 마음은 점점 불편해진다. 끝날 시간이 다가오니까, 몇 시간 자고 일어나면 다시 고단한 하루가 시작되니까.

쿵쿵쿵!

프로그램에 한참 빠져 있던 참에 누군가 문을 두드렸다.

"최 도사, 최 도사, 문 열어."

나를 최 도사라고 부를 사람은 그 애밖에 없다. 송 장로의 외동딸 송한나. 서둘러 문을 열어보니 롱 패딩 차림의 한나가 발개진 얼굴로 술 냄새 폴폴 풍기면서 서 있었다. 편의점 비닐봉지 하나 달랑 든 채. 얘는 왜 술만 취하면 나한테 오는 건지. 나는 괜스레 주위를 둘러보고 얼른 한나를 방으로 들였다. 문에도 눈이 있고 벽에도 귀가 있는 곳이 교회다. 말만 한 여자애가 총각 전도사 방에 드나드는 걸 누가 보기라도 한다면 다음 날로 처녀가 임신했다는 소문이 교회에 돌게 된다. 그렇다고 또 문을 안 열어주면 계속 소리 지르며 꼬장 부릴 애가 바로 한나다.

내 직업은 전도사다. 신학대학 졸업하고 신학대학원 다니면서 전도사 노릇을 하고 있다. 도화동 교회는 전 교인이라고 해야 70명쯤 되는 조그만 교회다. 역사는 무지막지 길어서 1920년대에 세워진 거의 문화재급 유물이다. 도화동에선 기본이 100년이다. 도화동(桃花洞)의 원래 이름은 복사골. 조선시대부터 복사꽃, 즉 복숭아꽃이 많이 펴서 봄마다 꽃놀이하러 사람들이 모여들었단다. 붉은 벽돌로 지은 주택과 빌라가 다닥다닥 붙어 있는 산동네 꼭대기에 도화동 교회가 오도카니 서 있다. 앞으로 한강이 흐르고 마포대교 너머엔 여의도의 63빌딩과 증권사 건물들 그리고 T 방송국이 보인다.

내가 머무는 기도실은 지하 교육관으로 내려가는 계단

아래 있다. 비키니 옷장과 책상 겸용 식탁을 놓고 나면 내 몸 하나 겨우 뉠 수 있는 공간이 남는다. 천장은 계단을 따라 경사져 있어서 반듯이 누워도 아래로 쭈욱 미끄러져 내려갈 것 같다. 지하라서 창문 하나 없고 어두컴컴해서 대낮에도 형광등을 켜야 한다. 그래도 난 감지덕지다. 왜냐고? 공짜니까. 공짜는 항상 옳다.

나는 교회의 유일한 전도사로 모든 일을 도맡아 한다. 예배 준비와 뒷정리, 주일학교 교사, 교회 밴 운전, 담임목사 수발들기, 행사 기획과 진행, 심방과 전도, 땜빵 설교까지. 교회가 가난하다 보니 서너 명이 나눠서 할 일을 나 혼자 다 덤터기 쓴다. 노예처럼 일해도 사례비(교회에서는 월급을 사례비라고 한다)로 내가 받은 건 월 40만 원. 시간당 4천 원 하는 최저 임금도 안 된다. 사례비는 개뿔, 새경이 맞다.

새경에서 십일조 4만 원 떼고, 주일 헌금 주당 만 원, 부활절, 성탄절, 추수감사절, 맥추절 같은 절기 헌금 챙기고 또 시도 때도 없이 결혼하고 죽는 교인들 부조하다 보면 20만 원도 채 안 남는다. 그걸로 한 달을 버텨야 한다. 전도사 노릇하면서 동시에 신학대학원까지 다니려면 교통비, 통신비, 식비, 책값이 만만치 않다. 버스비를 아끼느라 서대문에 있는 학교까지 한 시간 거리를 걸어 다니기도 한다.

"아유, 이 홀아비 냄새. 방 안 꼬라지 봐라."

한나가 혀를 차면서 거지 거적때기를 치우듯이 발로 이불을 한쪽으로 밀어냈다. 그리고 무람없이 롱 패딩을 훌러덩 벗고 앉더니 전기장판 위에 캔맥주와 과자를 늘어놓았다. 나 마시라고 콜라도 하나 따서 건넸다. 추워 죽겠는데 무슨 얼어 죽을 콜라. 한 가지 밝혀둘 것은 난 술, 담배를 일절 안 한다. 보수 중에서도 찐 보수 교단에 속한 도화동 교회에서 술, 담배는 사탄과 친구 먹는 정도의 흉악 범죄다.

한나, 얘는 중학생 때부터 날 잘 따랐다. 한나의 아버지 송 장로는 도화 목욕탕을 운영하는데 어디서 들었는지 '주의 종에게 잘해주면 복 받는다'라는 바람직한 믿음을 갖고 있다. 그래서 전도사인 나를 항상 공짜로 목욕탕에 들여보내줬다. 난 미안하기도 했지만 송 장로가 복을 많이 받으라는 뜻으로 틈만 나면 도화탕을 들락거렸다. 군대 가기 전에도 도화동 교회에서 전도사로 있었는데 그때도 공짜 목욕탕을 이용했기에 카운터에 앉아 있던 한나와 친해졌다. 또 한나가 속해 있던 학생부를 맡아 가르치기도 했다. 한나는 나를 '전도사님, 전도사님' 하며 따랐다. 한나는 선머슴같이 천방지축이어도 의리는 있었다. 군대로 줄기차게 위문편지를 보내왔고 밸런타인데이엔 초콜릿도 잊지 않았다.

제대해서 한나를 처음 봤을 때 다른 애인 줄 알았다. 여드름투성이 왈가닥 같던 애가 키도 훌쩍 자랐고 피부도 막 깐 달걀같이 물광이 자르르 흐르는 게 완전히 환골탈태했다. 누에가 고치를 거쳐 나비로 변신하는 마술을 부렸다. 서울 근교에 있는 전문대에 다닌다고 했다. 전공은 항공 서비스. 어려서부터 스튜어디스가 되어 세계를 누비는 게 꿈이었다며 졸업과 동시에 외국 항공사에 취업할 거라 했다. 한창 유행이라는 초코송이 머리를 하고 유니폼 비슷한 정장을 입고 다녔는데 정말 국적기 스튜어디스처럼 보였다. 개천에서 용 난다더니 도화탕에서 용 났다고…… 그땐 그렇게 생각했다.

"최 도사, 뭐 보고 있어?"

한나가 맥주를 호로록 마시면서 물었다. 한나는 나를 최도사라고 부른다. 네 살이나 어린 게 항상 반말이다. 백수생활 1년 만에 한나는 역변을 시전했다. 나비에서 고치를 거쳐 다시 누에로 돌아왔다. 머리는 막 출산한 산모처럼 부스스하고 항상 맨발에 똑같은 옷만 입었다. 터실터실 일어난 보풀, 튀어나온 무릎, 색깔 빠진 이탈리아 국대 추리닝. 한나가 옆으로 다가앉았다.

"최 도사 이런 것도 봐?"

TV에선 내 최애 프로그램, T 방송의 〈코미디야(夜)〉가 나오고 있었다. 교회는 월요일이 쉬는 날이다. 새벽예배 뒤 교회 밴으로 성도들을 집까지 데려다주고(나는 이 작업을 '새벽 배송'이라고 불렀다. 새벽 배송이란 말은 내가 원조다) 도화탕에 들렀다가 돌아오면 그때부터 자유 시간이다. 텅 빈 교회에서 마음껏 빈둥거리다가 밤이 되면 〈코미디야〉를 본다. 웃을 일 없는 가시밭길 삶에서 코미디를 보다 보면 억지로라도 웃게 된다. 신기한 게 그렇게라도 웃으면 기분이 나아진다. 코미디의 마술이랄까. 행복해서 웃는 게 아니라 웃기 때문에 행복해진다. 하지만 나는 한나에게 거짓말을 했다.

"심심해서 채널 돌리다 보니까 이게 나오네."

왠지 도화동 교회 전도사가 코미디를 보면 안 될 것 같았다. 코미디는 뭐랄까…… 너무 세속적이랄까, 천박하달까. 전도사와는 어울리지 않아 보였다. 그러면서도 〈코미디야〉를 손꼽아 기다렸다. 나만의 길티 플레저인 셈.

"최 도사, 이거 요즘 난리야. T 방송이 모처럼 대박 터뜨렸어."

"그래? 이게 그렇게 재밌어?"

나는 〈코미디야〉를 처음 보는 양 내숭을 떨었다. 한나는 발이 시린지 롱 패딩을 끌어당기더니 TV 앞에 아예 자리를 잡았다. 그러곤 코미디언의 작은 액션, 어설픈 개그 한마디에도 오호호호 오호호호 전문 방청객처럼 웃었다. 한나는 나를 돌아보며 웃기지 않냐고, 같이 웃자고 눈짓했다. 웃음은 전염성이 강해서 나도 모르게 실실 웃음이 새어 나왔지만 도화동 교회의 유일한 전도사인 나는 곧 정신 줄을 붙들어 매고 표정 관리를 했다.

"최 도사. 저기 한번 나가봐."

한나가 TV를 가리키며 말했다. 화면 아래쪽에 자막이 흐르고 있었다.

대한민국을 시원하게 웃길 참신하고 재능 있는 코미디언을 공개 모집합니다…….

T 방송국에서 신입 코미디언을 모집한다는 공고였다.

"최 도사, 저거 괜찮을 거 같은데?"

코미디언이 되라고, 내가? 나는 발끈해서 한나를 타박했다.

"야! 내가 어딜 봐서 코미디언 하게 생겼냐?"

"최 도사, 웃기잖아. 한번 해 봐."

웃긴다고, 내가? 어렸을 때 괴짜, 사차원, 안드로메다란 말은 종종 들었지만 내가 '웃기다'라는 말은 처음이었다.

"그래, 최 도사 웃겨. 몰랐어?"

"언제 내가 웃겼나?"

"그냥 웃겨. 가만히 있어도 웃겨."

'웃기다'에는 두 가지 뜻이 있다. '그 전도사 참 웃기다'에서 웃기다와 '웃기는 전도사 다 보겠네'의 웃기다는 전혀 다르다. 한나가 둘 중 어느 웃기다를 말하는 건지 헷갈렸다. 그리고 제일 먼저 마음에 걸리는 게 있었다.

"그럼…… 전도사는 어떡해?"

왜 느닷없이 한나에게 내 속마음을 비쳤는지 모르겠다. 여기서 잠깐. 좀 장황하겠지만 이해를 돕기 위해 내 과거 이야기를 좀 늘어놓겠다.

내 이름은 사무엘이다. 풀 네임은 최사무엘. 나는 토종 한국인이다. 전주 최씨 문성공파 족보 어디에도 미국 사람이나 영국 사람, 스페인 사람 이름은 없다. 그럼에도 사무엘이라는 서구식 이름이 갑자기 튀어나온 건 우리 집안의 종교 때문이다.

골수 목회자 가문에 시집온 어머니는 5년째 불임이었다.

원래 우리 집안은 씨가 귀하다. 아버지도 삼대독자다. 할머니는 집요하고 끈질기게 어머니를 갈궜다. 며느리 임신을 위해 금식기도를 하거나, 없는 살림에 용하다는 한의사를 찾아가 보약을 해 먹이기도 하고, 며느리 배란일까지 직접 챙기며 아버지를 방으로 밀어 넣었다. 몸과 마음이 나달나달해진 어머니는 결국 하나님과 은밀한 거래를 했다.

구약 성경에 보면 '한나'라는 여자가 있었다. 송한나가 아니라 그냥 한나. 한나 역시 아기가 없었다. 대신 그녀에겐 숙적이 있었다. 남편이 데려온 세컨드. 세상 돌아가는 게 다 그렇듯이 세컨드는 아이를 숨풍숨풍 잘도 낳았다. 하지만 남편은 첫 번째 아내인 한나를 더 사랑했다. 그럴수록 세컨드는 한나를 무시하고 괴롭혔다. 그때는 자식이 권력이었으니까. 한나는 매일 하나님께 울면서 아이를 달라고 기도했다. 그러면서 하나님과 딜을 쳤다. 전문용어로 '서원'을 한 거다. 아기를 주시면 하나님께 바치기로. '바친다'라는 말이 섬뜩하게 들리지만 심청을 인당수에 빠뜨리거나 괴물에게 인신 공양하는 그런 의미는 아니다. 자식을 제사장으로 키워 하나님의 영원한 종으로 만들겠다는 뜻. 딜을 끝내고 한나는 남편과 동침하고 직방으로 임신해서 아들을 낳았다. 그 아들이 바로 사무엘이다. 약속대로 사무엘은 평생 하나님의 종으로 살았다.

어머니는 한나를 당신의 롤 모델로 삼은 게 틀림없다. 태어나지도 않은 나를 볼모로 하나님과 거래했다. '아기를 주면 하나님의 종으로 바치겠다'가 거래의 골자다. 그리고 하나님의 은혜로 임신했고 나를 낳았다. 내 이름은 자연스럽게 사무엘이 됐고 태어나면서부터 할아버지와 아버지의 뒤를 이어 목사가 되기로 결정됐다.

"최 도사, 눈이 있으면 이 방 꼬라지를 봐. 이게 사는 거니?"

한나는 한심하다는 눈빛으로 나를 바라봤다. 물론 내 방 꼬락서니가 사람 사는 방은 아니었다. 세 평 남짓한 지하방은 습기가 차서 늘 눅눅하고 벽지와 장판엔 곰팡이가 슬었다. 환기가 안 돼 퀴퀴한 냄새가 났고 바퀴벌레, 지네, 꼽등이 같은 온갖 벌레들의 놀이공원이었다. 장마철에는 방이 워터 파크로, 겨울철엔 아이스링크로 변했다.

"언제까지 이렇게 거지꼴로 살래?"

맞는 얘기이긴 하지만 너무 맞다 보니 약이 올랐다. 내가 대꾸를 못 하고 끙끙 앓자 한나는 쯧쯧 혀를 차더니 손바닥으로 전기장판을 탁탁 두드렸다. 자기 옆에 앉으라는 말이다. 한나는 은근히 카리스마가 있다. 나도 모르게 한나 옆에 다소곳이 앉았다. 때마침 교회 밖 골목에서 발정 난 고양이가 아기 울음소리를 냈다. 한나가 내 눈을 똑바로 쳐다보며 물었다.

"최 도사, 대한민국에서 제일 쓸데없는 걱정이 뭔 줄 알아?"

내가 눈만 끔벅이자 한나가 대답했다.

"우리나라에선 재벌 걱정이랑 연예인 걱정이 제일 쓸데

없는 걱정이야."

한나는 얼굴을 내게 들이밀고 목소리를 높였다.

"우리나라 재벌들, 정권에 정치자금 대주고 뇌물 상납하고 그 대가로 특혜받아서 이렇게 된 거야. 그걸 자기네가 잘해서 그런 줄 알고 가족끼리 계속 해 처먹고 있잖아."

한나가 항공서비스과를 졸업하더니 많이 똑똑해졌다.

"연예인도 마찬가지야. 개그우먼 손보라 알지? 걔 홈쇼핑 망하고 사채 끌어 써서 빚이 20억이네 어쩌고 하면서 방송마다 징징대고 다녔잖아. 지금 어떤지 알아? 5년 만에 빚 다 까고 이번에 10억짜리 한강 뷰 아파트 샀대."

나는 과외 받는 학생처럼 계속 머리만 주억거렸다. 〈코미디야〉는 진작에 끝났다.

"최 도사 아버지 부자야?"

그럴 리가. 시골에서 농사지으며 자비량 목회를 하는 아버지에겐 산기슭에 있는 자갈밭 한 뙈기가 전 재산이다. 난 손까지 내저으며 도리질 쳤다.

"그러니까 최 도사는 연예인을 해야 해."

뭔가 논리의 비약이 심한 것 같았지만 한나의 말엔 사람의 마음을 끄는 데가 있었다.

"내가? 연예인?"

전혀 어울리지 않는 두 단어의 매칭이 놀라웠다.

"나 촉 좋은 거 알지? 최 도사는 연예인으로 풀릴 상이야."

애가 촉이 좋았나? 똥촉 아니었나? 어쨌거나 '연예인 최사무엘'의 그림은 영 그려지지 않았다.

"최 도사, 가수 할 수 있어? 노래 잘해?"

나는 고개를 강하게 저었다. 예배 시간에 찬송 인도할 때마다 음 이탈이 일어났다.

"그럼 배우 할 수 있어?"

나는 잠시 생각했다. 어려서부터 성탄절 연극에서 요셉 역할을 도맡아 한 기억은 있다. 내가 머뭇대자 한나가 선수 쳤다.

"당근 안 되지. 그 얼굴로."

얼굴이 안 된다는 것쯤은 알고 있었지만 콤플렉스를 정확히 저격당하자 순간 울컥했다.

"배우가 불가능하다는 게 아냐. 하지만 끽해야 조연이나 감초 역할이나 하겠지. 최 도사, 이왕 할 거면 짜친 거 말고 주연을 해야지. 주인공 말이야."

한나는 나를 은근히 돌려 까면서 한편으론 부추겼다. 한나는 이날 방언이 터진 것 같았다. 세 치 혀로 나를 쥐락펴락하며 마음을 홀렸다. 나는 한나의 입만 바라보며 다음 말을 기다렸다.

"최 도사는 달란트가 있어."

난 또 놀랐다. 나도 모르는 내 달란트를 한나가 알고 있다니. 달란트는 성경에 나오는 말인데 하나님이 주신 탤런트, 재능이란 뜻이다. 못 믿겠다는 표정을 짓자 한나는 가

방을 뒤지더니 자그마한 손거울을 꺼내 내 얼굴 앞에 내밀었다.

"봐봐."

거울 속에 낯익은 남자가 보였다. 브로콜리 같은 폭탄 머리에 까만 피부, 와이셔츠 단춧구멍 같은 눈, 납작스름한 코, 두툼한 하관. 거울 속 남자는 겸연쩍은지 헤벌쭉 웃고 있었다. 그 모습을 보고 한나가 감탄했다.

"타고났네, 타고났어. 타고난 피지컬이야. 최 도사는 얼굴이 달란트야. 보기만 해도 웃겨."

웃을지 화를 낼지 헷갈렸다. 한나가 덧붙였다.

"못생겼다는 게 아니라 재미있게 생겼다는 거지."

그 말이 그 말 같은데 듣기는 훨씬 편했다. 그제야 내 머리도 돌기 시작했다.

그럴 리 없겠지만, 만약에, 만약에, 내가 어떻게 해서 코미디언이 된다면? 내가 안 나서서 그렇지 한번 마이크 잡으면 진행은 곧잘 한다. 전도사 일 하면서 는 건 말발뿐이다. 처음에야 고생하겠지만 나중에 유재석처럼 되지 말란 법은 없다. 천하의 유재석도 오랫동안 눈물 젖은 빵을 먹었으니까. 코미디언이 되기만 하면 이 지긋지긋한 지하실도, 교회 머슴 생활도 안녕이다.

그래도 얼굴로 웃긴다는 게 내키지 않았다. 자존심 상하는 건 둘째 치더라도 얼굴로 웃기는 시대는 이미 지나지 않았나? 웃기더라도 고급스럽고 있어 보이게, 번뜩이는 아이디어와 순발력 넘치는 말재간으로 웃겨야 하지 않나? 항공 서비스과에서 독심술도 가르치는지 한나는 내 속을 빤히 들여다봤다.

"그런 거 필요 없어. 웃음은 원초적일수록 좋아. 최 도사는 얼굴로 반은 먹고 들어간다니까."

긴가민가 궁리하는데 머릿속에 퍼뜩 한 장면이 떠올랐다.

군대에서 휴가를 받아 고향집에 갔을 때였다. 아버지는 충청도의 알프스라 불리는 청양 칠갑산 기슭에 혼자 산다. 아버지와 함께 주일 밤 예배를 마치고 돌아와서 나는 부리나케 TV를 켰다. 당시 최고 인기를 끌던 코미디 프로를 빼먹을 수 없었다. 소파에 나란히 앉은 아버지가 은근히 신경 쓰였다. 삼대째 목회자 집안인 우리 집에서 드라마나 코미디, 가요 프로는 시청 금지였다. 볼 수 있는 TV 프로는 뉴스와 시사 교양 그리고 다큐멘터리뿐이었다. 가끔 평판이 좋은 영화 정도는 볼 수 있었지만 그것도 키스나 야한 장면이 나올라치면 바로 꺼야 했다. 세상과 일체의 타협을 거부했던 어머니가 만든 규칙이었다.

"이게 요즘 인기래요. 나중에 설교할 때 써먹으려고 보는 거예요."

내 설명에 아버지는 알았으니 신경 쓰지 말고 보라고 손짓했다. 그러더니 아버지도 집중해서 TV를 시청하기 시작했다. 괜스레 신경 쓰였다. 오늘 특별히 재밌어야 할 텐데.

나 혼자 키득거리며 코미디를 보다가 아버지 표정을 살

폈다. 웃어야 할 대목인데도 아버지는 웃지 않았다. 아버지는 코미디를 역사 다큐멘터리를 보는 것처럼 엄숙하게 시청했다. 팔자주름이 깊이 패고 미간을 좁히면서 코미디에 관한 논문이라도 한 편 쓸 태세였다. 방청객들은 뒤집어지는데 아버지는 그들이 왜 웃는지, 그 정도로 웃긴지 도무지 이해하지 못했다. 환갑이 지난 산골 목사가 젊은 코미디언들의 언어를 이해하는 건 애초부터 무리였다. 시간이 지날수록 웃음에서 소외되자 아버지 표정이 딱딱하게 굳었다. 뭐가 웃긴지 이해도 못 하면서 아들이 재밌다니까 마냥 지켜보는 아버지의 모습에 죄송한 마음이 들었다. 그런데 반전이 기다리고 있었다.

마지막 코너에서 바가지머리에 색동저고리 입은 남자 코미디언이 나왔다. 얼굴로 웃기는 금동이가 혀짧은소리로 외쳤다.

"얼굴도 못생긴 것들이 잘난 척하기는~."

"풉!"

아버지가 처음으로 반응을 보였다. 나는 아버지를 바라봤다. 아버지는 당신이 웃었다는 것도 모르는 것 같았다. 금동이가 다시 앵앵대며 소리 질렀다.

"적어도 내 얼굴 정도는 돼야지~."

"푸풉!"

아버지가 두 번째로 더 길게 반응했다. 이건 엄청난 사건이었다. '풉'과 '푸풉'은 보통 사람들에겐 실수로 내뱉는 헛

웃음에 불과하지만, 평생을 세상과 담쌓고 청빈하고 금욕적으로 살아온 아버지에겐 배꼽을 잡고 '푸하하하' 포복절도하는 수준의 웃음이었다. 진짜, 찐웃음. 부처님 가운데 토막 같은 아버지도 금동이의 얼굴 앞에서 무너지고 말았다. 잘생긴 남자 아이돌이나 배우를 얼굴 천재라고 한다. 그런 의미에서 금동이는 코미디계의 얼굴 천재였다. 잔기술 필요 없이 타고난 피지컬 하나로 시청자를 올킬시키는 천재.

한나의 말은 결국 내가 금동이의 뒤를 잇는 얼굴 천재라는 거였다. 군대에서 행진하다가 갑자기 "뒤로돌아~ 갓" 구호가 떨어지면 꼴찌가 일등이 된다. 코미디 세계가 그랬다. 얼굴 꼴찌가 얼굴 일등이 되는 기회의 땅, 젖과 꿀이 흐르는 가나안 땅이 바로 코미디였다. 나는 '얼굴이 곧 코미디'라는 그 단순하고 정직한 논리가 맘에 들었다.

……하지만, 내가 그래도 될까? 내가 한 건 아니지만 어머니가 하나님과 맺은 언약을 나 혼자 살자고 깨뜨릴 수는 없다. 그 언약 덕분에 내가 태어날 수 있었으니까. 어머니의 서원이지만 내가 지켜야 한다. 한나가 흔들리는 내 눈동자를 봤는지 바로 단도리에 들어갔다.

"최 도사, 우리 개같이 벌어서 정승같이 쓰자."

'우리?' 난 뜻밖의 복수형에 놀라 한나를 바라봤다. 갑자기 한나가 곰살맞게 굴더니 내 손을 맞잡았다. 켕기는 게 있거나 뭔가 부탁할 때 단골로 쓰는 수법이다.

"나도 코미디언 시험 보면 어때? 최 도사랑 콤비로."

이건 또 무슨 소리? 한나는 사람을 놀라게 하는 달란트가 있었다.

"너 스튜어디스 안 해?"

"아냐, 나 코미디언 할래. 나 코미디 잘할 수 있을 거 같아. 주위에서 나보고 웃긴대."

한나가 웃긴지 안 웃긴지는 모르겠지만 스튜어디스 시험 보는 족족 떨어진다는 소식은 교회 권사님들께 들어 알고 있었다. 면접은커녕 1차 서류 전형에서부터 모조리 탈락한다고.

"최 도사는 꿈이 뭐야?"

한나는 느닷없이 꿈으로 치고 들어왔다. 내 꿈이 뭐였더라? 내가 꿈이 있기는 했나. 내가 머뭇거리자 한나가 갑자기 톤을 다운시키더니 명상 센터 원장님처럼 나긋나긋 말했다.

"자, 최 도사, 눈을 감아봐."

내 눈이 최면에라도 걸린 듯 스르륵 감겼다.

"한번 상상해봐. 최 도사가 코미디언이 되는 모습을. 구질구질한 지하실을 벗어나 인생 대역전 홈런을 날리는 거야. CF 찍고, 한강 뷰 아파트 사고 연예인 협찬 받고 끝내 예쁜 여배우랑 결혼하는 거야."

꿈은 떠올릴 때마다 가슴이 뛰어야 한다. 다른 건 모르겠고 예쁜 여배우와 함께 사는 코미디언 최사무엘을 떠올리자 심장이 트레몰로를 연주했다.

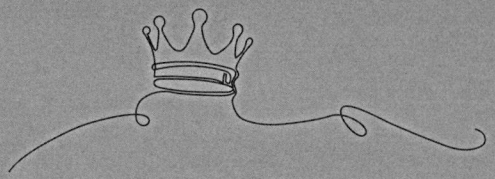

코미디언 선발 대회

택시 운전이 몸은 고되지만 좋은 점이 몇 가지 있다. 그
중 하나가 좁지만 간섭받지 않는 나만의 공간이 있다는 점.
이래라저래라 하는 잔소리 들을 것도 없고 하루 종일 내 공
간에서 듣고 싶은 음악을 들으며 일할 수 있다.

항상 움직인다는 점도 좋다. 손님, 아니 내비게이션이 가
라는 대로만 가야 하지만 매번 짧은 여행을 한다고 생각하
면 기분이 나아진다. 물론 출퇴근 교통체증에 걸렸을 때는
택시가 감옥처럼 느껴지며 가끔 공황장애 비슷한 게 오기
도 한다.

다람쥐 쳇바퀴 도는 일이 지루할 땐 혼자 교외로 드라이
브를 나간다. 가끔 누리는 이런 사치는 비용이 든다. 택시
기사에게 일을 안 하는 것은 휴식이 아니라 손해를 뜻한다.

매일 회사에 내야 하는 기준금의 압박은 항상 어깨를 짓누른다.

택시 기사의 가장 큰 단점은 외롭다는 것. 항상 혼자 다닌다. '어서 오세요' '감사합니다' 외에 아무 말도 하지 않는 날도 많다. 스마트폰 앱이 다 알아서 한다. 손님을 잡아주고 길을 안내하고 결제까지 해준다. 손님들은 말 많은 기사를 싫어한다. 유행하는 음악을 틀어주고 조용히 데려다주는 게 높은 평점을 받고 단골 기사로 선정되는 데 유리하다.

코미디언 시절부터 생긴 버릇인데 아이디어 노트를 여전히 쓴다. 다양한 손님을 태우다 보니 세상 사는 별별 이야기를 다 듣는다. 조용히 관찰하고 엿듣다가 손님이 내리고 나면 아이디어 노트에 서둘러 적는다. 웃긴 소재가 생각났는데 운전하느라 손이 없을 때는 블랙박스에 녹음한다. 심심할 땐 챗GPT와 아이디어 회의를 하기도 한다. 늘어가는 아이디어 노트를 보면 계좌에 돈이 쌓이는 것처럼 뿌듯한 느낌이 든다.

"혹시 옛날에 코미디 하셨던 그분 아니세요?"

"아, 진짜 기사님이 되셨네."

"그 코너 정말 재밌었는데."

가끔 나를 알아보는 손님이 있다. 뒷좌석에 앉아 룸미러를 자꾸 흘깃거리는 나이 지긋한 손님이라면 백 프로다. 젊었을 때 봤던 코미디언 최사무엘을 잊지 않은 거다. 오래전 반짝 활동했던 코미디언을 어떻게 기억할까. 이게 방송의 힘이라는 건가.

하지만 나는 손님이 아는 척하며 먼저 말을 걸지 않는 한 시치미 떼고 운전만 한다. 이젠 익숙해질 만도 한데 손님이 날 알아보는 게 여전히 불편하다. 처음에는 날 기억하고 반가워하다가 이어서 측은하게 바라보는 눈빛에 어떻게 반응해야 할지 모르겠다.

오늘따라 내 이야기를 앞뒤 없이 늘어놓은 것은 아침에 받은 문자 메시지 때문이다.

[롱 타임 노 씨. 그동안 잘?]

새벽에 출근 준비를 하는데 모르는 번호로부터 메시지가 왔다. 보이스 피싱인가 하고 무시하려는데 하나가 더 왔다.

[후 앰 아이? 누구~게? 안 궁금해?]

하나도 안 궁금했다. 어떤 할 일 없는 놈이 아침부터 장난질인가 싶었다. 게다가 되지도 않는 영어로.

4월이 됐지만 봄 잠바를 입기에는 일렀다. 꽃샘추위의 싸늘함이 새벽 공기 속에 배어 있었다. 나는 겨우내 입었던 패딩 재킷을 다시 걸쳤다. 시리얼을 우유에 말아 먹고 이를 닦는데 퍼뜩 깨달음이 왔다. 아까 온 문자 메시지. 어설픈 영어와 짜증을 돋우는 말투. 누가 보낸 건지 알 것 같았다. 서둘러 스마트폰을 확인했다. 그새 문자가 하나 더 늘었다.

[여기는 혼잣말하는 곳인가? 오 마이 갓김치!]

내 직감이 맞았다. '오 마이 갓김치!'는 '오 마이 가스레인지!' '오 마이 갓끈!'과 더불어 그가 유행어로 밀던 '오 마이 갓 3종 세트'였다. 처음 듣는다고? 당연하다. 몇 달간 줄기차게 방송에서 밀었지만 아무 반응이 없어서 슬그머니 내렸으니까.

그나저나 이게 얼마 만인가? 마지막으로 그를 본 게 언제였더라…….

시간의 속도에 대해서 읽은 적이 있다. 지구 자전 속도로 계산해보면 시간은 초속 430미터로 흐른다. KTX 속도의 다섯 배, 시간이 음속보다 빠른 속도로 달리는 동안 나는 제자리에서 팽이처럼 뱅뱅 맴돌기만 했다. 그러다가 문득 고개를 들어보니 타임 슬립을 해서 18년이 훌쩍 지나 있었다.

가만, 메시지가 하나 더 왔다.

오늘 저녁에 코미디언 동기들이 모인단다. 상의할 게 있다고. 무슨 일이지? 보여줄 게 있다는데 그건 또 뭐야? 동기들과 아무렇지도 않게 다시 만날 수 있을까? 코미디언 시절엔 하루라도 안 보면 못 살 것처럼 무엇을 하든 어디를 가든 우린 항상 함께였다. 하지만 방송국을 나온 후 우리는 의도적으로든 무의식적으로든 서로 연락을 끊고 지냈다. 왜 그랬는지 나도 모른다. 먹고살기 바빠서였을까, 아니면 억지로라도 지워버리고 싶은 기억이 남았기 때문일까.

갑자기 턱이 시큰하다. 입을 벌리고 아래턱을 둥글려본다. 턱관절에서 딱딱 소리가 난다.

모두 올까? 그 애도?

코미디언 선발 대회는 T 방송국 공개홀에서 열렸다. 토요일 새벽예배 뒤 성도 배송을 마치고 부랴부랴 한나와 함께 방송국으로 갔다. 한나는 화장이라기보다는 변장을 했다. 본인은 비비크림만 발랐다고 우겼지만 짙게 코팅한 얼굴과 홀러덩 깐 이마, 꽉 끼는 블라우스와 짧은 스커트, 딱 봐도 몇 시간 공들인 표가 났다.

"최 도사, 나 어때? 객관적으로 솔직하게 말해봐."

묻기는 나한테 묻고 자기가 먼저 술술 대답했다.

"남자들이 나보고 뭐라는 줄 알아? 송혜교래. 풉, 꼴에 보는 눈은 있어가지고. 몸매는 어떻고? 우리나라 여자 몸이 아니라나 뭐라나."

내 의상은 흰색 셔츠에 검은색 턱시도였다. 교회 남성 중

창단 단원인 송 장로의 턱시도를 한나가 슬쩍 가져왔다. 흰 셔츠를 안에 받쳐 입고 빨간 나비넥타이까지 맸다. 거울에 비춰 보니 역시 별로였다. 송 장로는 한 덩치 한다. 재킷은 어정쩡했고 벨트를 맨 허릿단은 주글주글 울었다. 하지만 한나는 엄지를 치켜들었다. 한나는 항상 밑도 끝도 없이 긍정적이다. 내가 늘 놀라면서도 부러워하는 점이다.

T 방송국이 있는 여의도로 가기 위해 마포대교를 넘어가는데 마치 루비콘강을 건너는 시저처럼 비장한 기분이 들었다. 도화동 교회로는 이제 다시 돌아갈 수 없으리라. 한강 위로 떠 있는 뭉게구름은 눈이 시릴 만큼 새하얗다.

떨리는 마음으로 수험표를 받고 선발 대회장에 들어선 순간, 우린 깜짝 놀랐다. 이어서 절망했다. 스튜디오의 규모에 놀랐고 지원자들의 숫자에 절망했다. 보통 코미디언 시험 경쟁률이 1,000 대 1에 육박한다지만 허수가 많다고 들었다. 그리고 서류에서 많이 걸러진다고 했다. 하지만 이날은 한 명의 허수도 없는지 스튜디오 객석은 물론 층계까지 사람들로 빼곡했다. 코미디는 이미 사양길에 접어들었고 시청자는 코미디를 떠나는데 코미디언이 되려는 사람은 차고 넘친다는 사실이 아이러니했다.

지원자들은 객석에 앉거나 군데군데 서서 호흡을 맞추며 막바지 연습을 했다. 선발 대회 출전 경험이 많은 듯 하나같이 여유 있고 자신만만해 보였다. 대학로 극단이나 코미디 전용 극장에서 몇 년간 무대에 올랐던 수련생들도 대거

지원했다는 한나의 말이 떠올랐다. 튀는 분장과 의상도 많았다. 배트맨, 슈렉, 프랑켄슈타인으로 분장하거나 말 대가리, 부처님, 스크림 가면을 쓴 사람들. 사또, 어우동, 죄수옷을 입은 사람들도 보였다. 한나가 낙담하며 말했다.

"얼굴 천재들이 너무 많아."

공개홀 플로어에는 판자로 임시 벽을 세워 만든 방이 열개 정도 됐다. 배튼에 매달린 조명이 각 방을 환하게 비쳤다. 출입문을 열고 들어가면 개그를 연기할 공간이 있고 안쪽에는 심사 위원석이 있었다. 심사 위원석 뒤쪽에 세팅된 카메라도 보였다. 현장에서 1차 합격자를 추려내고 나중에 비디오 심사를 통해 최종 합격자를 가린다고 했다.

접수 순서대로 조를 짰는지 우리는 마지막 조에서도 거의 뒤 번호였다. 10조 나무 푯말 뒤로 가서 끄트머리 줄에 자리 잡았다. 위에서 내려다보니 10조도 만만치 않았다. 다들 분주히 연습하고 분장을 매만지고 소품을 점검하고 있었다.

"최 도사, 쫄지 마, 쫄지 마. 쟤네 다 우리 밥이야."

한나는 자기가 더 쫄아서 중얼댔다.

오전 9시가 되자 심사 위원들이 스튜디오로 들어오더니 배정된 방으로 들어갔다. 코미디언 지망생이 모인 온라인 카페에 따르면 1차 심사에는 사원급 PD 둘, 차장이나 부장급 PD 하나, 이렇게 셋이 들어온다. 합격, 불합격은 거의 최고참 PD 손에 달렸다. 심사 위원들은 예능국 PD라는데 인상은 하나같이 시사 고발 프로그램 PD처럼 날카로웠다.

갑자기 환호성이 터졌다. 〈코미디야〉의 '연아야' 코너에 출연하는 과외 선생이 나와서 마이크를 잡았다. 딱딱한 분위기도 녹이고 공지 사항을 알리려는 모양이다. 누군가 "선배님!" 하고 외치자 웃음이 터졌다. 과외 선생이 특유의 말투로 곧 받아쳤다.

"너, 너, 여기, 오지 말라니까. 너, 너 또 불합격."

와하하하, 스튜디오는 웃음바다가 됐다. 이런 게 코미디의 힘인가 보다. 마음 졸이던 나도 한번 웃고 나니 긴장이 풀어지며 어깨에 힘이 빠졌다.

스튜디오가 한순간 소란스러워졌다. 본격적인 심사가 시작됐다. 우리가 앉은 자리에서 열 개의 방이 한눈에 들어왔다. 스포트라이트를 받으며 방에 들어온 지원자들은 무대에 올라선 광대처럼 보였다. 그들은 그동안 갈고 닦은 개그를 최선을 다해 연기한다. 불안한 마음을 감춘 채 대사를 치고, 춤을 추고, 울고 웃는다. 열 개의 코미디 무대가, 열 개의 인생이 동시에 펼쳐졌다.

우리 수험 번호는 한참 뒤라 어차피 오후에나 순서가 돌아올 예정이었다. 한나가 담배 피우러 같이 나가자고 했다. 한나는 하루 한 갑이 기본이다. 방송국 건물 뒤편으로 나가니 화단 앞에 한 무리의 흡연족이 담배를 피우고 있었다. 한나가 가늘고 긴 담배를 꺼내 불을 붙였다. 여의도 증권사 건물 사이로 빌딩풍이 매섭게 불어와 나는 손을 바지 주머니에 넣고 발을 동동 굴렀다.

"저, 시가렛 좀 빌릴 수 있을까요?"

하얀 비니를 쓴 남자였다. 시가렛? 담배를 말하는 건가? 가슴에 붙은 수험표에서 그의 이름을 확인했다. 김철수. 느끼하게 생긴 외모와는 달리 이름은 담백했다. 김철수는 하얀 폴라티 위에 더 하얀 털 코트를 걸치고 거기에 흰색 뿔테 선글라스를 썼다. 스왜그 넘치는 래퍼 설정이었다. 웃기려고 작정한 듯 번쩍이는 금빛 체인을 목에 걸고 있었는데 어설프고 촌스러웠다. 한나가 담뱃갑을 건넸다. 김철수는 'ㅅ' 모양 콧수염과 'ㅗ' 모양 턱수염이 합쳐져 '소' 자가 완성된 수염을 한 번 문지르더니 담배 한 개비를 빼냈다.

"에쎄 클래식. 굿 초이스예요."

김철수는 좋지도 않은 발음으로 계속 영어를 섞어 말했다. 목소리는 염소처럼 높고 얇았다.

"시가렛 퐈이어 좀."

담뱃불을 빌려달라는 말이었다. 한나는 마뜩잖은 표정으로 피우던 담배를 건넸다. 김철수가 머리를 숙이고 불을 붙이더니 한 모금 빨자마자 담배를 처음 피우는 것처럼 콜록콜록 기침했다.

"새뮤얼, 굿 네임이에요."

김철수가 이번엔 수험표에 적힌 내 이름을 걸고넘어졌다. 나는 "아, 예" 하고 자리를 피하려 했다.

"10조군요. 아까 보니 백 CP가 심사하던데."

김철수는 심사 위원을 잘 아는 모양이었다. 내가 돌아보자, 김철수가 말했다.

"백꽃잎 CP가 〈코미디야〉 담당 부장이에요. 아주 디피컬트한 분이 걸리셨네요."

귀가 솔깃했다. 스튜디오를 나오면서 10번 방을 슬쩍 봤는데 머리가 하얗게 센 여자가 강렬한 포스를 풍기며 앉아 있었다. 심사 위원 복도 지지리 없다고 낙심하던 중이었다.

"그런데, 교포세요?"

한나가 물었다. 나도 사실 궁금했다. 김철수는 어울리지 않는 인디언 보조개를 눈 아래에 깊게 패며 활짝 웃었다. 어떻게 저 얼굴로 이렇게 천진난만하게 웃을 수 있는지 신기했다.

"하하하, 제 훼이스를 보고 그렇게들 생각하는데, 한 번도 리퍼블릭 오브 코리아를 떠나본 적이 없어요. 지금 전라도 나주에서 롸이스 기르고 있어요."

한나는 할 말을 잊고 잠자코 있었다. 표정만 봐도 무슨 생각을 하는지 알 수 있었다. 김철수가 양손을 들고 두 손가락을 까딱거리며 말했다.

"제가 아주 '임포턴트'한 팁 하나 드려도 될까요?"

그는 선글라스 렌즈 너머로 쌍꺼풀진 눈에 힘을 주더니 목소리를 낮추고 말도 슬그머니 낮췄다.

"방송국마다 코미디 컬러가 디퍼런트해. C 방송국은 제일 잘나가고 있으니 프라이드가 강하지. 또 공영방송이잖

아. 더럽거나 야한 거 바로 아웃."

그럴듯했다. 난 더 들어보기로 했다.

"S는 방송 3사 중 제일 젊잖아. 트렌디한 거, 영한 거 좋아해. 올드한 개그 치면 바로 아웃."

김철수는 손으로 목을 그었다. 겉모습과 달리 그의 분석이 날카로웠다. 다음으로 제일 중요한 T 방송국. 나는 홀린 듯 그에게 가까이 다가갔다.

"T 방송국 슬로건이 뭐지?"

김철수가 내게 물었다. 그런 게 있었나? 하고 당황하는데 한나가 끼어들었다.

"만나면 좋은 친구?"

"롸잇! 새뮤얼 걸 프렌드 베리 스마트해."

"걸 프렌드 아닌데요."

한나가 선을 그었다. 한나가 내 걸 프렌드는 아니다. 굳이 관계를 정의하자면 목자와 양? 아니면 사제지간? 하지만 단칼에 아니라고 잘라 말하니 서운한 기분이 들었다. 김철수 표정은 대번 밝아졌다. 그는 신나서 다시 두 손가락을 까딱대며 말했다.

"T 방송국은 '프렌드' '패밀리'를 임포턴트하게 생각해. 퍼니하면서도 하트를 때리는 감동을 좋아하지."

불행 중 다행이었다. 우리가 준비한 개그와 딱 맞아떨어지는 콘셉트였다. 아버지와 아들의 정겨운 대화. 퍼니하면서도 하트를 때리는 따뜻한 패밀리 이야기.

우리 개그 소재를 제공한 사람은 다름 아닌 아버지였다.

새해 첫날 새벽, 세상은 솜이불을 펼친 것처럼 순백의 눈으로 뒤덮였다. 성도 배송을 마치고 돌아오는데 전화벨이 울렸다. 아버지는 매년 새벽예배를 드리고 나서 아들에게 새해 인사를 한다.

"사무엘, 새해 복 많이 받어~."

창밖은 여전히 깜깜했고 굵은 눈발이 어지럽게 날렸다. 나는 운전대를 잡은 채 인사드렸다.

"아버지도 건강하시고 새해 복 많이 받으세요."

"그려."

"그래요."

"……"

"……"

새해 인사까진 정겹고 좋지만 곧 어색한 침묵에 잠겼다. 충청도 부자 사이엔 원래 별로 말을 안 한다.

"아버지."

나는 마음이 심란해져서 아버지를 불렀다. 그래도 아버지께는 말해야 하지 않을까 싶었다.

"뭐여~?"

"저…… 전도사 그만할래요."

"뭐여!"

"그냥요. 다른 일 해보고 싶어서요."

"뭐여~?"

"코미디언요. 코미디언 해보려고요."

"뭐~여~."

"한번 해볼게요. 해보고 싶어요."

"……."

아버지는 한참을 아무 말도 안 했다. 그러더니…….

"알아서 혀~."

"아버지, 잘할게요."

아버지는 인사도 없이 전화를 뚝 끊었다. 화난 건 아니다. 충청도 아버지들은 원래 그런다. 자기 할 말 끝나면 바로 끊는다. 은근히 시크하다.

나는 승합차 창문을 열었다. 눈송이 하나하나가 얼굴에 닿으면서 차갑고 기분 좋은 냉기가 전해졌다.

"어머니~."

나는 눈이 떨어지는 하늘을 보고 오랜만에 어머니를 불렀다. 숨을 쉴 때마다 하얀 입김이 피어올랐다.

"괜찮죠?"

어머니는 내가 고등학생 때 돌아가셨다. 가난한 목사 집안에 시집와서 고생만 하다가 제대로 치료도 못 받고 돌아가셨다. 신앙이 아무리 깊고 단단해도 돈이 없으면 죽는다.

"내가 서원한 것도 아니잖아요."

눈이 어찌나 쏟아지는지 펑펑 소리가 들리는 것 같았다.

"이제 그만할래요."

어머니는 아무 대답이 없었다. 화가 난 게 분명했다. 눈이 녹으면서 내 얼굴이 축축해졌다.

"미안해요."

마지막 말은 안 할까 하다가 그냥 덧붙였다.

눈발이 더 굵어졌다. 내 고향 청양에서는 새해 첫날 눈이 많이 오면 그 해는 풍년이라며 좋아했다. 이 눈도 내 앞날이 풍년이라고 미리 보여주는 하늘의 계시였으면 좋으련만. 궁상맞고 좀스러운 지난날은 다 지났고 이제 밝은 앞날이 기다리고 있다는 사인 말이다.

크크크크.

어느 순간 나는 혼자 웃기 시작했다. 아버지와 통화한 내용이 떠올랐다. 오랜만에 들은 아버지 말이 너무 웃겼다. '뭐여'는 충청도 사람들이 쓰는 만능 단어다. '뭐여'는 상황에 따라 억양과 길이가 달라지면서 다양한 뜻을 가진다. 생각나는 대로 정리해보면 이렇다.

궁금할 때 "뭐여~?"

화났을 때 "뭐여!"

놀랐을 때 "뭐여?"

황당할 때 "뭐여~(↗)."

감동받았을 때 "뭐~여~(↘)."

충청도 말이 원래 엉큼해서 속마음을 직접 드러내지 않고 빙빙 돌려서 말하는데, '뭐여'가 단연 최고다. 그 순간이었다. 내 머릿속에 전구 하나가 반짝 켜졌다.

딱!

김철수가 손가락을 소리 나게 튕기며 말했다.

"원 모어 팁!"

김철수는 우리를 위해 하늘이 내려보낸 수호천사 같았다. 어디서도 들을 수 없는 고급 정보를 공짜로 쏟아냈다.

"백꽃잎 CP 닉네임이 백발마녀야. 독해서 웬만해선 웃지 않아. 올드미스의 히스테리랄까, 그런 게 있지. 백발마녀는 몸 개그 아주 싫어해. 쉬 헤이트 몸 개그 쏘 머치. 몸 개그는 곧 아웃."

김철수는 마치 백 CP의 가족이라도 되는 것처럼 그녀에 대해 시시콜콜 알고 있었다. 나는 김철수의 조언을 마음 판에 또박또박 새기며 머릿속으로 원고를 급수정했다. '뭐여'를 할 때마다 추기로 했던 짧은 춤을 빼고 그냥 '패밀리'가 주는 감동에 집중하기로 방향을 틀었다.

벌써 시험을 마친 몇몇 수험생들이 건물에서 나왔다. 슈렉과 피오나로 분장한 남자 둘이 신나게 떠들면서 지나갔다. 시험을 잘 친 모양이다.

"쟤네 다 아웃."

김철수가 확신에 차서 말했다. 내가 '그걸 어떻게?'라는 표정을 짓자 김철수가 설명했다.

"내 익스피리언스상 저렇게 분장, 의상으로 웃기려는 애들, 방송국은 싫어해. 죄다 아웃."

자기는 갱스터 래퍼로 분장했으면서 남 얘기하듯 말했다. 그러더니 이제 가봐야 한다며 서둘러 돌아갔다.

김철수의 뒷모습을 바라보던 한나가 담배가 당기는지 한 개비 꺼내 물며 말했다.

"고맙긴 한데 저 사람, 학교 다닐 때 힘들었을 거 같아."

나는 머리를 주억거리며 말을 보탰다.

"군대에서는 더 힘들었겠지."

점심시간이 훌쩍 넘어서야 우리 차례가 돌아왔다. 진행요원을 따라 스튜디오 계단을 내려갔다. 뒤따라오던 한나가 주문처럼 뇌까렸다. "쫄지 마, 쫄지 마." 한나에게 미소를 지으려 했지만 잘 안됐다. 꽉 찼던 스튜디오 좌석은 거의 비었고 이미 할당된 심사를 끝내고 조명이 꺼진 방도 많았다.

10조 방 앞에 대기하는데 안쪽에서 음악 소리가 들리고 우당탕 뭔가 부서지는 소리가 났다. 안타까우면서도 기뻤다. 백발마녀는 저런 거 질색인데. 저놈들 다 탈락이다. 떨리는 내 손을 한나가 꼭 잡았다.

"최 도사, 중요한 건 기세야. 백발마녀 머리털을 다 뽑아버리자."

가만히 심사하고 있는 백발마녀 머리털을 왜? 난 의아했지만 한나의 기세에 휩쓸려 결연히 머리를 끄덕였다.

문이 열리고 우리 앞 번호가 나왔는데 얼굴이 벌겋게 달아오른 남자 둘이었다. 주방 랩을 씌운 나무틀, 깨진 바가지 같은 소품을 들고 있었는데 어떤 개그를 했는지 안 봐도 알 만했다. 땀에 젖은 둘의 얼굴을 보니 긴장이 몰려왔다.

진행 요원의 손짓에 우리는 서로 옷매무새를 다듬어주고 방문을 열고 들어갔다.

"수험 번호 3821번 최사무엘."

"3821-1번 송한나, 팀입니다."

우리는 연습한 대로 리듬을 타면서 소개했다. 원래 제자리에서 폴짝 뛰면서 각자 양손으로 얼굴에 꽃받침을 하려고 했지만 김철수의 충고를 받아들여 몸 개그는 최대한 생략했다.

나는 짧은 순간 심사 위원들을 살폈다. 선한 인상의 젊은 남녀 PD 둘이 미소를 띤 채 양옆에 있고 가운데에는 은빛 형형한 백발마녀가 입을 단단히 다문 채 앉아 있었다. 어깨까지 머리를 내려뜨린 백발마녀의 눈에서 레이저가 뿜어져 나오자 입술이 바짝바짝 말라왔다.

남자 PD가 상냥하게 말했다.

"긴장하지 마시고요, 준비하신 거 하시면 됩니다."

우리 개그 콘셉트는 '같은 말 다른 뜻'이었다. 나와 아버지가 나눴던 '뭐여~'에 담긴 여러 가지 뜻을 연기로 보여주고 이를 발전시켜 '네'라는 문자 메시지에 담긴 요즘 직딩들의 애환을 보여주는 거였다.

아버지와 통화했던 충청도 사투리 얘기를 들려주자 한나는 폭소를 터뜨렸다. 원래 한나가 웃음이 헤프긴 했지만 평소보다 더 피치가 높았다. 한나는 이제 스토리텔링의 시대가 도래했다면서 아버지와 아들의 대화야말로 선발 대회에 딱 맞는 스토리라고 했다.

사투리 개그에 이어서 선보일 직딩의 '네' 개그를 간략히 설명하자면, 우리는 스케치북에 문자 메시지 '네'의 숨은 뜻을 여러 버전으로 적어 왔다.

네 (알겠습니다.)

네… (하아…… 일단 알겠어요.)

넹 (하긴 할 건데 이따 할게요.)

넵!! (이건 지금 해줄게.)

네네~~ (알았으니 그만하시지.)

네? (아니 시발, 미치셨어요?)

넹? (시발, X됐다.)

한나와 내가 역할극을 하면서 소개할 계획인데 핵심은 웃기면서도 애잔한 직딩들의 페이소스를 표현한다는 점이다. 욕이 들어가서 꺼림직했지만 완성도는 괜찮아 보였다.

나 대신 아들 역을 맡은 한나가 살짝 숨을 들이마시더니 씩씩하게 포문을 열었다.

"이 친구 고향이 충청남도 청양이에요. 새해 첫날 시골에 계신 아버지와 통화를 했답니다."

한나의 스토리텔링이 시작됐다. 처지거나 하이 텐션이 되지 않도록 톤을 잘 잡았다. 남자 PD의 기대에 찬 눈빛에 용기를 얻어 한나는 폴더폰을 귀에 대고 연기를 시작했다.

"아부지, 저예유."

다음으로 내가 아버지로 나섰다. 충청도 특유의 세상 귀찮은 표정과 늘쩍지근한 말투를 연기했다.

"뭐여~?"

"저 회사 그만두려구유."

"뭐여!"

남자 PD가 미소를 지었다. 한나는 자신의 연기에 벌써 빠져들었다. 이럴 땐 성격이 축복이다.

"아부지, 하고 싶은 게……."

"됐고, 다른 거 해봐요."

백발마녀가 갑자기 끼어들었다. 식은땀이 삐질 났다. 이제 겨우 시동 걸었을 뿐인데. 김철수가 T 방송은 '패밀리'라고 했는데. 아버지와 아들의 정겨운 대화야말로 T 방송의 컬러 아닌가. 더군다나 우리 개그의 승부처는 뒤쪽에 있다. 백발마녀를 힐끗 훔쳐봤는데 그녀의 얼굴은 '너희가 무엇을 하든 난 절대 웃지 않겠다'라고 말하고 있었다.

얼이 빠져 있는 나를 한나가 툭 쳤다. 플랜 B로 넘어가자는 신호였다. 플랜 B만큼은 끝까지 하고 싶지 않았는데……. 더군다나 몸 개그를 싫어하는 백발마녀였다. 하지만 이미 주사위는 던져졌다. 한나의 스토리텔링이 다시 시작됐다.

"제가 항공 서비스학과를 나왔는데 비행기 승무원들이 안전 수칙 방송하는 것을 재밌게 바꿔봤습니다."

플랜 B는 한나가 안내 방송을 하고 거기에 맞춰 내가 몸으로 실연하는 개그였다. 한나가 아무 일 없었다는 듯이 명랑하게 시작했다. 이미 수십 번 서류 광탈을 겪은 한나는 멘털부터 달랐다. 나는 다리가 후들거렸지만 겉으론 아무 렇지도 않은 척, 여유 있는 척했다. 한나가 연습한 대로 첫 마디를 내뱉었다.

"탑승을 환영합니다. 신사, 숙녀, 그리고…… 그 밖의 분 들."

한나의 대사에 맞춰 나는 스튜어드처럼 꾸벅 인사하고 세상 친절한 표정을 지었다. 남자 PD가 훗, 하고 웃었다. 시 작은 좋았다. 이 기세로 밀고 나가면 된다. 난 표정을 최대 한 풍부하게 그리고 동작을 크게 했다.

우리가 짠 개그는 이랬다. 한나가 "좌석 벨트 사인이 켜 지면 벨트를 매주시고 풀 때는 덮개를 올려주세요" 하면 내 가 허리띠를 맸다가 푼다. 그러면 송 장로의 배바지가 홀 러덩 내려온다. 나는 안에 짱구 캐릭터 팬티를 입고 있다. 내가 무안해서 허겁지겁 바지를 끌어 올리면 한나가 당황 한 듯 말한다. "벨트는 풀지 마시고 비행 중 계속 매고 계세 요." 이런 식으로 흘러간다. 얼굴이 화끈거릴 정도로 유치 해서 난 반대했지만 한나는 유치할수록 웃긴다고 고집했 다. 그 순간.

끅끅끅.

놀랍게도 백발마녀가 반응을 보였다. 내 짱구 팬티를 보 고 입꼬리가 올라가는 것 같더니 어깨까지 들썩이며 돌고 래 울음소리를 냈다. 소름 끼치는 반전이었다. 백발마녀가 원래 이런 과였어? 짱구 팬티와 몸 개그를 좋아하는? 그럼 김철수가 가르쳐준 팁은 뭐지?

탄력받은 한나가 계속 질주했다. 한나는 항상 직진이다. 좌회전, 우회전 같은 거 싫어한다.

"운 좋게 바다에 착륙하면 비행기가 유람선으로 바뀔 수 있습니다. 구명조끼는 좌석 아래쪽에 있어요. 변기 시트가 아니니 엉덩이에 깔지 마시고 머리 위로 써주세요."

나는 소품으로 가져온 구명조끼를 들고 부지런히 연기했다. 백발마녀는 완전히 다른 사람 같았다. 차갑고 매섭던 모습은 간데없고 어린아이처럼 해맑게 끅끅끅 고주파 웃음소리를 냈다. 나머지 심사 위원도 따라 웃기 시작했다. 한나는 더 신이 나서 전속력으로 달렸다. 대본에 없는 애드리브까지 남발했다.

"구명조끼가 충분히 부풀어 오르지 않을 땐 옆 사람과 바꾸던지 옆 사람을 붙잡고 버티세요. 낙하산은 없으니 찾지 마세요. 기내에서는 금연이고 정말 못 참겠으면 나가서 비행기 날개 위에서……."

"됐고요, 다른 거 해봐요."

천진난만하게 웃던 백발마녀의 표정이 순식간에 서늘해졌다. 훈훈했던 스튜디오 안에 쿨 파워 냉기가 휘몰아쳤다. 더 이상 준비한 게 없었다. 눈앞이 하애졌다.

잠시 적막.

"없어요? 개인기든 뭐든."

백발마녀가 물었다. 전도사가 무슨 개인기가 있겠는가. 내 개인기라곤 금식, 통성기도, 밴 운전, 주소 보고 집 찾기, 시체 염하기……, 이런 쓰잘데기 없는 것들뿐이다.

 "저는 눈알을 잘 굴립니다."

 한나가 씩씩하게 말했다. 나는 한나를 돌아봤다. 한나는 뻔뻔하게 눈알을 굴리기 시작했다. 찢어진 외꺼풀 눈을 부릅뜨고 눈동자를 좌우로 돌리더니 나중엔 360도로 팽팽 돌린다. 눈알이 튀어나올까 걱정될 만큼 빨랐다. 남자 PD의 반응은 괜찮았지만 백발마녀는 아무 감흥이 없어 보였다. 한나는 눈치도 빨랐다. 재빨리 다음 카드를 꺼냈다.

 "이번엔 눈을 찡그리지 않고 윙크를 해보겠습니다."

 한나는 오른쪽 눈을 찡그리지 않고 왼쪽 눈을 다소곳이 감았다. 신기하긴 했지만 이런 것도 개인기라 할 수 있나 싶었다. 백발마녀는 여전히 표정 변화가 없었다.

 "혀로 웨이브를 탈 수 있습니다."

 한나는 개인기 부자였다. 입을 벌리더니 혀를 꿀렁꿀렁 움직였다. 혀의 물결이 위에서 아래로 파도를 타고 흘러내렸다. 한나는 자세히 보라며 심사 위원석으로 다가갔다. 이번에도 반응이 시원치 않자, "지구를 들어보겠습니다"라며 말릴 새도 없이 엉덩이를 번쩍 들고 바닥을 손으로 밀면서 으아아악! 괴성을 질렀다. 급하다 보니 스토리텔링이고 나발이고 다 헛소리였다.

 "최사무엘 씨 해보세요."

한나가 여전히 지구와 씨름을 하고 있는데 백발마녀가 나를 지목했다.

"저, 저는 삼행시를 잘 짓습니다."

주일학교 아이들 사이에 삼행시가 유행이었다. 적어도 눈알 굴리기보단 나을 것 같았다. 남자 PD가 푸흐흡 웃었다. 코미디언 시험에서 개인기로 삼행시를 짓는 놈은 내가 처음이겠지. 백발마녀가 고개를 까딱했다.

"좋아요. 내 이름으로 해보죠."

한나는 상황이 종료된 것을 깨닫고 자기 자리를 찾아왔다. 나를 응원하는 한나의 서리태처럼 까만 눈동자가 활활 불타올랐다. 전장에서 피어나는 전우애를 느끼는 순간이었다. 남자 PD가 운을 띄웠다.

"백!"

"백발마녀시죠?"

나는 도발을 감행했다. 점잖 떨다가는 바로 탈락이다. 남자 PD가 백발마녀 눈치를 봤다. 올드미스 백발마녀는 아무렇지도 않은 표정이다.

"꽃!"

"꽃 같은 처녀라고요?"

너무 세게 나갔나. 백발마녀 눈빛에 정체를 알 수 없는 감정이 비친다. 난 승부를 봐야 했다. 모 아니면 도다.

"잎!"

"……."

'잎'은 어려웠다. 삼행시는 순발력 싸움인데. 내가 주춤하니 백발마녀의 얇은 입술이 살며시 올라간다. '그럴 줄 알았어' '넌 여기까지야'라는 듯이. 그녀의 입술을 보고 나는 그냥 떠오르는 대로 뱉었다.

"입술에 키스하면 안 되겠니?"

심사 위원 셋 모두 움직이지 않았다. 옆에서 한나가 하아, 하고 한숨을 내쉬더니 내가 창피한 듯 고개를 숙였다. 나는 어금니를 꽉 깨물고 끝까지 아무렇지도 않은 척했다.

백발마녀가 손짓하자 남자 PD가 서둘러 "수고하셨습니다~" 했고 우리는 도망치듯 방에서 나왔다. 다리에 힘이 빠지면서 서 있기도 힘들어 옆에 있는 의자에 주저앉았다. 한나가 내 어깨에 기대면서 말했다.

"나 다시 스튜어디스 할래."

합격자 발표는 시험 다음 날 있었고 우린 당당히 탈락했다.

하루 한 사람 웃기기

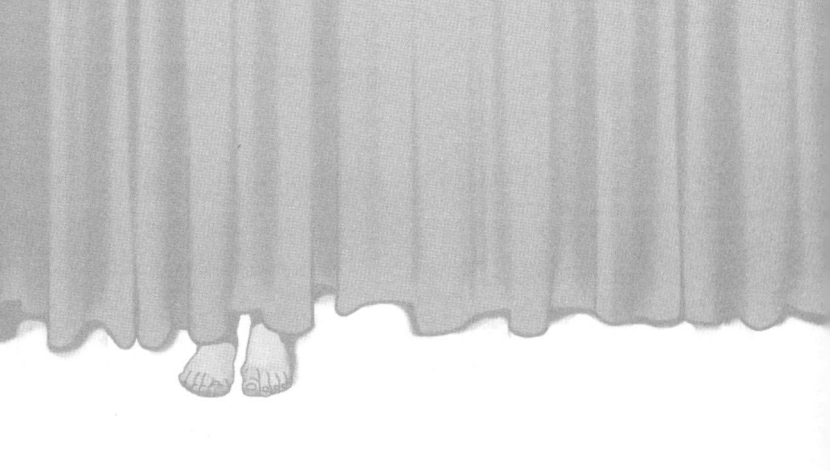

택시는 한곳에 머물지 않고 항상 움직인다. 길 위에서 새로운 사람들을 만나 짧은 여행을 떠난다. 같은 길을 가더라도 사람들이 다르기에 여행은 매번 새롭다. 나는 그들의 좋은 동반자가 되려고 노력한다.

역삼역 앞에서 30대 초반으로 보이는 여자를 태웠다. 감색 슬랙스에 흰색 블라우스를 말쑥하게 차려입은 여자는 따가운 봄볕을 피하지도 않고 길가에 서 있었다. 요즘 부쩍 테헤란로에서 이런 사람을 자주 본다. 넋이 나간 표정으로 커다란 종이 상자를 양팔에 들고 빌딩 앞에 멍하니 서 있는 사람들.

택시에 오른 손님은 시트에 머리를 기대고 눈을 감았다. 나는 손님이 편안히 쉬게끔 라디오 볼륨을 줄였다.

종합운동장을 지날 때쯤 여자가 몸을 세우며 말을 걸었다.

"아저씨, 가락동 말고 다른 데 갈 수 있나요?"

"어디로요?"

"……어디가 좋을까요?"

손님이 목적지를 기사에게 물을 때가 있다. 그때마다 나는 가장 먼저 떠오르는 장소를 말한다.

"추억이 담긴 곳을 가보면 어떨까요?"

여자는 잠시 생각에 잠겼다가 고개를 끄덕였다.

"대학교 다닐 때 혜화동에 살았어요."

다음 사거리에서 올림픽대로 쪽으로 좌회전했다.

한강을 건널 때 여자가 옆에 있는 종이 상자를 바라보며 입을 열었다.

"잘할 수 있을 줄 알았는데…… 처음부터 길을 잘못 들었나봐요."

나는 룸미러로 손님을 살폈다. 머리를 뒤쪽으로 높이 묶어 목선이 시원하게 드러났고 흘러내린 앞머리는 땀에 젖어 이마에 찰싹 붙어 있었다. 화살 같은 광선이 여자의 옆얼굴로 다발다발 쏟아졌다.

"손님, 저도 길을 잘못 들었었는데 후회 안 해요. 인생에서 잘못 들어선 길은 없다고 하잖아요."

여자가 나를 의아하게 쳐다봤다. 나는 팔걸이 박스에서 빨간 공 모양의 스펀지를 꺼내 얼른 코에 끼웠다. 택시 안에 항상 갖고 다니는 파티용품이었다. 오래되어 색깔은 바랬고 흠집이 났지만 내겐 무엇보다 소중한 소품이다. 나는 뒤를 돌아보며 크게 미소 지으며 말했다.

"저는 한때 코미디언이었어요."

여자는 나의 돌발 행동에 당황했다.

"아, 근데 코미디언이 왜 이렇게 진지해요? 하나도 안 웃겨요."

"그래서 택시 운전사가 됐잖아요."

"네? 하하하, 이번엔 웃겼어요."

여자가 큰 입을 활짝 벌리고 웃었다.

하루 한 사람 웃기기. 오늘도 성공이다. 코미디언을 그만둔 지 오래지만 여전히 시도 때도 없이 남을 웃기려고 한다. 이게 직업병 비슷한 건데 묘한 중독성이 있다. 어설픈 내 유머에 기겁하는 손님도 있지만 크게 웃어주는 손님도 있다. 손님의 웃음소리에 내 안의 우울까지 날아간다. 아무도 웃기지 못한 코미디언의 하루는 낭비한 하루다.

여자는 혜화동 마로니에 공원에서 내렸다. 내리면서 오늘 같은 날 웃게 해줘서 고맙다고 했다. 피에로 코가 어울린다는 말도 덧붙였다. 매미 소리 요란한 진초록 마로니에 공원은 도심 속 작은 오아시스 같았다.

약속 시간이 다가오자 나는 핸들을 돌려 종로를 지나 홍대로 향했다. 저녁이 되면서 홍대 앞은 활기를 띠었다. 가로등 불이 켜지고 카페로, 음식점으로, 술집으로 학생과 직장인이 모여들었다. 홍대 앞 놀이터가 반가웠다. 지금은 없어졌지만 내가 머물던 방에서 창문을 열면 한갓진 놀이터가 멀찍이 보였었다. 놀이터 옆 편의점은 간판을 바꿔 달고 여전히 그곳을 지키고 있었다. 편의점을 드나드는 젊은이들은 봄처럼 화사하고 투명했다. 북적이는 거리를 따라 천천히 내려가니 왼쪽으로 5층짜리 건물이 눈에 들어왔다. 이 건물 꼭대기 층에서 동기들을 보기로 했다. 차창을 열고 머리를 내밀어 위를 올려다봤다. 아! 짧은 감탄사가 절로 나왔다. 생각도 못 한 반전이 그곳에 숨어 있었다.

한동안 잠자리에 누우면 선발 대회장이 떠오르며 저절로 손발이 오그라들었다. 구리디구린 사투리 연기, 재앙급 기내 방송 그리고 내가 해놓고도 믿을 수 없는 삼행시의 폭거. 나는 이불을 냅다 걷어차고 베개에 머리를 파묻었다.

선발 대회 다음 날부터 나는 다시 마음을 다잡고 전도사로 돌아왔다. 루비콘강을 이미 건넜지만 다시 건너오면 그만이었다. 돌아온 탕자처럼 교회로 유턴하니 오히려 은혜가 넘쳤다.

한나는 연예인 바람이 제대로 들었다. 시험에 탈락하고 방송 아카데미 연기반에 다니기 시작했다. 한나는 방송 3사 코미디뿐만 아니라 해외 코미디까지 찾아서 봤다. 푸르딩딩한 추리닝 바람으로 프런트에 앉아 로커 열쇠를 내주며 한나가 말했다.

"코미디언은 내 운명이야. 붙을 때까지 볼 거야."

강바람은 여전히 찼지만 나뭇가지 끄트머리마다 뽀송뽀송한 연둣빛 새싹이 움터 올랐다. 교회 마당에 있는 벚꽃이 팝콘 같은 꽃망울을 활짝 틔웠다. 새 학기가 시작돼 나는 신학교와 교회를 오가며 분주히 지냈다. 코미디언 선발 대회란 게 있었나 싶을 만큼 잊고 지냈다. 〈코미디야〉도 아예 안 봤다. 소심한 복수였다.

문제의 전화를 받은 건 여자 권사님의 천국 환송 예배를 드리고 교회로 돌아오는 밴 안에서였다. 담임목사와 성도들은 애도 분위기 속에서 조용히 바깥 풍경만 바라보고 있었다. 마침 부활절을 앞둔 고난주간이어서 라디오 기독교 방송에서는 장송곡 같은 슬픈 성가만 흘러나왔다. 모르는 번호라 받지 않을까 했지만 오로지 호기심으로 통화 버튼을 눌렀다. 이어폰 속으로 중년의 여자 목소리가 들렸다.

"최사무엘 씨? 축하합니다. T 방송국 코미디언 공채 시험에 합격하셨습니다."

우리나라에도 보이스 피싱이 시작됐다는 뉴스를 본 기억이 났다. 어리숙한 초짜가 거지 전도사에게 얼토당토않은 사기를 치는구나 싶었다. 코미디언 합격자 발표가 난 게 언젠데. 전화를 끊으려는데 여자가 한마디 덧붙였다.

"추가 합격입니다."

이건 뭐지? 날짜 계산을 해봤다. 아무리 추가 합격이라지만 석 달 뒤 통보라니. T 방송국이 동네 구멍가게도 아니고.

"전 백꽃잎 CP예요. 기억하시죠?"

"아!"

탄성과 함께 급브레이크를 밟을 뻔했다. 조수석에 있던 담임목사가 나를 힐끗 쳐다봤다. 나는 목소리를 최대한 낮췄다.

"기억하다마다요. 백발…… 아니 안녕하셨어요?"

나는 보이지도 않는 그녀에게 머리를 꾸벅 숙였다. 백 CP는 사무적으로 물었다.

"사정이 생겼어요. 자세한 얘긴 나중에 하고. 아직 코미디언 생각 있으세요?"

'이거 싸게 나왔는데 살래요?' 같은 말투였다. 머릿속이 나노초의 속도로 돌았다. 이건 진짜다. 뭔가 사고가 터졌고 스리쿠션으로 행운이 내게 굴러왔다. 하늘이 준 기회를 무조건 움켜쥐어야 한다. 짧은 순간 '전도사는 어쩌지?' 하는 고민이 들었다. 돌아온 탕자가 석 달 만에 또 가출하려니 민망했다. 하지만 고민은 찰나였을 뿐, 내 마음은 딱지치기할 때 배를 정통으로 맞은 딱지처럼 홀랑 뒤집혔다. 나는 숨을 가다듬고 한 마디씩 꾹꾹 눌러 말했다.

"당연히 생각 있습니다."

백 CP는 알았다면서 돌아오는 월요일 9시까지 3층 예능국으로 출근하라는 말과 함께 전화를 끊었다. 나는 혀를 꽉 깨물고 터져 나오는 환호성을 꿀꺽 삼켰다.

T 방송국으로 출근이라니!

내 허접한 개그가 통한 건가. 로또에 정통으로 맞았다. 우리나라에서 제일 쓸데없는 걱정의 주인공, 연예인이 되다니. 눈꼬리가 찡해와서 눈을 부릅뜨고 가쁜 숨을 코로 내뿜었다. 담임목사가 핸들을 잡은 내 손을 토닥였다. 막 장례를 치른 권사님 때문에 내 감정이 격해진 걸로 오해하는 듯했다.

부활절 아침, 전도사가 코미디언이 됐다는 소식에 성도들은 메가톤급 충격을 받았다. 예수의 부활 사건은 내 코미디언 합격 사건에 완전히 묻혔다. 주일학교에서는 난리가 났다. 아이들은 벌써부터 사인을 해달라고 종이를 내밀거나 빅뱅을 만나게 해달라고 졸랐다. 교인들도 놀라면서 축하하는 분위기였지만 담임목사 눈치를 보느라 드러내놓고 박수 치지는 못했다.

담임목사는 예상대로 결사반대했다. 어떻게 하나님의 종이 세상의 가치를 좇아 죄의 소굴로 들어갈 수 있냐며 도리질 쳤다. 성(聖)과 속(俗)은 공존할 수 없다면서 코미디는 음란하고 폭력적이라고 했다. 도화동 교회가 워낙 보수적인 교단 소속이라 이미 예상한 바였다. 나는 심각하고 참회하는 표정을 지었지만 내 마음은 루비콘강을 다시 건넌 지 이미 오래였다.

가장 놀란 사람은 송한나였다. 빈말이라도 축하한다는

말 한마디 없었다. 콤비로 나갔는데 왜 자기는 안 되고 최도사만 된 거냐며 있는 짜증, 없는 짜증을 다 부렸다.

"최 도사가 웃겨? 웃기냐고? 왜 너만 된 거야?"

언제는 가만히만 있어도 웃기다더니.

"이제 T 방송 망하겠네. 보는 눈이 이렇게 없어서야."

솔직히 왜 추가 합격을 한 건지 나도 모르지만 선을 제대로 넘은 한나의 말엔 열이 뻗쳤다. 톡 까놓고 말해서 나야 몸 개그로 백발마녀를 웃기기나 했지, 한나가 웃긴 게 하나라도 있었나? 눈알 빨리 굴린 거 말고 제대로 한 게 있었냐는 말이다. 한나는 계속 빈정댔다.

"코미디언 되셨으니 돈 많이 벌겠네. 이제부터 공짜 목욕 없어. 돈 내고 들어와."

"나도 이제 후진 도화탕 갈 일 없거든. 여의도 호텔 사우나면 몰라도"라고 되받아치려다 참았다. 전도사 생활 5년 만에 참는 데는 이력이 났다.

아버지는 이번엔 '그려'로 답했다.

"아버지, 나 코미디언 됐어요."

"그려?"

"아버지가 했던 충청도 사투리로 합격한 거예요."

"그려어?"

"하늘에 계신 어머니도 이해할 거예요."

"그려~. 알아서 혀."

'그려'는 '뭐여'와 함께 충청도의 만능 치트 키 단어다. 아버지는 어머니가 암 선고를 받았을 때도 '그려?' 한마디뿐이었고 어머니 마지막 모습을 지켜보면서도 '그려'만 되풀이했다. 가난은 지긋지긋하다. 제대로 치료 한 번 못 받고 죽은 어머니만으로 가난의 대가는 충분히 치렀다. 소중한 것을 가난 때문에 더 이상 잃고 싶지 않았다.

이삿짐은 단출했다. 군용 더플백과 여행용 트렁크가 하나씩. 짐을 꾸리고 나니 그제야 전도사 노릇이 끝났다는 실감이 났다. 주일예배를 마치고 성도 배송까지 끝낸 뒤 지하 기도실을 나섰다. 목사가 되겠다는 부푼 꿈을 안고 상경해서 꽃 같은 청춘을 이곳에서 보냈다. 곰팡이와 동거하고 길냥이를 말벗 삼으며 열대야와 한파를 견뎠다. 교회 건물을 한 바퀴 둘러보고 담임목사에게 마지막 인사를 드렸다. 삐져 있던 담임목사도 이별 앞에선 눈물을 글썽였다. 내 머리에 손을 얹고 축복 기도를 해주더니 전별금이라며 금일봉을 건넸다. 자그마치 300만 원! 재물이 있는 곳에 마음이 있다고, 돈이 있는 곳에 은혜가 넘쳤다. 그동안 쌓였던 서운함과 원망이 눈 녹듯 사라졌다. 꼭 훌륭한 코미디언이 되어 세상에 빛과 소금의 역할을 담당하겠다고 약속드렸다. 담임목사가 말했다.

"예수님도 코미디를 하셨지. '오른뺨을 맞으면 왼뺨도 대주라'라는 말, 그게 코미디야. 오른뺨을 맞으면 주먹을 내질러야지, 왼뺨까지 대주라는 게 말이 돼? '주는 것이 받는 것보다 복되다.' 이것도 코미디야. 받는 게 복이지 어떻게 주는 게 복이야? 원수를 사랑하라고? 원수에게 복수해야지 뭔놈의 사랑? 성경을 읽다 보면 예수님이 코미디의 대가란 걸 알게 돼. 최 전도사도 예수님과 같은 코미디를 해봐. 세상을 풍자하는 코미디, 역설 속에 진리가 살아 있는 코미디."

평소 내가 알던 담임목사와 결이 전혀 다른 말을 해서 놀랐다. 원래부터 이렇게 생각했는데 목사라는 자리 때문에 내색을 안 한 건지, 그냥 듣기 좋으라고 덕담으로 하는 말인지 알 수 없었지만 돈 삼백에 나는 머리를 연신 주억거렸다.

새로 이사 갈 동네는 쉽게 답이 나왔다. 연예인 신분에 어울리는 곳, 젊음과 개성이 넘치고 유행을 읽을 수 있는 곳, 여의도에서 멀지 않은 곳. 세 조건의 교집합은 홍대였다. 언제나 그렇듯 문제는 돈이었다. 오피스텔이나 원룸을 얻으려 했지만 시세를 확인하고 포기했다. 결국 보증금 없고 관리비, 공과금이 들어가지 않는 고시원밖에 선택지가 없었다. 언제든 쉽게 방을 뺄 수 있다는 점도 마음에 들었다. 담임목사가 준 전별금으로 두세 달만 고시원에 머물다가 돈이 모이면 그때 오피스텔로 옮길 계획을 세웠다.

고시원은 기본으로 세팅돼 있는 침대, 책상, 옷장과 소형 냉장고만으로 방이 꽉 찼다. 샤워실과 화장실 그리고 부엌은 공용이었다. 짐을 간단히 풀고 침대에 벌렁 누웠다. 좁지만 온전한 내 방을 가졌다. 벽지는 얼룩이나 곰팡이 없이 깨끗했다. 꼽등이도, 쥐도 없다. 웃풍은 있지만 바닥은 전기장판이 없어도 따뜻했다. 지하가 아닌 지상, 자그마치 3층.

저절로 실실 웃음이 새어 나왔다. A4 크기의 쪽창에 파란 보름달이 그림처럼 둥실 떠 있었다. 홍대의 달은 때깔부터 트렌디했다.

내 인생의 제2막이 열리는 순간, 첫 출근 날이 밝았다. 하나 있는 양복을 갖춰 입고 고시원을 나섰다. 홍대입구역에서 지하철을 탔다. 만원이었지만 나이 든 권사님들이 아니라 청춘 남녀들 무리에 꽉 끼여서 출근한다는 사실 하나만으로 가슴이 벅찼다. 여의도는 홍대와 분위기가 또 달랐다. 은행과 증권사가 많다 보니 정장이나 유니폼을 깔끔하게 차려입은 내 또래 직장인들이 바쁘게 움직였다. 떠들썩하거나 난잡하지 않고 보수적이면서도 전문성이 엿보이는 그들의 단정한 옷차림이 마음에 들었다. 해끗해끗 날리는 벚꽃잎을 맞으며 고층 건물 사이를 걷자니 멜로드라마 주인공이라도 된 양 마음이 들떴다. 나는 옷매무새를 가다듬고 보라색 건물 T 방송국으로 들어갔다.

1층에 〈커피프린스〉 카페가 있었다. 드라마가 대박 나자 같은 이름으로 카페를 차린 모양이다. 출근길 방송국 직원들이 커피프린스로 줄지어 들어갔다. 방송국은 마시는 커피 레벨부터 달랐다. 도화동 교회에선 커피믹스가 전부였지만 방송국에선 아이스아메리카노가 기본이었다. 나도 당당하게 커피프린스로 들어갔다. 커피라도 마시며 긴장을 풀고 싶었다. 혼자 낯선 예능국을 찾아가려니 뭉근히 겁이 올라왔다. 은은한 조명 아래 바닥은 아이스링크처럼 매끄러웠고 의자와 테이블은 세련되고 힙해 보였다. 천장에 매달린 TV 모니터에서는 T 방송의 아침 토크쇼가 나오고 있었다. 주문하려는데 왠지 오늘만큼은 아이스아메리카노를 마시고 싶지 않았다. 명색이 연예인인데 모양새 빠지게 빨대로 쪽쪽 커피를 빨고 싶지 않았다. 나는 에스프레소를 주문했다. 그것도 더블 샷으로. 여자 알바생이 포인트를 적립하겠냐고 묻길래 둘째 손가락을 세워 흔들었다. 노 땡큐. 여자 알바생이 수줍은 듯 방긋 웃었다. 나는 내 옷차림새를 내려다봤다. 연예인이란 게 티 나나?

에스프레소를 마시기 전 향을 먼저 음미하고 있는데 문자가 왔다.

[연예인 첫 출근 축하드려요. 혼자 잘해보세요.]

한나는 여전히 토라져 있었다. 새삼 한나의 빈자리가 느껴졌다. 한나라도 옆에 있으면 의지가 될 텐데. 내가 코미디언이 된 데에는 한나의 지분이 크다. 미안한 마음에 답장을 썼다.

[한나야. 같이 왔으면 정말 좋았을 텐데. 미안하고 고마워. 도토리 많이 쏴줄게.]

곳간에서 인심 난다더니 연예인이 되고 나니까 평소와 달리 지갑이 쉽게 열리고 낯간지러운 멘트가 술술 나왔다. 미니홈피 꾸미기에 빠져 있는 한나는 현금보다 도토리를 더 좋아한다. 속이 느글거리는 것 같아서 지울까 하다가 그냥 전송 버튼을 눌렀다.

TV 모니터에서 약품 광고가 나왔다. 배경은 유채꽃이 만발한 제주도. 남녀 모델이 꽃밭을 뛰어다니며 애정 행각을 벌이더니 폭삭 넘어진다. 여자 무릎이 까진다. 여자는 내가 오래전부터 흠모하던 배우였다. 그런데 여자 무릎에 연고를 발라주는 남자가 금동이였다. 요즘 인기가 오르더니 그새 광고를 찍었다. 언젠가 나도 여배우와 광고를 찍을 수 있을까. 운이 따른다면 광고도 찍고 그 인연으로 여배우와 사귈 수도 있다. 나는 에스프레소 더블 샷을 홀짝 한입에 털어 넣었다. 쥐약 맛이 났지만 표 내지 않았다.

"새뮤얼, 롱 타임 노 씨. 콩그래츄."

깜짝 놀랐다. 전라도 나주에서 롸이스를 기르는 순수 국내파 김철수였다. 여전히 선발 대회 때 입었던 흰색 폴라티와 하얀 코트, 그리고 백바지 차림이었다. 소 자 모양 수염은 더 얍삽하게 자랐다. 상황 파악을 못 하고 있는데 김철수가 신나서 말했다.

"서프라이즈! 나도 추가 합격이야."

"아……."

나를 반기는 김철수와는 달리 그의 추가 합격이 달갑지 않았다. 나는 김철수에게 단단히 삐져 있었다. 몸 개그라면 죽고 못 사는 백발마녀에 대해 거짓 정보를 흘렸다. 자기 혼자 살겠다고 한나와 나를 낭떠러지에서 밀어뜨렸다. 김철수가 내 표정을 보더니 눈웃음을 살살 치면서 말했다.

"아임 쏘리. 마이 미스테이크. 그래도 새뮤얼 합격했잖아. 리스펙트!"

그는 눈치도 빨랐고 사과도 빨랐다.

"한나 씨는 잘 있어? 투게더했으면 좋았을 텐데. 세이 헬로우 투 한나."

이어서 김철수는 곁눈질로 주위를 살피더니 지난번 거짓 정보에 대한 보상이라도 하겠다는 듯 목소리를 낮췄다. 추가 합격에 대한 막후 설명이었다. 어디에서 들었는지 이미 상황을 다 꿰고 있는 눈치였다.

T 방송국은 올해 공채로 코미디언 여섯을 뽑았는데 석 달 만에 세 명이나 그만뒀다. 분위기가 나빠지고 연기자 부족이 심각해지자 예능국은 고민 끝에 급히 두 명을 추가 합격시켰다. 나와 김철수.

이해할 수 없었다. 모두가 되고 싶어 하는 꿈의 직업인 코미디언을 그만뒀다고? 김철수가 얼굴을 부담스럽게 내 쪽으로 내밀더니 속삭였다.

"바깥에서 보는 것보다 아주 시리어스한 모양이야. T 방송국 코미디언실 말이야."

"뭐가 그렇게 시리어스하나요?"

김철수는 주위를 다시 한번 둘러보고 얼굴을 더 디밀었다.

"이건 시크릿인데 지속적인 가혹 행위가 있었대."

뜻밖의 단어가 튀어나왔다. 갑자기 목이 말라 나는 에스프레소 잔을 바짝 기울여 마지막 한 방울을 빨아 마셨다.

"구타도 있었고, 왕따도 있었고. 오 마이 가스레인지."

코미디언들의 똥군기에 대해선 온라인 카페에서 읽은 기억이 있다. 군대는 저리 가라 할 정도로 빡세다고 들었다.

"그래서요? 방송국에선 그냥 내버려둔대요? 괴롭혔던 사람들?"

"그게 생각만큼 이지하지 않나 봐. 그냥 쉬쉬하면서 입막음만 하고 있대."

이제야 그림이 그려졌다. 세상 돌아가는 게 언제나 그랬다. 피해자는 쫓겨나고 가해자는 남아서 여전히 잘나간다.

"우리야 땡큐지. 덕분에 코미디언이 됐잖아."

남의 불행은 나의 행복인가. 찜찜한 마음을 안고 우린 커피프린스를 나와 엘리베이터를 탔다.

3층에서 내려 예능 운영부로 가는 복도 양쪽에 프로그램 회의실이 쭉 들어서 있었다. 나는 〈코미디야〉 밖에는 아는 게 없지만 김철수는 회의실 문에 붙어 있는 예능 프로그램 이름을 하나하나 주워섬기면서 원더풀, 언빌리버블, 어메이징 같은 감탄사를 남발하며 감격에 겨워했다. 호기심에 나도 회의실 안쪽을 기웃거렸다. 출근 시간이 지났는데도 대부분 불이 꺼져 있었다.

백발마녀는 자리에 앉아 있는 것 자체로 강렬한 아우라를 발산했다. 그녀는 "축하합니다" 하면서 악수를 청했는데 외모와 달리 손이 작고 부드러웠다. 4월의 따사로운 햇살이 그녀의 어깨 위에 포근하게 내려앉았다.

우리는 백발마녀를 따라 예능국장실로 갔다. 국장은 사람 좋게 생긴 50대 아저씨였다. 갑자기 김철수가 이상한 개그를 쳤다.

"안녕하십니까? 난 나나나 난난 나나나나. T 방송의 퓨처를 책임질 김철수!입니돠아."

요즘 인기를 끌고 있는 여자 댄스 가수의 노래에 안무까지 곁들여 자기소개를 했다. 첫인상부터 튀어야 한다는 노림수였다. 가만히 있으면 감 떨어져 보일 수 있다는 불안감에 나도 엉겁결에 김철수식으로 인사했다.

"난 나나나 난난 나나나나, 최사무엘!입니돠아."

국장은 푸하하하 호탕하게 웃더니 우리와 백 CP에게 앉으라고 했다. 그리고 심심했는데 마침 잘됐다 싶었는지 장광설을 늘어놨다. 방송국에서 코미디 프로그램은 황금알을 낳는 전통적 효자 종목인데 이제 천덕꾸러기가 돼버렸다고 한탄했다. 이어서 C 방송 코미디는 대박이고, S 방송은 중박이라도 치는데 우리 〈코미디야〉만 쪽박이라며 분개했다. 백발마녀는 가만히 듣고만 있었다. 국장은 백발마녀가 어려운 듯 코미디언 1일째를 맞은 우리 쪽만 보고 얘기했다. 우리는 깊이 반성하는 척 입을 앙다물고 심각한 표정을 지었다. 생뚱맞은 분위기였다. 국장은 말하다 보니 점점 더 열이 오르는지 언성을 높였다.

"제작비는 커지고 광고는 안 붙고 이러다가 코미디 프로그램이 편성표에서 아예 사라질 수도 있어요. 알아들어요?"

"국장님, 죄송합니다."

김철수가 비장하게 사과했다. 이 상황이 너무 코미디 같아서 나는 쿡, 웃고 말았다. 나를 노려보는 국장의 얼굴이 벌겋게 달아올랐다. 내가 당황해서 어쩔 줄 몰라 하자 김철수가 벌떡 일어나 꾸벅 허리를 굽히며 "국장님, 대신 사과드립니다. 죄송합니다" 했다. 그게 또 웃겨서 나는 푸푸풉, 침까지 튀면서 웃음을 터뜨렸다. 끅끅끅. 얼음장처럼 차갑던 백발마녀도 입을 가리며 웃었다. 국장은 이게 웃기는 상황인가 하며 어리둥절한 표정으로 우리 눈치를 보더니 "이 친구들 재밌네" 하고 허허허 너털웃음을 쳤다.

곧이어 예능운영부장이 들어와서 우리에게 계약서를 건넸다. 내가 T 방송국과 감히 계약이란 걸 맺다니! 계약서를 두 손으로 받아 드는데 감격에 겨워 눈언저리가 뜨거워졌다. 운영부장이 간략하게 내용을 설명했다. 1년간 전속 계약을 맺는다. 계약금은 없고 기본급으로 매달 세전 80만 원을 받는다. 처음 든 생각은 '애걔, 겨우?'였다. 달아올랐던 눈언저리가 급히 식었다. 아무리 신입이라지만 너무 짠 거 아닌가. 김철수는 아무래도 좋다는 듯 고개를 끄덕였다. 내 마음을 읽었는지 운영부장은 프로그램에 출연하면 회당 출연료를 더 받는다고 덧붙였다. 내가 다른 건 잘 참는데 궁금한 건 못 참는다.

"얼만데요?"

"회당 15만 원입니다."

또 한 번 실망했다. 매주 출연해봐야 한 달에 60만 원. 기본급이랑 합쳐도 월 140만 원이다. 전도사 사례비보다 낫지만 예상보다 훨씬 적었다. 이래서는 고시원 생활을 당분간 못 벗어난다. 내 실망한 표정을 보고 김철수가 속삭였다.

"출연료는 아무것도 아냐. 일단 뜨면 게임 끝. 디 엔드."

그렇긴 하지만 뜨기도 전에 게임이 끝나는 건 아닐까 불안했다. 운영부장은 '싫으면 관두던가' 하는 표정이었다. 나와 김철수는 군말 없이 계약서에 사인했다.

우리를 코미디언실까지 안내해준 남자는 덩치가 큰 내 또래 남자였다. 헐렁한 카고바지에 티셔츠 한 장을 걸쳤는데 땀을 많이 흘렸다. 아이스크림을 먹으면서도 땀을 흘릴 것 같았다. 그는 자기를 반장이라고 소개하면서 동기들이 기다리고 있다고 했다. 코미디언실은 예능국과 같은 층이지만 중앙 로비를 지나 복도 끝 후미진 곳에 있었다.

코미디언실은 밖에서 볼 때보다 넓었다. 가운데 원목 탁자와 가죽 소파가 있고 안쪽으로 회의용 테이블과 의자들이 놓여 있었다. 커다란 공기 정화 식물 화분 몇 개가 군데군데 보였다. 벽에는 한 달 일정표가 그려진 화이트보드와 기수별로 정리된 T 방송국 코미디언들 사진이 걸려 있었다. 복도 쪽 유리창을 블라인드로 가려서 바깥세상과는 단절된 비밀의 방 분위기가 났다.

구석에 나란히 앉아 있던 남녀가 주춤주춤 일어났다. 안경을 쓴 남자는 비쩍 마르고 희멀건 게 살아 있는 무말랭이 같았다. 청바지에 흰색 티를 입은 긴 머리 여자는 키가 훤칠하고 몸매가 늘씬했다. 수수한 옷차림에 화장을 안 해서인지 보는 순간 야생화가 떠올랐다. 연약해 보이면서도 강하고, 소박해 보이지만 자세히 보면 예쁜 느낌. 들큼하면서도 고소한 향기가 숨을 타고 내 안으로 들어왔다.

반장이 안쪽에서 스툴을 꺼내와 우리에게 권했다. 포장마차에서나 볼 수 있는 플라스틱 스툴이었다. 다섯 명이 어정쩡한 구도로 둘러앉아 신입생 첫 MT라도 온 것처럼 얼굴만 멀뚱멀뚱 마주 봤다. 도로 쪽으로 난 여닫이 창문 너머로 자동차 소음이 들렸다. 나서고 싶지 않았지만 영 어색해서 반장에게 물었다.

"우리 저쪽으로 자리를 옮기면 안 돼요?"

반장은 내가 가리킨 소파를 돌아보더니 손수건으로 땀을 훔치며 도리질 쳤다.

"아직 우리는 저기 앉을 짬이 아니에요."

무슨 상황인지 감이 왔다. 인터넷에서 읽었던 코미디언 똥군기였다. 반장이 시간을 한 번 확인하더니 불쑥 말했다.

"우리 18기 동기인데 자기소개나 할까요?"

반장의 제안에 나머지 둘이 고개를 끄덕였다. 반장이 먼저 나섰다.

"저는 마우돈입니다. 아버지가 마장동에서 정육 식당을

하는데 식당 이름이 우돈이거든요. 그래서 제 이름도 우돈이 됐습니다. 마우돈. 말, 소, 돼지란 뜻이죠."

거북한 분위기에 민숭민숭했던 우리는 기다렸다는 듯이 함께 웃었다. 마우돈은 이름부터가 코미디언이었다. 그는 대학로에서 오랫동안 무대에 오르면서 코미디를 배웠다고 했다. 집에서 잘 얻어먹어서 그런지 피부가 사골 국물처럼 뽀얗고 얼굴도 토실토실했다. 나이는 스물일곱. 나와 동갑이었다.

무말랭이 차례였다.

"나우주입니다. 제 이름도 아버지가 지었는데 미국 나사 (NASA) 연구원으로 근무하셨거든요. 우주처럼 크게, 창의적으로 살라고 우주라고 이름 지으셨어요."

마장동 정육 식당 바로 뒤에 나사 연구원이 나오니 확연히 대비가 됐다. 소, 돼지와 우주의 격차는 컸다. 무말랭이는 안경을 고쳐 쓰고 계속 말했다.

"그냥 재미 삼아 한번 지원해봤는데 덜컥 합격해버렸네요."

이 말은 안 하는 게 좋을 뻔했다. 누구는 목숨 걸고 도전해도 계속 떨어지는데. 아니나 다를까 김철수는 고깝다는 눈초리로 나우주를 쏘아봤다. 말할수록 손해 보는 캐릭터인데 나우주의 입은 쉬지 않았다.

"올해 신촌에 있는 Y대를 졸업했습니다. 잘 부탁드립니다."

말을 하지 말든가. Y대는 또 뭔가. 연세대면 연세대라고 말하면 되지. 그런 식이면 나는 K대 졸업이다. 감리신학대학.

홍일점 이름은 조은별이었다. 중성적인 그녀의 목소리는 부드러우면서도 단단한 느낌을 주었다.

"친구들은 나를 졸리라고 불러요. 앤젤리나 졸리. 사실 난 졸리 같은 배우가 되고 싶어요. 로맨스뿐만 아니라 스릴러, 액션 연기도 잘하는 여자 배우."

"졸리, 그럼 톰 크루즈하고 사귀는 거야? 하하하."

김철수는 자기가 말하고 자기가 웃었다. 나우주가 끼어들었다.

"톰 크루즈가 아니라 브래드 피트."

김철수가 떨떠름한 표정으로 나우주를 흘겼다. 별명대로 조은별은 졸리와 닮았다. 우월한 기럭지가 그랬고 특히 각진 턱과 도톰한 입술은 졸리 판박이였다. 연기를 하고 싶으면서 왜 코미디언이 됐는지 궁금했다. 조은별은 솔직했다.

"우선 코미디로 얼굴을 알리고 기회가 닿으면 연기자가 되고 싶어요."

내 눈에도 조은별은 코미디언보다는 연기자가 더 잘 어울려 보였다. 주연까지는 아니더라도 개성파 조연쯤은 얼마든지 꿰찰 수 있는 피지컬을 갖추고 있었다.

동기 셋 모두 수더분해서 마음이 놓였다. 석 달 먼저 왔다고 텃세를 부리면 어쩌나 하고 내심 걱정했었다.

김철수는 여전히 '난 나나나 뛰아'를 섞어가면서 자기를 소개했다. 배려심 깊은 우리 동기들이 밝게 웃어줬다. 잘한다고 하니까 신이 난 김철수는 평소보다 영어를 더 많이 섞어가며 자기 이야기를 늘어놨다. 방송 3사 코미디언 콘테스트에서 연거푸 떨어지고 이번이 진짜 라스트라고 생각했는데 또 떨어졌다, 이 길은 마이 웨이가 아니라고 기브 업 했다, 갑자기 추합 연락을 받았고 하루 종일 크라이했다, 나이는 베스킨라빈스, 서른한 살. 우리 동기 중 가장 나이가 많다.

마지막으로 내 차례. 나는 짐짓 부드러운 미소를 띠었다. 평소에 가만히 있어도 남들은 내가 화가 난 걸로 착각한다. 막 입을 떼려는 순간, 문이 벌컥 열렸다. 동기들이 화들짝 놀라 일어서더니 무조건 반사로 허리부터 굽혔다.

"안녕하십니까?"

김철수와 나도 엉겁결에 고개를 숙였다.

"너희들 뭐 하나?"

날카로운 눈매의 근육질 남자였다. 바이크를 타고 왔는지 가죽 재킷에 스키니진, 그리고 금속 버클이 달린 부츠 차림이었다. 정수리를 빼고 주변머리를 다 삭발해 파인애플처럼 보였다. 반장이 서둘러 김철수와 나를 소개했다. 우리를 쳐다보는 가죽 재킷 남자의 눈빛이 날카로웠다. 갑자기 김철수가 90도 폴더 인사를 했다.

"선배님, 영광입니다. 선배님의 열혈 팬입니다."

나도 가만히 있을 수 없어 선배 이름도 몰랐지만 그냥 떠오르는 대로 뱉었다.

"저, 저는 선배님을 보며 코미디언의 꿈을 키웠습니다."

전도사 노릇하며 먹은 눈칫밥 덕에 임기응변 하나는 강했다. 순식간에 선배의 인상이 자애로운 부처님의 얼굴로 바뀌었다. 선배가 손을 내밀었다. 손이 곰의 앞발만큼 컸다.

"이번 보충 신입, 잘 뽑았네. 이름이?"

"난 나나나 난난 나나나나 김철⋯⋯, 욱!"

춤추던 김철수가 비명과 함께 바닥에 나가떨어졌다. 배를 정확히 가격하는 선배의 주먹은 눈보다 빨랐다.

"미친놈. 어디서 말장난이야?"

김철수는 몸을 웅크리고 숨조차 제대로 못 쉬고 있었다. 선배는 이번엔 나를 쏘아봤다.

"넌?"

심장이 덜컥 내려앉았다. 뭐라도 해야 한다. '난 나나나'는 당연히 건방지다.

"전 저저저 전전 저저저저 억!"

정신 차려보니 나는 김철수 옆에 사지를 오그리고 쓰러져 있었다. 속이 메슥거리며 구역질이 올라왔다. 선배가 여전히 분을 못 이기며 말했다.

"상또라이 새끼들이 쌍으로 들어왔네."

나는 계속 바닥에 납작 엎드려 있었다. 웃기려다가 본전도 못 찾았다. 내가 김철수보다 훨씬 세게 맞았다.

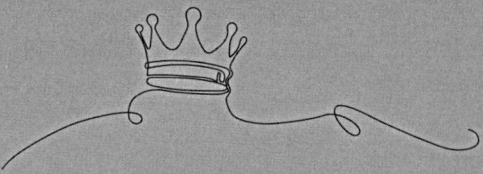

신입 코미디언 수칙

교회에 십계명이 있다면 코미디언실에는 신입 코미디언 수칙 20조가 있다. 원래는 10조였는데 시간이 지나면서 자신들이 당한 게 억울해서 하나씩 늘렸다고 전한다.

우리 바로 위 기수 조환 선배가 했던 말이 떠오른다.

"전국에서 웃기는 걸로 전교 1등 하던 괴짜들이 모인 곳이 코미디언실이야. 웃긴 놈들의 서울대라고 할 수 있지. 모두 자기가 제일 웃긴다고 생각해. 그러다 보니 강력한 규칙이 없으면 완전 난장판이 되는 거야. 나도 군기 반장 하기 싫어. 하지만 코미디언실을 위해 누군가는 총대를 메야 잖아."

신입 코미디언 수칙

1. 월~금 출근 7시, 퇴근 11시.

2. 코미디언실에 항상 대기. 등받이 의자 금지. 잡담 금지.

3. 선배를 보면 큰 소리로 인사, 부르면 큰 소리로 대답.

4. 어떤 상황에서도 이가 보이면 안 된다.

5. 토 오전 조기 축구에 필참. 경기 중 '파이팅'을 항상 크게
   외친다.

6. 휴일에 선배가 호출하면 무조건 나온다.

7. 선배에게 온 전화는 벨이 세 번 울리기 전에 받는다. "안녕
   하십니까? 18기 ○○○입니다."

8. 선배 문자에는 1분 이내 응답.

9. 주머니에 항상 담배 3종 이상 소지, 라이터도 대기.

   (비흡연자도 해당)

10. 휴대폰은 눈에 안 띄게 소지.

11. 개인 통화는 코미디언실 밖에서 1분 이내로.

12. 화장실은 5분 이내로. 점심시간은 30분.

13. 금지 항목: 치마, 반바지, 스키니진, 슬리퍼, 귀걸이, 염색,
    화장, 향수, 외제 차.

14. 술과 담배는 여의도 밖에서 한다.

15. 녹화 때 선배들 소품, 의상을 먼저 챙기고 자기 것은 마지
    막에 챙긴다.

16. 분장을 받을 땐 차렷 자세 유지. 분장사에게 웃음, 대화 금지.
17. 코미디언실 공식 행사에 필참.
18. 선배들 애경사에 필참. 본인 입원 시에만 예외.
19. PD나 작가가 묻지 않는 한 먼저 말하면 안 된다.
20. 항상 신인다운 용모와 자세를 유지한다.

코미디언 공채 제도가 없어지면서 신입 코미디언 수칙도 시간 속으로 사라졌다. 요즘은 코미디언 대부분이 유튜브와 넷플릭스 같은 OTT 매체에서 프리랜서로 활동한다. 옛날을 그리워하는 선배도 있다. 그때는 끈끈한 동료애와 의리가 살아 있었다고. 그때는 코미디가 약속 대련이었다면 지금은 실전이라고. 서로 봐주는 거 없이 오로지 웃기는 자만이 링에서 살아남는다고.

가끔 궁금하다. 정말 이런 수칙이 없었으면 코미디언실이 제대로 돌아가지 않았을까?

　욕심껏 음식을 받아 왔지만 밥이 들어가지 않았다. 내장이 아직 제자리를 못 잡은 듯 뱃속에서 꾸룩꾸룩 소리가 났다. 지하 1층 구내식당에서 나는 고개를 숙인 채 식판에 담긴 돈가스만 바라봤다. 철수 형(동기끼리 존대는 원칙적으로 금지였지만 형, 누나의 호칭은 인정됐다)은 열심히 먹었다. '조금 전에 뭔 일이 있었나?' 하는 표정이었다. 반장 마우돈이 우리를 힐끗 보더니 말했다.

　"백해성 선배. 격투기 선출이에요. 우리도 지금까지 많이 당했어요."

　"깡패야? 양아치야? 사람을 왜 때려. 아이 돈 언더스탠드."

　철수 형이 돈가스를 입에 문 채 분개했다. 달궈진 맥반석 위 오징어처럼 온몸을 꽸던 일이 그제야 떠오른 모양이다.

우돈이 걱정스레 말했다.

"오늘 당한 건 아무것도 아녜요. 마음 단단히 먹어야 해요."

느닷없이 핵 펀치로 배를 맞은 게 아무것도 아니라니. 그럼 아무것은 얼마나 엄청난 걸까. 우돈은 양송이수프를 접시째 들고 마신 다음 땀을 닦으며 말했다.

"군기 잡는 거 코미디언실 전통이에요. 무조건 버텨야 해요. 독한 사람만 살아남아요. 우리 동기 셋은 결국 못 견디고 나갔잖아요."

부조리를 바로 잡을 생각 말고 그냥 버티라는 말이었다. 철수 형이 거들었다.

"T 방송국만이 아냐. 다른 방송국도 마찬가지래. 결국 잃을 것이 낫씽인 헝그리한 사람만 서바이벌하는 거야."

백발마녀가 우리를 추가로 뽑은 것도 제일 헝그리하게 보였기 때문인가. 나는 자조하듯 씁쓸하게 웃었다. 이런 논리라면 나는 끝까지 서바이벌할 것이다. 잃을 것도 낫씽이고 24시간 헝그리하니까.

이해 안 되는 부분도 있었다. 우돈이나 졸리는 그렇다 쳐도 무말랭이는? 나사 연구원 아버지에 Y대 출신 아닌가. 무말랭이는 잃을 게 많아 보였다.

"나우주 씨는 어떻게 버텼대요?"

"선배들이 우주는 안 건드려요."

"에? 왜요?"

"Y대 출신이 코미디언이 됐다고 합격하자마자 언론의 주목을 받았어요. 덕분에 우리 동기 중 제일 먼저 떴죠."

"뜬 애는 안 건드려요?"

"못 건드리는 거죠. 우주에게 무슨 일이라도 생겨서 바깥에 알려지기라도 하면 가해자는 바로 퇴출이죠. 게다가 우주 아버지는 나사 연구원 출신이고⋯⋯."

철수 형이 숟가락을 딱 소리 나게 내려놓았다.

"억울하면 좋은 대학 나오고 부모 잘 만나라, 이 말이네. 오 마이 헤드에이크!"

결국 코미디 세계도 바깥 세계와 다를 게 없었다. 같은 코미디언이라도 누구는 처음부터 레드카펫이 깔리고 스포트라이트를 받으며 시작하지만 누구는 있어도 그만, 없어도 그만인 투명 인간 취급을 받는다. 나는 포크와 나이프를 양손에 들고 돈가스를 욱여넣었다.

점심시간이 지나면서 붐비던 구내식당이 조금 한가해졌다.

"여어. 우리 애기들이 여기 있었네."

두꺼운 뿔테 안경을 쓰고 구레나룻이 덥수룩한 남자였다. 그와 함께 한 무리가 우리 옆 테이블에 앉았다. 마우돈이 용수철처럼 벌떡 일어났다.

"안녕하세요? 감독님."

철수 형과 나도 일어나 인사했다. 감독이란 사람이 앉으라고 손짓했다. 우돈이 속닥였다.

"〈코미디야〉 류 감독님, 조연출 그리고 작가들이야."

PD면 PD지 감독은 또 뭔가. 야구 감독도 아니고. 하지만 어차피 이 바닥에서 버티기로 한 이상 적응하기로 했다. 로마에서는 로마법, 방송국에서는 방송국법. 철수 형과 나는 씩씩하게 다시 인사했다.

"감독님, 안녕하십니까? 이번에 새로 들어온 18기 공채 코미디언 김철수."

"최사무엘입니다."

철수 형이 더 이상 '난 나나나'를 읊진 않아서 다행이었다. 식당에 있던 사람들이 이쪽을 쳐다봤다. 류 감독은 무안해하며 "네네, 환영합니다" 했다. 그리고 어서 먹으라고 다시 손짓했다. 조연출과 작가들은 이런 상황에 이미 익숙한지 무덤덤했다. 우돈이 나지막이 설명했다.

"방송국에선 호칭이 중요해요. 호칭 하나로 천 냥 빚 갚기도 하지만 천 냥 빚 지기도 하죠. 잘 모르겠으면 그냥 감독님이라고 부르면 돼요. 카메라감독, 조명감독, 음향감독, 기술감독, 미술감독, 무대감독…… 감독은 많으니 그중 하나일 거예요."

개나 소나 다 감독이었다. 모두 감독만 하면 일은 누가 하나. 나는 옆 테이블을 조심스레 살폈다. 끄트머리에 앉은 조연출은 낯이 익었다. 어디서 봤더라 생각하는데, 조연출이 손을 들고 알은체를 했다. 맞다, 심사 위원! 코미디언 시험 때 백발마녀 옆에서 상냥하게 웃어주던 남자 PD였다. 나는 식판에 머리를 쫓을 듯이 꾸벅 인사했다.

우돈이 작가들에 대해서도 조곤조곤 알려줬다. 감독 옆

에 있는 산적처럼 생긴 남자가 메인작가. 맞은 편에 조르르 앉은 여자들이 서브 작가들. 원래 막내작가가 하나 더 있는데 지금은 안 보인다고 했다. 메인작가는 류 감독과 함께 코미디언들이 짠 개그를 '검사'했다. 그리고 녹화 후에 편집회의를 하면서 살릴 코너, 죽일 코너를 결정한다. 서브 작가들은 두세 개 코너를 맡아서 코미디언들과 함께 아이디어 회의를 했다.

"작가들과 잘 지내는 게 중요해요. 평소 러블리를 많이 쌓아놔야 합니다."

"러블리?"

영어로 개그를 치는 철수 형도 처음 듣는지 뜻을 물었다. 우돈이 풀어서 설명했다.

"우리끼리 그냥 러블리라고 불러요. 우호적인 감정이랄까? 작가 입장에서도 같은 정도의 재미라면 러블리가 쌓인 팀을 밀어주죠."

웃기기만 하면 다 될 줄 알았는데 그게 아니었다. 코미디의 세계 막후에는 고차원 방정식처럼 변수가 여기저기 숨어 있었다. 변수가 많아질수록 답은 예측 불가다.

우리는 식판을 들고 먼저 일어섰다. 무말랭이와 졸리는 우리가 교대해주길 기다리고 있었다. 류 감독에게 인사하고 나가면서 우돈이 메인작가에게 물었다.

"형, 막내 작가님은 안 보이네요?"

우돈은 메인작가와 친한지 형이라고 불렀다. 러블리를

쌓기 위한 작은 노하우 같았다. 밥을 먹던 메인작가가 입을 가리면서 말했다.

"걔, 그만뒀어. 공무원 준비한대."

코미디 작가도 쉽지 않겠지. 거칠고 고생스러우면서 또 전문성이 요구되는 장르가 코미디다. 메인작가가 양 볼 가득히 음식을 넣은 채 말했다.

"주위에 작가 할 만한 애 없냐? 온라인 카페에 공지 올렸는데 마땅한 지원자가 없네."

"형, 한번 알아볼게요."

우리가 다시 한번 고개를 꾸벅하고 나오려는데 조연출이 말을 걸었다.

"사무엘 씨, 그 여자분은 지금 뭐 하세요? 같이 시험 보셨던 귀여운 분."

순간 헷갈렸다. 한나를 얘기하는 것 같은데 걔가 귀여운 적이 있었나?

"송한나요? 요즘 연기 학원 다녀요. 코미디언 된다고."

"그분 코미디 작가 할 생각 없대요? 잘하실 것 같은데."

"걔 아이디어 하나도 없고 지금은 연예인병 걸렸어요" 하려다가 그래도 뭐 굳이 쓰겠다면.

"제가 한나에게 얘기해볼게요."

"이력서 보내달라고 해주세요. 작가 하다가 코미디언이 되는 경우도 있어요."

조연출이 세상 선량한 미소를 띠고 웃었다. 그는 인상은 참 좋은데 사람 보는 눈은 없다.

서둘러 코미디언실로 돌아왔을 때 다행히 백해성은 없었다. 대신 TV를 통해 봤던 고참 선배들이 소파에 앉아 바둑을 두고 있었다. 철수 형과 나는 자대배치 받은 신병처럼 코미디언실이 쩌렁 울리게 자기소개를 했다. 무말랭이와 졸리는 구내식당으로 내려갔다.

우리는 출입문 옆에 보초처럼 대기하면서 코미디언실로 걸려오는 전화를 받고 선배들의 잔심부름을 했다. 주로 자판기에서 커피를 뽑아오고 매점에서 담배와 주전부리를 사 오는 일이었다. 돈도 안 주면서 이것저것 사 오라고 주문하는 선배도 있었다. 마우돈의 카고바지 한쪽 주머니에서 동전이 화수분처럼 나왔다. 다른 쪽 주머니는 담배, 라이터, 필기도구로 가득 차 있었다. 선배들이 언제 찾을지 모르니까 이 네 가지(우돈은 'BIG 4'라고 불렀다)를 항상 준비하라고 알려줬다.

처음 보는 선배들이 계속 드나들었다. 자리에서 일어나 자기소개를 해도 들은 척 만 척하는 선배도 있었지만 대부분 따뜻하게 맞아줬다. 선배들은 바쁘게 움직였다. 컴퓨터로 자료를 찾거나 대본을 인쇄하고 서둘러 어디론가 사라졌다. 프로그램 회의실이나 매점 앞에서 팀별로 모여 개그를 짜고 연습한다고 우돈이 귀띔했다.

우돈의 설명에 따르면 〈코미디야〉는 녹화 날을 기준으로 톱니바퀴처럼 빡빡하게 돌아간다. 월요일은 방송이 나가고 또 1차 검사가 있어서 가장 바쁜 날이다. 검사는 PD와 작가들 앞에서 받는데 한 번에 통과되는 경우는 거의 없고 수정 판정을 받으면 통과될 때까지 계속 고쳐야 한다. 검사를 통과하지 못하면 목요일 녹화에 참여할 수 없고 스튜디오에서 다른 팀 공연하는 걸 구경만 한다. 물론 출연료도 없다. T 방송 코미디언은 원로급을 포함해서 90명이 넘는다. 〈코미디야〉 방송에 평균 13개 코너가 나가고 30명 남짓한 코미디언들만 출연한다. 어떻게든 30명 안에 끼어야 한다. 시청자들에게 얼굴을 알리고, 출연료를 받아서 먹고살아야 한다.

한나에게 문자를 보내려 휴대폰을 꺼내자 우돈이 깜짝 놀라며 손사래 쳤다. 코미디언실에서 신입이 휴대폰을 하면 안 된다는 거였다. 급한 전화는 나가서 선배들이 안 보는 곳에서 받아야 하고 코미디언실에서는 선배로부터 걸려온 전화만 받을 수 있다. 그것도 벨이 세 번 울리기 전에. 마우돈의 다음 말이 더 기가 막혔다.

"그냥 군대 다시 왔다고 생각하면 편해요. 싸이처럼요."

가수 싸이가 복무 불성실 이유로 재입대해서 군 생활을 하는 중이었다. 무슨 말인지 한 방에 이해가 됐다. 말소리가 컸는지 테이블에 앉아 있던 선배 하나가 이쪽을 보며 찌릿 눈총을 쏘았다. 순간 숨이 턱 막히면서 어깨를 움찔했다. 내 몸은 나보다 먼저 신입 수칙에 이미 적응하고 있었다.

저녁이 되자 우리는 방송국 앞 상가 지하로 갔다. 류 감독의 제안으로 철수 형과 나의 환영 회식을 열기로 했다. 동기들과 함께 먼저 가서 방을 잡고 상을 세팅했다. 고깃집은 이미 퇴근길 직장인들로 들어차 있었다. 고기 냄새에 벌써부터 파블로프의 개처럼 입안은 홍수가 났고 뱃속에선 모든 장기가 아우성쳤다. 이게 얼마 만의 기름칠이냐. 1차 검사를 마친 연출 팀과 선배들이 연이어 도착했다.

대패처럼 얇고 넓적하게 커팅된 고기는 때깔부터 달랐다. 선홍색 살코기와 하얀색 지방이 예술 작품처럼 어우러져 영롱하게 빛났다. 달궈진 불판에 내려놓자마자 육즙이 우러나오며 금세 구워졌다. 날름 집어먹으니 고소한 불맛과 함께 농후한 고기의 풍미가 입안에 가득 찼다. 식감도 예사롭지 않아서 질기지도 무르지도 않게 꼬들꼬들 씹혔다. 이렇게 고급스러운 고기는 처음이었다. 이름부터 순박하고 믿음직스러웠다. 차돌박이.

동기들은 문가에 자리 잡고 부지런히 선배들 시중을 들었는데 류 감독은 오늘의 주인공이라며 나와 철수 형을 연출 팀 맞은편에 앉혔다. 나는 체면은 잠시 접어두고 차돌박이를 진공청소기 최강 모드로 흡입했다. 내 돈 내고 먹는 게 아니니 두 배로 맛있었다. 철수 형은 나보다 한술 더 떴다. 익지도 않는 고기를 홀랑홀랑 주워 먹으며 자기는 원래 레어로 먹는다고 했다. 찢어져라 입을 벌린 새끼들에게 부지런히 먹이를 물어다 주는 아빠 제비처럼 조연출은 쉴 새

없이 고기를 불판에 올렸다.

백발마녀는 뒤늦게 합류했다. 조연출이 옆으로 옮겨 앉으며 자리를 마련하는 바람에 나와 마주 보게 됐다. 류 감독이 모두 잔을 채우라고 하더니 주섬주섬 일어났다.

"뒤늦게 합류한 김철수 씨와 최사무엘 씨 환영합니다. 무럭무럭 자라서 웃음으로 세상을 뒤집어주세요."

신기술이나 신상품이 아닌 웃음으로 세상을 뒤집으라는 말이 신선했다. 류 감독이 맥주잔을 높이 들었다.

"우리가 누구야?"

"코미디야!"

방 안에 있던 모두가 외쳤다. 철수 형과 나도 반박자 늦게 따라 했다. 떠들썩한 분위기 속에서 모두 잔을 비웠다. 건배 구호가 맘에 들었다. 신입을 챙겨주는 따뜻한 분위기도 좋았다. 차돌박이는 최고로 좋았다. 백해성 같은 놈도 간혹 있지만 T 방송국은 '패밀리'가 맞았다. 가족처럼 우리를 반기며 한우를 아낌없이 먹여준다. 가족 같은 회사는 노땡큐라고 생각했는데 그 순간 마음이 바뀌었다. 가족의 막내둥이로서 T 방송국에 효도하고 싶었다.

백발마녀가 코트를 벗자 검정 폴라티 차림의 날렵한 몸매가 드러났다. 하얀 머리와 하얀 얼굴 사이로 쨍한 빨간색 입술이 도드라졌다. 그녀와 눈이 마주쳤다. 나는 어색한 웃음을 지으며 내친김에 궁금하던 걸 물었다.

"부장님, 저를 왜 뽑으셨습니까? 제가 소질이 있어 보였습니까?"

아무리 생각해도 내가 합격한 이유를 알 수 없었다. 뭔가 착오가 있었던 건 아닐까. 내가 제일 헝그리하게 생겨서 잘 버틸 거로 생각한 걸까. 백발마녀가 흘러내리는 앞머리를 손끝으로 넘기며 잠시 생각에 잠기더니 말했다.

"뭐랄까…… 사무엘 씨 개그는 깨끗하고 맑았어요. 대부분 웃고 나면 허무한 느낌이 남는데 사무엘 씨 개그는 오히려 여운이 남았죠. 아무도 밟지 않은 순백의 눈밭이랄까, 무한한 가능성이 숨어 있다는 느낌. 그런 느낌이었죠."

백발마녀가 다른 팀과 헷갈리고 있는 게 분명했다. 우리야 아무것도 없었으니까 깨끗하고 맑은 것까지는 이해할 수 있었다. 하지만 무한한 가능성으로까지 연결되는 건 무리였다. 듣고 있던 조연출이 고개를 끄덕였다.

"뻔하지 않았죠. 다른 팀들은 판에 박힌 형식을 반복하고 결론이 다 보였는데 사무엘 씨와 한나 씨 개그는 달랐어요. 등신 같지만 멋있는 거. 초현실 유머 같기도 하고. 병맛 느낌? 허술해 보이지만 그 뒤에 숨어 있는 계산된 치밀함이 돋보였어요."

그런 계산이 있을 리 없었다. 생짜배기 코미디 무식자들의 막무가내 개그였을 뿐인데. 하지만 내 입에선 다른 말이 나왔다.

"아, 그걸 간파하셨구나."

백발마녀가 맥주를 한 모금 마시고 물었다.

"사무엘 씨, '왜 코미디를 하려고 하는가?' 질문에 뭐라고 썼는지 기억나요? 지원서에서요."

기억날 리 없었다. 마감 시간에 쫓겨 정신없이 빈칸을 채우기에 급급했으니까. 내가 머뭇거리자 백발마녀가 말했다.

"코미디를 보면 쓰리던 위가 가라앉아서'라고 썼어요."

나는 얼굴이 화끈했다. 지원서를 그렇게 장난스럽게 썼다니.

"저는 그 말에 감동받았어요. 코미디를 보면 쓰리던 위가 가라앉는다……. 정말 코미디를 사랑하는 사람이구나 생각했죠."

갑작스러운 반전에 나는 할 말을 잊고 유리컵만 만지작거렸다. 하지만 그 말은 사실이었다. 극한 직업 전도사 생활 5년 만에 위궤양 증상이 생겼는데 코미디만 보면 신기하게도 속쓰림이 나았다.

"하지만 사무엘 씨, 병맛만으론 살아남을 수 없어요. 공감을 바탕으로 기초가 탄탄해야 해요. 그 위에서 사무엘 씨만의 무기를 필살기로 써야 해요."

나는 백발마녀의 말을 마음에 새겼다. 든든한 멘토를 만난 느낌이었다. 나는 백발마녀의 빈 잔을 정성스레 채웠다. 백발마녀는 누가 뭐래도 나를 뽑아준 어머니와 같은 분이다. 백발마녀의 안목이 틀리지 않았음을 증명해 보이고 싶었다.

출입문 옆에서 선배들의 고기를 굽던 마우돈이 걱정스

러운 표정으로 우리를 바라봤다. '왜요?' 하고 입 모양으로 물으니 우돈은 고개를 가로젓는다. 무슨 뜻인지 알 수 없었다. 머리를 뒤로 단단히 잡아당겨 높이 틀어 올린 졸리는 청순해 보였다. 이마가 도드라지게 튀어나왔고 목선은 매끄럽고 길었다. 백해성의 파인애플 뒷머리가 자꾸 졸리 얼굴을 가렸다.

뜻밖에 철수 형은 나처럼 술을 못 마신다고 했다. 조연출이 철수 형의 빈 잔에 콜라를 채우며 물었다.

"철수 씨는 여러 번 시험 쳤던데, 이제 꿈을 이룬 소감이 어때요?"

철수 형은 분위기에 취한 건지 콜라에 취한 건지 얼굴이 달아올랐다. 또 실수하지 않을까 내 마음이 조마조마했다.

"아닙니다. 제 꿈은 아직입니다. 아임 스틸 헝그리."

조연출이 의외라는 표정을 지었다.

"그래요? 더 이루고 싶은 게 있나요?"

"제 꿈은 코미디 클럽을 갖는 겁니다."

"코미디 클럽요?"

조연출이 구이용 집게를 내려놓았다. 불판 위에 남은 차돌박이가 기름 범벅이 되어 타들어갔다. 철수 형이 발개진 얼굴로 말했다.

"아메리카에는 많이 있잖아요. 소극장 같은 코미디 클럽. 그런 공연장을 만들어서 코미디를 하고 싶습니다, 에브리데이요."

"우와. 멋지네요."

철수 형과 조연출이 주먹을 마주쳤다. 백해성이 이쪽을 흘깃 돌아봤다. 철수 형은 아랑곳하지 않고 흥분해서 말을 이었다.

"외국 비디오에서 코미디언이 마이크 하나 달랑 들고 스탠드업 코미디를 하는 걸 본 적 있습니다. 장소가 어딘 줄 아세요? 아메리칸 풋볼, 미식축구 경기장이었어요. 어메이징! 그 큰 스타디움이 꽉 찬 거예요. 순간 소름이 쫙! 코미디를 저런 데서도 할 수 있구나 깨달았죠."

나도 믿기지 않았다. 코미디언 한 명의 입담만으로 스타디움을 가득 채우다니. 서구에서는 유머의 가치를 높이 평가하고, 코미디언의 위상이 한국과 다르다고 들은 기억이 났다. 코미디언이 정치를 풍자하고 시사 비평을 하면서 할리우드는 물론 정계로 진출하여 영향력을 발휘하는 일이 흔하다고 들었다. 표정이 한결 부드러워진 백발마녀가 말했다.

"예전엔 주간 시청률 상위권은 코미디 프로가 다 차지했었죠. 그러다가 어느 순간부터 내리막길을 걸으며 방송국의 문제아가 돼버렸어요."

"어쩌다가 그런 거예요?"

내 질문에 백발마녀는 이참에 자신의 머릿속도 정리하겠다는 듯 자분자분 풀어냈다.

"음…… 시청자의 취향은 세분됐는데 우리는 여전히 모

두를 웃기려고 했달까. 요즘 시청자들은 자연스러운 웃음을 원하는 거 같아요. 웃기려고 작정하고 달려들면 부담스러워해요. 그래서 관찰 예능이 뜨는 거죠. 이제 우리도 새로운 그릇에 공감 가는 콘텐츠를 담아야 해요. 과한 설정과 뻔한 패턴 말고."

세상 변화에 맞춰 형식과 내용도 생물처럼 적응해야만 웃길 수 있다는 얘기였다. 철수 형의 목소리가 커졌다.

"지금은 코미디가 인기를 잃었지만 코미디는 인류가 존재하는 한 없어지지 않습니다. 사람들은 웃고 싶어 하니까요. 저는 예전 코미디의 영광을 다시 되살리고 싶어요."

철수 형이 달라 보였다. 허세 쩌는 형이라고만 생각했는데 자신만의 꿈을 품고 도전하고 있었다. 조연출이 고개를 끄덕이며 잔을 들었다.

"철수 씨 말대로 코미디가 되살아나길 바라며 건배해요. 코미디의 영광을 위하여!"

백발마녀까지 합세해서 잔을 부딪쳤다.

"코미디의 영광을 위하여!"

내가 속한 세상이 달라졌음을 실감했다. '주님의 영광'이 아니라 '코미디의 영광'이라니.

회식이 끝나고 우리는 마우돈을 따라 종종걸음으로 방송국으로 들어갔다. '집합'이 걸렸다. 재수 없이 첫날부터. 아니면 처음부터 예정된 것일 수도 있었다.

18기 동기 모두 E 스튜디오로 들어갔다. 밤 11시에 가까운 시각이었다. E 스튜디오는 방송국 메인 빌딩 옆 부속 건물에 있었는데 코미디언실에서 가까웠다. 상시등만 서너 개 켜져 있는 실내는 음산하고 을씨년스러웠다. 아침 생활 정보 프로그램 세트가 덩그러니 세워져 있고 도시 야경 사진 세트가 거꾸로 뒤집힌 채 벽에 기대어 있었다. 우돈은 이런 일에 이미 익숙한 듯 별일 아니라며 천진난만하게 말했다.

"집합 끝나고 나면 오히려 마음이 편해져서 잠이 더 잘 와요."

체력을 기를 기회라는 말도 덧붙였는데 그 말은 상당히 공포스러웠다. 무말랭이는 짜증이 잔뜩 난 표정을 숨기지 않았다. 졸리는 고개를 숙이고 아무 말도 없었다. 우리는 스튜디오 한쪽에 일렬로 서서 선배들을 기다렸다.

둔중한 스튜디오 문이 열리고 두 명의 실루엣이 보였다. 우리 바로 위 기수 반장인 조촨이 백해성에 앞서 들어왔다. 그의 본명은 조지환인데 줄여서 조촨이라고 불렸다. 낮에 만났을 때 조촨은 왜 굳이 추가 합격자까지 뽑아야 하는지 모르겠다며 불평했다. 추가 합격자 둘이 바로 코앞에서 인사를 하고 있는데도! 조촨은 쪼잔해서 붙은 별명이리라.

선배들의 기세에 눌려 우리는 눈을 내리깔았다. 조촨이 새된 목소리를 질렀다.

"박아!"

우돈과 무말랭이가 일사불란하게 스튜디오 바닥에 머리를 박고 열중쉬어 자세를 취했다. 졸리는 주먹을 쥐고 엎드려뻗쳤다. 여자는 머리를 박는 대신 엎드려뻗쳐를 하는 모양이었다. 나와 철수 형도 머리를 박았다. 초장부터 막장이었다. 군대 신병 때 얼차려를 받은 이후 처음이었다. 다리 사이로 보이는 도시 야경 사진의 위아래가 이제야 제대로 맞았다. 백해성은 세트로 올라가더니 의자에 앉아 담뱃불을 붙였다.

놀랍지는 않았다. 온라인 카페에서 주워들은 것도 있었고 우돈이 미리 일러주기도 했으니까. 나중에는 호기심도 들었다. 도대체 얼마나 빡세길래 동기들이 못 견디고 뛰쳐나갔을까. 나는 희망 회로를 돌렸다. 나는 재입대한 싸이다. 코미디언실은 훈련소 유격장이다. 피할 수 없다면 즐기자. 싸이의 노래대로 인생을 즐기는 자가 챔피언이니까. 내년에 후배 기수가 들어오면 상황이 나아진다고 한다. 그때까지만 버티자. 내 주특기가 참고 견디는 거 아니던가.

5분쯤 지나자 땀이 비 오듯 쏟아졌다. 천장의 상시등 불빛이 부르르 떠는 것 같더니 스튜디오 안 텁텁한 공기가 까끌까끌 목에 걸렸다. 쉑쉑. 철수 형은 쇠 긁는 소리를 내며 가쁘게 숨을 내뿜었다. 조환이 뜬금없이 내게 물었다.

"무엘이 너 왜 기합받는 줄 알아?"

당연히 안다. 첫날부터 후배의 기를 죽여 말 잘 듣는 순한 개로 길들이겠다는 심보에 더해 자기도 당했으니 너희도 당해봐라 하는 보상심리 아니겠는가. 아니면 그냥 재미 있으니까 심심풀이로 하는 짓일 수도 있다. 하지만 그렇게 말할 수는 없었다. 나는 냅다 소리 질렀다.

"저희가 잘못했습니다!"

"뭘 잘못했는데?"

알 리가 없다. 내가 대답을 못 하자 조촨이 옆으로 다가왔다.

"너 지금 개기냐?"

"아닙니다. 근데 이유는 잘 모르겠습니다!"

나는 말끝을 올리며 소리를 질렀다. 땀 때문에 눈을 뜰 수 없었다. 철수 형의 숨소리가 한층 더 가빠졌다.

"이 새끼 제대로 꼴통이네. 마우돈, 너희들 왜 이러고 있냐?"

"신입 코미디언 수칙을 어겼습니다."

우돈은 즉각 대답했다.

"그렇지. 반장이라 다르네. 뭘 어겼지?"

"19조 'PD나 작가가 묻지 않는 한 먼저 말하면 안 된다'를 어겼습니다."

그제야 깨달음이 왔다. 회식 자리에서 백발마녀와 조연출과 이야기를 주고받은 걸 트집 잡는 거다.

"그렇지. 근데 저 새끼들 대놓고 무시하대. 출근 첫날부터. 선배들을 좆같이 보는 거지."

"아닙니다!"

우리는 이구동성으로 외쳤다. "아니긴 뭐가 아냐!" 조환이 발로 우돈을 밀었다. 우리는 도미노처럼 옆으로 우르르 넘어졌다. 내 단벌 양복은 땀과 먼지를 뒤집어써서 너덜너덜해졌다. 흰옷 입은 힙합 전사 콘셉트의 철수 형은 어느새 시골집 누렁이로 변해 있었다. 내가 괜찮냐고 눈으로 묻자 철수 형은 고개만 끄덕였다. 서로 돌아볼 여유가 없었다. 우리는 다시 자세를 잡았다.

"조환, 살살해. 우주 좀 봐줘. 목 디스크라잖아. 은별이도. 여자잖아."

백해성 목소리가 멀찍이서 들렸다. 조환은 잠깐 뜸을 들였다가 마뜩잖게 말했다.

"나우주, 조은별 일어나."

무말랭이가 부스럭거리며 일어나는 소리가 들렸다. 목 디스크가 진짜인지 알 수 없지만 나우주만 열외가 되는 게 내가 머리를 박는 것보다 더 억울했다. 조환이 퉁명스레 말했다.

"조은별, 너도 일어나."

곧이어 조은별 목소리가 들렸다.

"아닙니다. 괜찮습니다."

조환이 조은별 쪽으로 다가갔다.

"일어나라고. 내 말이 말 같지 않냐?"

말투에 노여움이 짙게 배어났다.

"아닙니다. 괜찮습니다."

"내가 안 괜찮다고! 일어나라고!"

"아닙니다. 괜찮습니다."

"하, 개또라이네."

은별이 왜 저러나 싶었다. 동기의 의리를 지키려는 건지, 선배들에게 제대로 개기려는 건지. 어차피 우리끼리 한번 구르면 그만인데 괜히 반항하면 시간만 길어지고 분위기만 더 험악해진다. 백해성이 혼잣말로 욕지거리를 퍼붓더니 자리에서 일어났다. 뚜벅뚜벅 다가오면서 나와 철수 형이 들으라는 듯 말했다.

"코미디 녹화는 생방이나 마찬가지야. NG 나면 그걸로 끝이야. 시바이* 다 바래되면** 방청객을 다시 웃길 수도 없어. 그래서 녹화 때 실수를 줄이려면 군기가 필요한 거야. 알아들어?"

대답도 안 나왔다. 아무 말도 귀에 들어오지 않고 땀범벅이 된 몸은 부들부들 떨렸다. 철수 형은 거의 숨이 넘어갈 듯 헉헉댔다. 백해성의 연설은 계속됐다.

"코미디는 서로 간의 호흡이 생명이야. 호흡은 약속이고. 녹화 때 약속을 어기면 다 엉망이 되는 거야. 그래서 군기가……."

쿠쿵! 철수 형이 넘어지면서 덩달아 나도 바닥에 나뒹굴

---

* 일본식 방송 용어로, '연기'나 '상황 설정'을 의미.
** '바래되다'는 '노출되다'란 뜻의 방송 현장 속어.

었다. 서둘러 다시 자세를 취하려 했지만 내 위로 포개진 철수 형이 움직이지 않았다. 철수 형은 정상이 아니었다. 동공이 완전히 풀린 채 기절했다. 조찬이 뺨을 사정없이 때려도 정신이 돌아오지 않았다. 엄살이 아니었다. 은별이 119로 전화했고 백해성은 김철수를 코미디언실로 옮기라고 했다. 철수 형을 들고 스튜디오를 빠져나가는 우리에게 백해성이 뒤에서 말했다.

"너희들 입단속 잘 해라. 이거 알려지면 너희도 죽는 거야. 〈코미디야〉도 당장 폐지야."

계약서

아침에 문자를 보내서 만나자고 한 사람은 김철수였다. 보여줄 게 있다고 했다. 그를 다시 보는 것은 참 오랜만이다. 10여 년 전 그의 결혼식에 참석한 뒤 간간이 소식만 주고받았을 뿐 얼굴을 마주한 적은 없었다. 결혼 후 이것저것 손대다가 다 말아먹고 나중에 팟캐스트 방송을 시작했는데 별 재미를 못 본다는 얘기까지 듣고 소식이 끊겼다. 그의 안부가 궁금했지만 무소식이 희소식이라고 믿고 살았다.

그해 출근 첫날, 얼차려를 받다가 기절한 철수 형은 여의도 성모병원 응급실로 실려 갔다. 그는 희귀병을 앓고 있었다. 심장과 폐를 연결하는 폐동맥 혈관이 좁아지면서 혈압이 높아지는 병인데 이미 2년 전에 진단받았다고 했다. 심장이 피를 제대로 전달하지 못하면서 심장에 작은 무리만

가도 치명적일 수 있는 병이다. 의사는 그런 가혹 행위를 당하다가 기절로 끝난 게 기적이라고 말했다. 철수 형은 자기가 앓는 병은 진단 후 평균 3년을 생존하는데 이제 자신의 생명은 1년 남았다고 농담처럼 말했다. 그리고 18년이 흘렀다. 철수 형은 여전히 살아 있다.

"서프라이즈!"

꼬마 빌딩 꼭대기 층을 올려다봤을 때 철수 형의 목소리가 들리는 듯했다. 놀랍게도 그곳에 코미디 클럽이 있었다. 여의도 차돌박이 집에서 철수 형이 콜라에 취해 말했던 코미디 클럽. 그게 농담이 아니었나? 그때 나는 당연히 '꿈은 꿈일 뿐이야'라고 생각했다. 아마 그 자리에 있던 사람들 다 그러지 않았을까. 간판에 새겨진 클럽 이름을 보는 순간 아! 하고 탄성이 흘러나왔다.

코미디의 영광

이 두 단어를 기억한다. 그날 회식 자리에서 건배하며 외쳤던 말. 장난삼아서 했던 그 말이 예언처럼 현실로 이루어졌다. 나는 철수 형의 꿈속으로 걸어 들어가는 기분으로 꼭대기 층으로 올라갔다.

엘리베이터에서 내리니 젊은 남자가 기다리고 있었다는 듯 나를 출입문으로 안내했다. 둔중한 나무문에는 은빛 징들이 듬성듬성 박혀 있어 힙합 감성이 묻어났다. 닳아서 반들반들 윤이 나는 메탈 소재의 손잡이를 밀었다. 문이 부드럽게 열리면서 나는 코미디의 영광 안으로 들어갔다.

공연장은 소극장 정도의 크기였는데 한쪽에는 술과 스낵을 파는 작은 바가, 반대쪽에는 무대가 있었다. 작은 테이블과 의자가 촘촘히 놓여 있고, 공연을 보면서 술과 안주를 태블릿으로 주문해서 먹는 시스템이었다. 공연은 벌써 시작됐다. 무대 위엔 핀 조명이 동그랗게 떨어져 있었다. 말쑥하게 차려입은 젊은 여자가 마이크 앞에서 스탠드업 코미디를 하고 있었다. 객석 뒤쪽에서 손을 흔드는 두 사람이 보였다. 둥글고 펑퍼짐한 풍채의 남자와 길쭉한 얼굴에 바짝 마른 몸피의 남자. 반장 마우돈과 무말랭이 나우주가 이미 와 있었다.

"사무엘, 왜 이렇게 삭았어?"

어색하게 악수하는데 우돈이 농담 같은 진담을 던졌다. 우돈은 여전히 땀을 많이 흘려서 내 손까지 축축해졌다. 우돈과 나는 이제 40대 중반이 됐다. 우돈이 고개를 숙일 때마다 머리숱이 듬성듬성해진 정수리가 보였다. 우리보다 두 살 어린 우주도 변한 건 마찬가지였다. 마른 멸치 몸매는 여전하지만 안경 너머로 보이는 눈가엔 잔주름이 옅게 자리 잡았고 웃을 때마다 볼이 옴쏙하게 패였다.

조은별은 보이지 않았다. 그녀와 만나면 무슨 말부터 꺼내야 할까 고민했는데 쓸데없는 걱정이었다. 우돈과 우주가 은별의 소식을 내게 물었고 나는 전혀 아는 바가 없다고 머리를 저었다. 말은 하지 않았지만 우리는 은별의 부재를 아쉬워하면서도 동시에 안도했다. 더 이상 은별에 관해 이야기하지 않았다.

평일이어서 그런지 자리가 많이 비었다. 주로 젊은 남녀 커플이었고 여자끼리 온 테이블도 꽤 됐다. 남자만 있는 테이블은 우리뿐이었다. 철수 형은 아직 보이지 않았다.

무대는 단순했다. 주름 잡힌 벨벳 흑막이 뒤쪽에 걸려 있고 원 모양의 붉은 양탄자가 바닥에 깔려 있었다. 그리고 스탠드 마이크 하나. 공연하는 여자 코미디언은 미국 교포 출신 같았다. 한국과 미국의 문화차이로 겪었던 실수담을 주절주절 늘어놓았다. 객석 반응은 뜨뜻미지근했다. 그녀는 이런 반응에 익숙한 듯 흔들리지 않고 공연을 마쳤다. 욕설이나 야한 농담이 많았는데 거슬리진 않았다.

여자가 무대 뒤로 들어가고 호스트가 나왔다. 클럽 코미디의 영광 창업자이자 사장, 김철수. 그는 공연의 호스트이기도 했다. 옛날 코미디언 선발 대회 때처럼 흰 턱시도 차림에 백구두까지 온통 흰색이었다. 그의 시그니처인 소 자 수염이 반가웠다. 우리가 환호하자 철수 형이 우리를 발견하고 관객들에게 소개했다.

"여러분, 돈 비 서프라이즈. 오늘 베리베리 프레셔스한 분들이 와주셨어요……. T 방송 18기 코미디언들입니다. 웰컴 투 코미디의 영광!"

철수 형의 목소리에 에너지가 살아 있어서 적잖이 마음이 놓였다. 객석에 있던 사람들이 우리 쪽을 돌아봤다. 코미디언으로 소개받기는 오랜만이었다. 우리를 알까 싶었지만 손을 흔들어 답했다.

철수 형의 사회는 군더더기 없고 자연스러웠다. 맨 앞 테이블에 있는 커플에게 농담을 건네며 공연장 분위기를 띄우고 이어서 다음 출연자를 소개했다. 그의 소개에 따라 요란한 음악과 함께 노랑머리 코미디언이 나오고 철수 형은 무대 뒤로 들어갔다. 코미디 공연을 이렇게 가깝게 보기는 방송국을 떠난 후 처음이었다. 클럽 스태프가 사장님이 보냈다며 맥주와 안주를 서빙했다. 우리는 좀 더 편안히 앉아 느긋하게 공연을 즐겼다.

노랑머리는 오래된 여자 친구 이야기를 구성지게 풀어냈다.

"내가 카톡을 보내요. '오늘 뭐 먹을까?' 그러면 '움 구냥. 아무거나.' 이래요. '파스타 어때?' '어제 머거자나.' '삼겹살?' '냄새 배자나.' '냉면?' '면 말고 딴 거.' 내가 참다 참다 말해요. '그냥 너 먹고 싶은 거 먹자. 뭐 먹을래?' 그러면 답이 옵니다. '왜 자꾸 물어. 난 아무거나 괜찮다니까.'"

객석이 빵 터졌다. 우리도 마주 보며 웃었다. 같이 웃으니 서먹했던 마음이 조금씩 풀어졌다.

공연은 한 시간쯤 계속됐다. 무대에 오른 코미디언마다 각자의 주특기를 발휘하여 다채롭게 연기했기에 지루할 새가 없었다. 철수 형이 마지막 클로징 멘트를 마치자 공연했던 출연자가 모두 나와 관객들과 인사하고 포토 타임을 가졌다.

"롱 타임 노 씨~, 마 씨, 나 씨, 최 씨."

철수 형이 두 팔을 벌리고 다가와 한 명씩 반갑게 포옹했다. 나는 김철수식 영어로 답했다.

"콩그래츄. 대박이야. 드림 컴스 트루!"

스태프들이 가게를 정리하고 퇴근했다. 불 꺼진 공연장은 시간이 멈춘 듯 고요하고 스산했다. 무대 정면에 걸린 해골 마이크 모양의 네온사인이 파란빛을 깜박였다. 가까이서 본 철수 형은 화장으로 감췄지만 다크서클이 도드라져 보이고 해쓱한 피부엔 핏기가 없었다.

"철수 형, 건강은?"

내가 별거 아닌 듯 툭 던지자 그는 엉거주춤 일어서서 셔츠 밑단을 바지에서 뺐다. 그리고 뽀얀 배를 보여줬다. 지포 라이터만 한 펌핑 기구가 허리띠에 매달려 있고 옆에는 동그란 패치가 배에 찰싹 붙어 있었다. 펌핑 기구와 패치를 잇는 가는 투명 호스를 타고 맑은 주사약이 철수 형 뱃속으로 주입되고 있었다. 그가 싱긋 웃었다.

"여전히 이러고 산다. 내 존재 자체가 미라클이야. 지금까지 살아 있잖아."

그는 자기가 우리 동기 중에서 제일 장수할 거라며 두꺼운 쌍꺼풀을 펼치면서 웃었다.

철수 형은 잠시 숨을 고르더니 재킷 안 주머니에서 뭔가를 꺼냈다. 손바닥 크기로 접힌 종이는 누렇게 변색했고 모서리는 해져 있었다.

"오늘 너희를 보자고 한 건 너희들에게 받을 빚이 있기 때문이야. 유 오우 미."

철수 형은 "짜잔!" 하면서 테이블 위에 종이를 펼쳤다. 우리는 동시에 머리를 숙이고 종이를 내려다봤다.

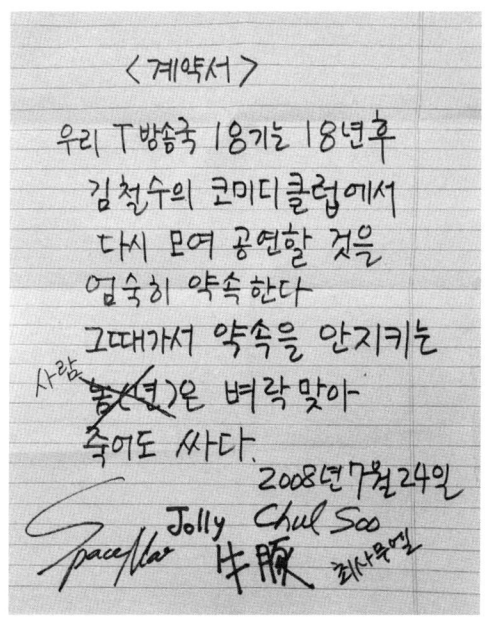

이게 뭐지? 우리 셋 아무도 이 계약서를 기억하지 못했다. 하지만 사인은 각자의 것이 맞았다. 졸리의 사인도 보였다. 내용은 또 얼마나 유치한지. 벼락 맞아 죽어도 싸다니. 우리가 이러고 놀았나. 철수 형이 테이블을 손가락으로 톡톡 치면서 말했다.

"이제 이 약속을 지켜줘야겠어."

이건 또 무슨 소리인가. 우리는 철수 형의 얼굴을 바라봤다.

"돌아오는 8월 15일이 코미디의 영광 개관 1주년 애니버 서리야. 그 기념 공연을 너희가 맡아줘."

마치 신세계가 열린 것 같았다. 아직 내 코너는 없지만 녹화가 있는 목요일은 숨 돌릴 새 없이 바빴다. 아침부터 소품실, 의상실, 조리실, 분장실, 스튜디오를 뛰어다니고 여차하면 방송국 밖 문방구나 편의점까지 달려가 필요한 소도구를 구해 왔다. 정신없는 가운데 세트가 세워지고 조명이 들어오고 카메라가 돌면 딴 세상이 펼쳐졌다. 각 부문 스태프가 자기 일에 오롯이 집중하는 모습은 감동적이었다.

녹화는 생방송처럼 돌아갔다. 코너가 시작될 때마다 우리 동기들은 임시 벽을 무대 위에 올리고 뒤에 숨었다. 임시 벽을 몸으로 힘겹게 지탱하다가도 방청객들의 웃음이 터질 땐 나도 모르게 입꼬리가 올라갔다. 선배들은 긴장한 얼굴로 무대에 올라가 일주일간 준비한 개그를 펼쳐 보이고, 아쉬움을 안고 세트를 내려왔다. 머지않아 선배들처럼 무대에 설 내 모습을 상상하는 것만으로 마음이 설렜다.

류 감독은 우리 동기끼리 코너를 하나 개발하라는 미션을 내렸다. 우리들은 코미디언실을 지키면서 아침부터 밤까지 마라톤 회의를 했지만 성과는 없었다. 문제는 다섯 명의 취향이 제각각이어서 하고 싶은 코미디가 서로 다르다는 점.

코미디언들을 보통 세 부류로 나눈다. 몸 개그과(科), 연기과, 토크과.

우돈은 당연히 몸 개그과다. 몸으로 웃기는 개그는 단순하고 유치하지만 즉각적이고 확실한 반응을 끌어낼 수 있다.

코미디라고 해서 오버만 하면 공감을 못 얻는다. 자연스러운 연기는 시청자들을 쉽게 상황에 몰입시키면서 웅숭깊은 웃음을 만들어낸다. 배우를 꿈꾸는 은별은 연기과에 속한다.

우주와 철수 형은 토크과. 코미디의 기본 공식은 '니주'와 '오도시'*인데(이쪽 업계에선 여전히 일본어를 자주 쓴다) 우주와 철수 형은 안 그런 척 의뭉스럽게 니주를 깔고 마지막에 오도시를 따먹는 작법에 능수능란했다.

세 부류 중에서 나는? 한나 말대로 얼굴 천재라면 몸 개

---

* '니주'는 셋업(set-up), '오도시'는 펀치라인(punch-line). 니주(二重, 바닥에 까는 덧마루) 즉, 빌드 업을 통해 서사구조를 쌓아가다가 마지막에 오도시(落とし, 떨어뜨리다)를 통해 빵 터트린다.

그과인데 그 부류 코미디언에게 필요한 넉살과 뻔뻔스러움이 내겐 없다. 결국 나는 이것도 저것도 아닌 어중간파다.

당장 경제적 타격이 왔다. 코너가 없으면 녹화에 참여하지 못하고 출연료가 나오지 않는다. 월급 80만 원으로 살아야 했다. 전도사 때는 월급은 적었지만 지하실이 공짜였다. 권사님들에게 밥도 자주 얻어먹었다. 명절 때는 장로님들이 책 사 보라며 용돈을 주기도 했다. 지금은 월세에 밥값, 교통비, 전부 내 지갑에서 나간다. 고생한다며 용돈 주는 사람도 없다. 광고 촬영, 한강 뷰 아파트, 연예인 협찬, 여배우와 연애는 고사하고 매달 고시원비 내기도 빠듯했다.

은별과 우주는 상황이 달랐다. 코너에 여자 역할이 필요할 때마다 선배들은 은별을 불렀다. 여자 코미디언은 희소했다. 적게 뽑기도 하거니와 적응하지 못하고 중간에 그만두는 경우가 흔했다. 깍두기가 필요할 때 선배들은 우주를 찾았다. 명문대 출신이면서 나사 연구원 아버지를 둔 우주가 출연하면 연예 뉴스에 실렸고 결과적으로 코너 홍보에 도움이 됐다. 우리 동기 중 우주는 가장 먼저 고정 코너를 가졌다.

은별과 우주가 연습 때문에 여기저기로 불려 나가면 나머지 셋은 나란히 앉아서 코미디언실을 지켰다. 백해성은 우리를 '불효자 삼인방'이라고 불렀다. 월급만 축내며 밥값을 못 하고 있으니 우리를 뽑아준 방송국에 불효가 막심하다는 얘기였다.

외부의 핍박이 심해질수록 우리 셋은 똘똘 뭉쳤다. 같이 못 나간다는 동질감이 위로가 됐다. 우리 위 기수는 동기 사이가 역대급으로 좋다는 평가를 받았는데 그 이유는 아무도 뜬 사람이 없어서였다. 똑같이 못 나가니 질시하려야 질시할 대상이 없다. 망해도 같이 망하면 괜찮다. 17기는 동병상련으로 뭉쳤고 아무도 잘나가지 못하게 서로 감시하며 평화롭게 지냈다.

코미디언실을 지키면서 불효자 3인방은 서로에 대해 많은 이야기를 나눴다. 우돈은 대학로 출신이다. 원로 선배가 무료로 코미디를 가르치는 극단이었는데 방송 3사 공채 코미디언의 산실로 유명했다. 우돈은 고등학교 졸업 후 대학 대신 극단으로 들어가 자그마치 7년을 보냈다. 나중에는 극단에서 최고참 고인물이 됐다.

"방송국 코미디야말로 단원들에겐 꿈의 무대야. 지금 우린 찌질하게 찌그러져 있지만 단원들에겐 이 찌질함도 선망의 대상이라고."

우돈은 이마에 난 땀을 훔치며 말했다.

"극단 생활하면서 내린 결론은 이 바닥은 영원한 스타도 영원한 무명도 없다는 거야. 끝까지 버티면 언젠가는 기회가 오더라고."

우돈의 미니 홈피 대문에는 이런 비장한 글귀가 적혀 있다.

'강한 자가 살아남는 게 아니라 살아남는 자가 강한 것이다.'

BGM은 〈I will survive.〉

심장 혈관에 문제가 있는 철수 형은 약물 치료를 받으며 출근했다. 심장에 무리가 가지 않게끔 천천히 움직였다. 뛰거나 계단 오르는 일도 버거워했다. 옆에서 지켜보는 우리는 조마조마했지만 정작 당사자는 영원히 살 것처럼 행동했다.

"진단 후 평균 3년 산다는 말에 생각이 바뀌었어. 죽기 전에 내가 하고 싶은 걸 해보자. 그게 코미디였어. 엘레멘터리 스쿨, 미들 스쿨, 하이 스쿨 다니는 동안 내가 항상 제일 웃겼거든. 친구들이 내게 코미디언 하라고 말했지. 그래서 코미디언 시험 준비하고 간신히 추합으로 붙은 거야."

출근 첫날 E 스튜디오에서 기합받다가 쓰러진 일은 비밀에 부쳐졌다. 코미디언실 모두 알고 있으면서 모르는 척하는 것인지도 몰랐다. 집합은 계속됐다. 백해성뿐만 아니라 다른 선배들도 집합을 걸었다. 인사를 안 한다, 선배들 기수를 못 외운다, 웃을 때 이가 보인다, 이유는 다양했다. 그래도 최소한의 상식은 있는지 선배들은 철수 형을 배려했다. 우리가 머리를 박을 때 철수 형은 바닥에 부동자세로 누우라고 했다.

똑똑.

노크 소리와 함께 문이 열리더니 손이 불쑥 들어왔다. 도톰한 손에는 비닐봉지가 들려 있었고 고소한 기름 냄새가 솔솔 풍겨 나왔다.

"우왓. 치킨이다."

우돈의 코는 개코보다 정확했다. 곧이어 친숙한 얼굴이 문 뒤에서 고개를 내밀었다. 막내 작가 송한나였다. 한나는 조연출의 연락을 받고 한달음에 달려왔다. 코미디언이 자기의 운명이라던 한나는 면접 때 코미디 작가로 뼈를 묻겠다고 했고 시키지도 않았는데 새로 개발한 개인기라며 혀로 리본 묶기를 선보였다.

"감독님이 너희들 수고한다고 이거 갖다주래."

감동의 쓰나미가 밀려왔다. 상자를 열자 매콤하고 고소한 냄새가 코끝을 찡 울렸다. 회의한답시고 안 쓰던 머리를 써서 그런지 식욕이 마구 올라왔다. 한나도 우리와 같이 먹기로 했다. 같은 날 코미디언 시험을 봤다는 인연으로 한나는 우리와 동기처럼 지냈다. 다 같이 득달같이 달려드는 순간.

"스톱!"

철수 형이 브레이크를 걸었다. 우리는 일시 정지 상태로 철수 형을 돌아봤다.

"그냥 먹을 게 아니라, 아이디어를 내서 에브리바디 재밌다고 인정하면, 아이디어 낸 사람만 하나씩 먹으면 어때?"

C 방송 코미디언들이 실제로 그렇게 회의한다고 철수 형이 덧붙였다. 한나는 냉큼 고개를 끄덕였다. 명색이 코미디 작가이니 아이디어 내는 건 우리보단 자기가 낫다는 자신감이었다.

치킨을 가운데 놓고 우리는 심각한 표정으로 머리를 굴

렸다. 코너 개발은 둘째치고 치킨 먹고 싶다는 생각밖에 안 났다. 내가 선수를 쳤다.

"올해 T 방송국 〈거침없이 어퍼컷〉 대박 났잖아. 그 시트콤 패러디하자. 주일학교 애들이 나보고 이순재 닮았다고 했거든."

나름대로 고민을 해서 낸 아이디어였는데 한나는 한심하다는 눈빛으로 날 보더니 거침없이 어퍼컷을 날렸다.

"그냥 최 도사가 노안이라는 얘기야."

대차게 까이니 기분 좋을 리 없었지만 까이는 데도 어느새 이력이 났다.

"작년 제일 뜨거웠던 게 남북정상회담 아냐? 내가 김정일 분장하고 엉터리 정상회담 하면 어때? 비장한 음악 깔면서 시답지 않은 얘기 주고받는⋯⋯."

우돈의 말이 끝나기도 전에 한나가 바로 고개를 저었다.

"놉, 정권 바뀌었어. 잘못 찍혔다간 한방에 골로 갈 수 있어. 안 좋아."

"하우 어바웃 디스? 원더걸스 분장하고 〈텔 미〉 개사해서 코믹 버전으로 부르기. 뗏 미 뗏 미 뛔뛔뛔뛔뛔뛔 뗏 미."

"노노. 지상파 방송국은 그런 드러운 거 싫어해."

철수 형도 한나에게 바로 까였다. 나는 침을 꿀꺽 삼켰다. 좋아, 끝까지 해보자. 반드시 치킨은 내가 먹는다.

"나 기타 좀 치잖아. 통기타 치면서 세태 풍자하면 어때? 시사 뉴스도 전하면서."

"너무 하이해. 최 도사, 명심해. 코미디는 어렵지만 어려우면 안 돼. 코미디는 중2 수준에 맞춰야 해."

막내 작가 한 달 만에 송한나는 코미디의 대가라도 된 양 시건방을 떨었다.

"뭐 참신한 거 없어? '이거다!' 싶은 거?"

"야! 송한나!"

결국 나는 폭발하고 말았다.

"너는 하나도 못 내면서 왜 까기만 해?"

"그, 그거야……."

한나가 말을 더듬었다.

"에잇."

우돈이 갑자기 치킨 다리 하나를 냉큼 입에 집어넣었다. 아이디어고 뭐고 될 대로 되라는 식이었다. "너, 반칙이야" 하면서 철수 형은 기다렸다는 듯이 빛의 속도로 날개를 집어 먹었다. 이어서 한나가 달려들어 하나 남은 다리를 물었다. "넌 날개파가 왜 다리 먹어?" 내가 따졌을 땐 이미 한나는 살을 깔끔하게 발려낸 정강이뼈를 입에서 꺼내고 있었다. 나도 질세라 평소엔 잘 먹지도 않는 퍽퍽살로 입을 가득 채웠다. 빨리 먹기 대회라도 열린 듯 우리는 맛도 못 느끼며 마구 먹었다. 바닥이 금세 드러나자 우돈이 치킨 상자 위로 엎드리며 절규했다.

"집어 간 거 다 먹고 가져가!"

"왜 이래? 감독님이 나 많이 먹으랬어."

한나가 치킨 상자를 뺏으려 우돈과 몸싸움을 벌였다. 부욱! 종이 상자가 찢어졌다. 치킨이 바닥으로 튕겨 나갔다. 테이블은 전쟁이라도 한판 치른 듯 닭 뼈와 튀김옷 부스러기로 너저분해졌다. 그제야 집단 가출했던 정신들이 되돌아왔다. 우리가 왜 이러고 있지. 치킨 한 마리 먹는 건데 사이좋게 천천히 나눠 먹어도 될 것을. 우리는 기름 범벅된 손을 문지르며 겸연쩍게 웃었다. 중2 수준의 코미디를 짜려다 보니 우리 뇌도 점점 중2로 퇴화하는 중이었다.

우돈이 스포츠 신문을 한 손으로 흔들며 들어왔다.
"대박 사건! 이거 봐."
마침 코미디언실엔 우리 동기들만 있었다. 우돈은 저녁 먹고 들어오다가 가판대에서 샀다며 테이블에 S 스포츠 신문을 펼쳤다. 연예면에 은별 사진이 커다랗게 나와 있었다. 우와! 사진을 보는 순간 우리는 동시에 감탄사를 내뱉었다. 꽃무늬 핫팬츠를 입은 조은별이 검은색 소파에 앉아 다리를 쩍 벌리고 도발적인 포즈를 취하고 있었다. 앞으로 늘어뜨린 긴 생머리 사이로 윤기 흐르는 입술과 몽롱한 눈빛이 반짝였다. 현시점에서 가장 핫한 신인을 소개하는 '핫 루키' 코너에 조은별이 실렸다.
"이거 은별이 맞아? 다른 사람 아냐? 언빌리버블."
철수 형은 은별과 사진 속 인물을 번갈아 보며 벌린 입을 다물지 못했다. 은별의 뺨이 살굿빛으로 달아올랐다. 자신도 사진을 처음 보는 눈치였다. 나는 매일 옆에서 보던 사람이 매스컴을 탔다는 사실이 놀라웠고 은별이 이렇게 예뻤었나 하고 또 한 번 놀랐다. 여자는 꾸미기 나름이라더니 수수한 여대생 같던 은별은 간데없고 도회적이고 관능적인 낯선 여인이 나를 노려보고 있었다. 사진 속 여인과 눈을 마주치는 것만으로 아찔했고 위험하단 느낌마저 들었다. 우돈이 기사 내용을 소리 내어 읽었다.

"T 방송국의 침체됐던 코미디에 잔 다르크처럼 나타난 조은별 씨는⋯⋯."

"그만, 그만해요."

은별이 쑥스러운 듯 손을 내저었다. 부러움과 함께 질투심도 올라왔지만 우리는 진심으로 은별을 축하해줬다. 동기 중 하나라도 먼저 떠서 〈코미디야〉를 세상에 알리길 바랐다. 기사를 마저 읽던 우주가 말했다.

"이 코너에 코미디언이 나온 건 은별이가 처음이래."

"브라보! 도대체 어떻게 된 일이야?"

철수 형의 물음에 은별은 열에 달뜬 얼굴에 손부채질 하며 말했다.

"백해성 선배가 친한 기자라고, 인터뷰해보라고 해서⋯⋯. 이렇게 크게 날 줄은 몰랐어요."

뜻밖의 이름이 튀어나왔다. 많고 많은 선배 중에 하필이면 왜? 그는 우리를 못 잡아먹어서 안달인 악의 축이 아니던가. 후배들이 조금이라도 튈라치면 아예 싹을 잘라버리는 그가 아무 이유 없이 은별을 도와줄 리 없었다. 남자 동기들 표정을 보니 모두 같은 마음이었다. 며칠 전 작가들에게 들었다며 한나가 해준 말이 퍼뜩 떠올랐다.

'백해성, 여자 킬러래. 여자 후배들 안 건드린 애가 없대. 근데 왜 나는 왜 안 건드리지?'

설마 은별이를? 벌써? 다음 순간 피가 머리로 솟구치면서 나도 모르게 욕이 튀어나왔다. 모두 놀란 토끼 눈을 하고 나를 봤다. 내 안에 이런 욕 본능이 숨어 있는 줄 나도 처음 알았다. 전직 전도사 입에서 나온 욕치고는 꽤 찰졌다.

"백해성 씨부럴 가룟 유다 같은 새끼. 콱 목매달아 배 터뜨려 창자를 뽑아버릴까 보다.*"

은별은 놀라서 눈물까지 글썽였다.

"형, 무슨 욕을 그렇게 무섭게 해."

스튜디오 녹화를 마친 후 방송국 앞 중국집 '왕궁'에서 뒤풀이를 가졌다. 고풍스러운 그림과 병풍으로 꾸며진 별실에 연출 팀과 우리 동기들이 나란히 앉았다. 다른 선배들은 여의도 다른 가게, 또는 홍대나 강남에서 술을 마시고 있을 터였다. 녹화가 끝나면 같은 팀이나 친한 동료끼리 삼삼오오 모여 뒤풀이를 했다. 연출 팀이 불러줘서 다행이었

---

* 열두 제자 중 하나였던 가룟 유다는 예수를 은화 30냥에 판 뒤 양심의 가책으로 목을 맸고 바닥에 떨어져서 배가 터지고 창자가 흘러나왔다.

다. 안 그랬으면 선배들에게 불려 가 새벽까지 술 시중을 들어야 했다.

오늘은 내게 특별한 날이었다. 출근 두 달 만에 드디어 첫 출연을 했다. 〈선생 안병태〉 코너에서 수업 시간에 엎드려 자다가 종이 울리면 벌떡 일어나 식당으로 달려가는 학생 역할이었다. 대사 한마디 없는 엑스트라였지만 열심히 연습했다. 어떤 표정으로 일어날까. 여전히 졸린 듯? 깜짝 놀란 것처럼? 아니면 환희에 차서? 코너를 짠 안 선배에게 물어보니 "니, 니, 니 맘대로 해"라고 했다. 안 선배는 말을 심하게 더듬었다. 그렇게 버벅대면서도 코미디언을 한다는 게 경이로웠다. 더 놀라운 것은 인기가 꽤 있다는 사실.

나는 어리둥절한 표정을 짓기로 결정했다. 수업 중에 꿀잠 자다가 종소리에 급히 깨어나 정신이 혼미한 상태를 보여준다는 맥락이다. 욕심을 내어 침 흘리는 설정도 넣었다. 당연히 내 단독 샷은 없다. 그냥 풀샷에 배경으로 나오는 병풍 역할일 뿐. 그래도 내가 처음으로 방송에 나온다는 게 기뻤다.

첫 방송 출연을 축하받고 싶은데 아무도 몰라줬다. 자기 코가 석 자인 이 바닥에서 신입의 첫 출연까지 챙기는 건 사치란 사실을 알면서도 마음 한구석이 헛헛했다.

"너희 18기, 기대가 컸는데…… 힘 좀 써봐."

류 감독이 맥주잔을 비우더니 불쑥 우리 쪽을 돌아봤다. 우리는 약속이나 한 것처럼 손에 들고 있던 젓가락을 조용히 내려놨다. 갓 튀긴 탕수육에서 고소한 냄새가 올라왔다.

"은별이 너 연기 괜찮더라. 그거 잘 살려봐."

은별이 고개를 숙이며 인사했다. 은별은 이날도 선배 코너에 불려 나갔고 대사도 몇 마디 있었다.

"우주 넌 딕션이 좋아. 타고난 꿀성대야. 코너 개발 잘 하고 있지? 기대가 커."

류 감독 옆에 있던 작가들도 고개를 끄덕였다. 우리 동기중에서 우주와 은별은 류 감독의 아들, 딸로 불렸다. 감독의 성을을 받는다는 뜻이다.

류 감독의 칭찬은 여기까지였다. 마뜩잖은 표정으로 우돈과 철수 형, 나를 바라봤다. 우리 셋은 학생부장 앞에 불려 온 문제아처럼 주눅이 들어 식어가는 탕수육만 바라봤다. 알 수 없는 이유로, 아니 대략 알 만한 이유로 류 감독에게 서자 취급을 받았다. 감독이 차별하니 선배들도 우리 불효자 3인방을 더 무시했다.

빨간 치파오를 입은 주인집 딸이 요리를 들고 들어왔다. 중국집 왕궁에는 내 또래 쌍둥이 자매가 있었는데 너무 똑같이 생겨 누가 언니고 누가 동생인지 항상 헷갈렸다. 류 감독의 신입 코미디언 평가가 이어졌다.

"마우돈이 너는 너무 일반인이야. 특징이 없어. 살을 더 찌워서 돼지 콘셉트로 가봐."

우돈은 땀이 찬 손을 바지에 문질렀다.

"김철수 너는 쓸데없이 힘이 들어가 있어. 그리고 수염

좀 어떻게 해봐라. 그게 어울리냐? 어울려?"

철수 형은 소 자 모양 수염을 비비며 침울한 표정으로 고개를 숙였다. 우돈과 철수 형에게 오늘은 최악의 날이었다. 백해성 선배의 〈록 브라더스〉 코너 녹화 때 실수를 범했다. 음악에 맞춰 세트 뒤에서 꽃가루, 물, 낙엽, 눈가루를 뿌려야 했는데 타이밍을 못 맞춰 매번 빠르거나 늦었다. 백해성은 무대에서 내려오자마자 둘의 귀싸대기를 올려붙였다.

다음은 내 차례였다. 나는 두려움 반 호기심 반으로 류 감독을 쳐다봤다. 단역이었지만 첫 녹화에 대한 피드백을 해주면 좋으련만. 류 감독은 팔보채를 싹싹 긁어서 한입에 집어넣고 우물거렸다.

"최사무엘, 넌 얼굴이 비호감이야."

그러더니 "어떡하냐?" 하면서 입안에 든 해물들을 친절하게 보여주며 껄껄껄 웃었다. 옆에 있던 작가들도 키득거렸다.

"죄송합니다."

나도 모르게 류 감독에게 사과드렸다. 사실 죄송스러웠다. 비호감으로 생긴 게 내 탓은 아니지만 이런 얼굴을 하고 코미디언이 된 게 방송국에 누를 끼친 것 같았다. 한나는 내 얼굴이 달란트라고 했는데 웃기게 생긴 게 아니라 사실은 우습게 생긴 거였다. '얼굴이 비호감'이란 말이 심장에 낙인처럼 찍혔다. 인두에 데인 것처럼 심장이 욱신거렸다. 나는 테이블 끄트머리에 앉아 깐풍새우를 흡입하고 있는 통통한 여자애를 바라봤다. 막내 작가 송한나는 입에 칠리소스를 묻힌 채 나를 보고 고개를 끄덕였다. 류 감독 말이 맞단 말인지 아니면 그냥 참으란 건지 알 수 없었다.

"너희 술 못하냐?"

류 감독이 나와 철수 형 앞에 놓인 콜라잔을 보고 물었다. 철수 형은 앓고 있는 병 때문에 술을 못 마신다. 나는 전도사를 그만두고도 술은 입에 대지 않았다.

"술도 못 마시면서 어떻게 코미디를 하나?"

류 감독은 불효자 3인방 중에서도 더 한심한 놈들이라는 듯 철수 형과 나를 바라봤다. 갑자기 오기가 돋았다. 비호감이라도 일단 코미디언이 됐으니 내 몫을 하고 싶었다. 변방이 아니라 주류에서 놀고 싶고 나도 감독의 적자가 되고 싶었다. 아들이 될 수 있다면 이깟 술 먹는 게 뭐 대순가. 나는 옆에 있는 우돈의 맥주잔을 들고 숨도 쉬지 않고 벌컥벌컥 마셨다.

"그라춰! 진작 그랬어야지. 무엘이 이제 좀 코미디언답다."

류 감독은 당장 나를 무엘이라고 친근하게 불러줬다. 맥주 한 잔을 원샷하고 빈 잔을 테이블에 내려놨다. 술이란 게 별거 아니었다. 그동안 왜 이따위 것에 그렇게 옭매였나 싶었다. 나는 맥주를 한 병 더 주문했다. 마주 앉은 은별과 눈이 마주쳤다. 그녀의 연갈색 눈동자에 담긴 의미를 알 수 없어서 나는 머쓱하게 웃었다.

술기운이 올라오니 가장 먼저 청각이 예민해졌다. 류 감독이 작가들에게 하는 말이 코앞에서 듣는 것처럼 다 들어왔다.

"나는 말이야. 매주 우리가 시청자들에게 상을 차려 드린다고 생각해. 우리는 일주일간 정성껏 음식을 준비하는 거야."

작가들이 고개를 끄덕였다. 입에 넣는 타이밍을 놓친 한나는 깐풍새우를 젓가락으로 든 채 마냥 듣고 있었다.

"상상해봐. 삶에 지친 시청자들이 우리가 정성껏 준비한 팔보채, 탕수육, 군만두, 짜장면을 맛있게 먹고 행복해하는 모습을."

류 감독은 음식 이름을 말할 때마다 젓가락으로 서브 작가들을 하나씩 가리켰다. 한나는 짜장면이었다.

"얼마나 가슴이 벅차니. 그게 프로그램을 만드는 보람이야."

"보람 같은 소리 하고 있네."

나는 놀라서 은별을 쳐다봤다. 중국집 음악과 소음에 묻혀 다른 사람은 못 들은 모양이다. 그녀는 시치미를 떼고 맥주잔을 기울였다. 은별과 다시 눈이 마주쳤다. 내가 잘못 들은 걸까. 류 감독이 애지중지하는 고명딸 입에서 나온 말이라곤 믿기지 않았다.

뒤풀이는 2차까지 이어져 12시가 넘어서야 끝났다. 지하철 막차를 타려면 뛰어야 했지만 감독보다 먼저 갈 수는 없었다. 감독이 탈 택시를 잡아주고 다음으로 작가들을 보냈다.

"비호감 최 도사, 잘 좀 해봐."

술에 취한 한나가 불타는 고구마의 얼굴을 하고 택시로 기어 들어갔다.

"김철수랑 친하게 지내지 마. 걔 사기꾼이야."

한나의 뒤끝은 오래간다.

막차가 끊겨 고시원에 들어가기는 글렀다. 나는 코미디 언실에서 밤을 보낼 요량으로 방송국으로 다시 들어가려는데 택시를 기다리는 은별이 멀찍이 보였다. 손가락 사이에서 담뱃불이 빨갛게 빛났다. 신입은 회식이 아닌 한 여의도 안에서 담배와 술은 금지다. 은별은 나를 발견하더니 담뱃불을 바닥에 끄고 다가왔다.

"한잔 더 할래요?"

신입 수칙을 어기는 일이고 이미 맥주를 꽤 마신 터라 내키지 않았다. 한밤에 여자랑 둘이 있다가 이상한 소문이 방송국에 돌 수도 있다.

"첫 출연 축하주 한잔해야죠."

은별은 나의 첫 출연을 알고 있었다.

우리는 15분쯤 걸어가 C 방송국 별관 옆 실내 포차에 자리를 잡았다. T 방송국 앞에도 포장마차가 하나 있지만 그곳은 눈이 많았다. 실내 포차에는 늦은 시각에도 불구하고 넥타이를 맨 샐러리맨들이 제법 들어차 있었다. 가로등 불빛을 받아 오렌지빛으로 물든 가로수 잎들이 사그락거리며 잔잔한 소음을 만들었다.

"코미디언 못 해먹겠죠?"

은별이 자기 잔에 소주를 따르며 말했다. 나는 혹시 누가 들을까 싶어 주위를 돌아봤다.

"일부러 또라이가 되려고 난리야. '노멀'하면 감 떨어지는 거로 비치니까."

코미디언들에게 '감 떨어진다'란 말은 사형선고나 다름없다. 나도 전도사 때는 톡톡 튀는 신세대란 말을 들었지만, 방송국에서는 '충청도 샌님'으로 불렸다. 충청도 샌님이 코미디를 한다는 자체가 코미디였다. 코미디언으로 인정받으려면 나도 자발적 또라이가 되어야 하나 고민하던 참이었다.

호프집에서 마신 술기운이 뒤늦게 올라와서 얼굴이 홧홧했지만 은별의 속도에 맞추느라 서둘러 소주잔을 비웠다. 소주도 처음이었다. 불길이 목구멍을 타고 내려가는 것처럼 식도가 뜨거웠다. 가슴 한가운데부터 열기가 온몸으로 퍼졌다. 안주로 시켰던 순대곱창볶음과 어묵탕이 나왔다. 불판 위에서 지글대는 소리와 매콤한 냄새에 군침이 고였다.

"무엘이 형, 우리 동기들 너무 착한 거 알지?"

은별은 아무렇지도 않게 말을 놓더니 나를 형이라고 불렀다. '오빠' 소리를 딱히 듣고 싶은 건 아니지만 '형'이란 말은 어색했다. '오빠'라고 부르면 연인 느낌이 날까 봐 일부러 피하는 건가. 은별은 머리를 내 쪽으로 기울이면서 목소리를 낮췄다.

"형이랑 철수 오빠 들어왔을 때 같은 기수로 받을 수 없다고, 18.5기로 부르자고 한 사람이 있어."

누군지 모르지만 서운하면서도 이해는 갔다. 시험은 같은 날 치렀지만 방송국에서 석 달 짬밥은 무시할 수 없다.

"바로 나야. 아하하하."

은별이 큰 입을 활짝 벌리고 웃었다. 나도 모르게 입가에 미소가 걸렸다. 은별의 시원시원한 웃음은 듣는 사람까지 기분 좋게 만드는 힘이 있었다.

"그런데 우돈 오빠가 그러더라. 밑바닥끼리 서열 따지는 거 쪽팔리다고. 우주 오빠도 매도 같이 맞아야 덜 아프니 그냥 동기로 퉁치재. 우리 동기들 멋지지?"

동기들이 멋지다는 생각보다 은별이 다른 남자 동기들은 다 오빠라고 부르면서 나를 형이라고 부르는 게 더 신경 쓰였다. 난 우돈과 동갑인데 왜 나만 형이어야 하는지. 오빠란 호칭에는 형과는 다른 묘한 설렘 포인트가 있다. 나를 믿는다는 느낌을 주면서 동시에 썸 타는 것 같은 기분이랄까. 원망의 마음이 굴뚝처럼 솟았다. 속마음이 얼굴에 드러날까 봐 소주를 얼른 한 잔 더 마셨다. 은별이 내 잔을 채우며 말했다.

"내 연기가 좋다고? 지랄. 지가 왜 날 평가해."

은별이 류 감독을 욕했다. 나는 괜히 심통이 났다. 서자 취급 받는 나도 가만히 있는데 성은을 듬뿍 받는 공주님이 왜?

"아무리 그래도 감독님한테 지랄이 뭐냐?"

은별은 나를 빤히 쳐다봤다. 연한 갈색 눈동자가 이국적으로 보였다.

"형, 사람 참 좋다. 얼굴이 비호감이란 말을 듣고도 그래?"

"그건…… 나도 기분 나쁘지만 그래도 우리 감독님이잖아."

은별은 픽 웃더니 "감독님은 무슨……. 형도 겪어보면 알 거야" 하면서 안주에 젓가락을 가져갔다. 은별은 내가 모르는 많은 일을 이미 경험해본 눈치였다.

류 감독의 얼굴이 떠올랐다. 입안 가득 음식을 넣은 채 "넌 얼굴이 비호감이야" 하고 호인처럼 크게 웃던 모습.

나는 술 한 잔을 더 마셨다. 시청자의 밥상에 오르는 음식이 코미디언인데 생긴 게 비호감이면 여간해서 젓가락이 오지 않을 것이다.

"무엘이 형."

주황색 백열등 아래 은별의 얼굴이 해사했다.

"그런 소리 듣지 마. 형, 잘생겼어. 브래드 피트 닮았어."

은별이 세상 순박하게 웃었다.

"무슨……." 당황하면서 난 어묵 국물을 마셨다. 몸이 따뜻해지면서 배시시 웃음이 새어 나왔다. 그동안 '생긴 게 창의적이다' '얼굴이 아방가르드하다'라는 말은 들었어도 잘생겼다는 말은 태어나서 처음 들었다. 어머니도 양심상하지 못했던 말이다. 곰곰이 생각해보니 영화 속 브래드 피트가 주차장에서 맨주먹으로 싸운 뒤 퉁퉁 부은 얼굴로 담배를 하나 꼬나물었을 때 나랑 살짝 닮아 보이기는 했다. 은별이 나를 바라보며 빙긋빙긋 웃었다.

"왜 웃어?"

"그냥 웃겨서. 형 웃겨."

"얼굴이?"

은별이 고개를 저었다.

"얼굴은 브래드 피트인데 짐 캐리보다 더 웃겨."

"내가? 내가 언제 웃겼지?"

"다 웃겨. 아이디어도, 말하는 것도, 연기하는 것도 다 웃겨."

코미디언에게 웃기다는 것은 최고의 찬사다.

"근데 왜 아무도 안 웃지?"

"다들 먼저 웃을 용기가 없어서 그래. 조금만 기다려봐. 형 코미디 알아보고 다 뒤집어질걸."

은별의 립 서비스인 줄 알면서도 내 어깨는 뽕을 넣은 것처럼 쑤욱 올라갔다.

"나 웃긴 거 어떻게 알았지? 조용히 있을랬더니 안 되겠네, 진짜 제대로 한번 웃겨줘봐?"

은별이 고개를 끄덕이며 장난스럽게 웃었다.

연예계에는 공고한 먹이사슬이 존재한다. 최상위에 A급 연예인이 있다. 대중의 인기라는 절대 반지를 낀 최종 포식

자다. 방송국 사장도 못 건드린다. 그들은 부와 명예와 권력을 다 가졌고 항상 옳으며 자기 멋대로 산다. 주위에선 모두 잘한다고 우쭈쭈 떠받들어만 준다. 자연계에서 호랑이나 상어 같은 존재다. 그 아래가 여우나 가물치 레벨에 해당하는 B급 연예인이다. 그들은 박리다매 전략으로 여기저기 불려 나가 감초 역할을 하면서 출연료를 짭짤하게 챙긴다. 잘만 하면 벌이도 A급 못지않다. 그리고 그 아래로 토끼나 붕어 정도 되는 C급 연예인이 있고 또 그 밑으로 한참, 이렇게 내려가도 되나 싶을 정도로 무지막지 내려가면 공기도 희박하고 빛도 안 드는 깜깜한 바다에 나 같은 무명 코미디언이 살고 있다. 최종 피식자. 잡아먹히지 않으려면 항상 주위 눈치를 살피며 죽은 듯 납작 엎드려 있어야 하는 존재. 풀이나 식물성 플랑크톤과 동급이다. 갑(甲)질, 을(乙)질, 병(丙)질……을 다 받아내야 하는 계(癸)에 속하는 존재다.

연예계의 먹이사슬 생태계는 엄존하지만 그렇다고 변하지 않는 건 아니다. 아래 단계에서 위 단계로 점프하기도 하고 꼭대기에서 바닥으로 추락하기도 한다. 포식자와 피식자의 관계가 역전되는 사례는 언제든 일어난다.

"무엘이 형. 첫 출연 축하해."

나는 은별과 잔을 부딪쳤다. 지금이 가장 밑바닥이니 이제 올라갈 일만 남았다.

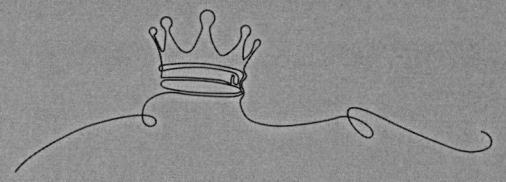

우리를 구원하는 유일한 길

　택시는 운수업이라 운수가 중요한데 오늘은 운수가 좋았다. 연거푸 장거리 손님을 태웠다. 신림동에서 잠실까지, 이어서 수유동으로, 지금은 홍대 방향으로 가고 있다. 이 일도 오래 하다 보니 테크닉이 늘었다. 바깥차로를 꿰차고 얼쩡거리는 기술. 신호등 타이밍에 맞춰 건널목 앞에 멈춘 뒤 길빵(길에서 손님을 태우기)하는 법. 멀리서 호출하는 똥콜을 피하는 꼼수. 병원이나 백화점 퇴근 시간에 맞춰 시간차 공격하는 노하우. 이것들은 기본 기술이고 고급 기술은 따로 있다. 숨겨진 기사 식당 맛집, 운전자의 멘털 관리법, 진상 손님을 피하는 기법…… 책 한 권 분량은 거뜬히 나온다.

　그런데 한 가지 풀리지 않는 미스터리가 있다. 테크닉은 이렇게 늘었는데 수입은 그대로라는 점. 하루 12시간씩 일

해도 돈은 손에 쥔 모래처럼 나도 모르는 새 술술 빠져나간다. 사납금 제도는 없어진 지 오래지만 회사는 여전히 입금 기준액에 못 미치면 월급에서 빼간다. 명백한 불법이지만 그냥 받아들인다. 내 인생에서 칼자루를 쥐어본 적이 없다. 나는 항상 칼날 쪽이었다.

손님은 홍대 지하철역에서 내렸다. 마침 콜도 없어서 일부러 코미디의 영광 쪽으로 택시를 몰았다. 퇴근 시간이 가까워지면서 교차로는 붐비고 골목에선 차량이 꼬리를 물고 쏟아져 나왔다. 라디오에서 백해성 목소리가 나왔다. 그는 몇 년째 T 방송 라디오 황금 시간대에 DJ를 맡고 있다. 청취자들의 황당한 실수담을 소개하면서 백해성은 중간중간 숨이 넘어갈 듯 웃었다. 그의 웃음소리를 들으면 나는 습관처럼 입을 벌리고 아래턱을 돌린다. 관절에서 뚝뚝 소리가 났다. 라디오를 껐다.

철수 형이 계약서를 내밀며 개관 기념 공연을 하자고 했을 때 농담인 줄 알았다. 우리는 장단을 맞추느라 한마디씩 했다. "어제의 용사들이 다시 뭉쳐봐?" "돈벼락이면 몰라도 그냥 벼락을 맞아 죽을 순 없지." "우리 개그에 맛 들이면 헤어나기 힘든데 괜찮겠어?"

철부지 때 장난으로 한 계약인데 그게 뭐 대수냐, 이런 분위기로 눙치고 넘어가려 했지만 철수 형은 진심이었다. 언제 사인했는지 기억에도 없는 계약서를 마치 노예 증서나 되는 것처럼 우리 눈앞에 계속 흔들었다. 분위기를 뒤늦게 파악한 우돈이 부풀어 오른 빵 같은 표정을 짓고 앓는 소리를 냈다.

"차라리 여기 주방에서 몸빵할게. 이 나이에 어떻게 코미디를 해?"

우돈은 여행사 홍보 팀에서 오래 일하다가 코로나 사태로 회사가 문을 닫으면서 백수가 됐다. 아내가 직장으로 출근하면 우돈은 유튜브 〈대충 요리〉 채널에 콘텐츠를 올렸다. 〈대충 요리〉는 이름 그대로 냉장고에 있는 재료들을 대충 꺼내서 대충 요리하면서 중간중간 대충 개그를 치는 콘셉트인데, 반응도 구독자 수도 대충이었다. 우돈의 몸매는 더 두루뭉술해졌고 땀을 예전처럼 많이 흘렸다.

우주는 여전히 무말랭이였다. 만나자마자 명함을 내밀며 묻지도 않은 연봉을 밝히던 녀석이 갑자기 죽는시늉했다.

"나는 좀 빼줘. 나 기러기야. 와이프랑 아이가 LA에 있어. 허울만 그럴듯하지 그냥 돈 버는 기계야."

나는 우주의 명함을 다시 살폈다. 공무원시험 학원 이름 옆에 10년 전쯤 찍은 걸로 보이는 아이돌스런 남자 사진이 있었다. 나우주란 이름이 없었다면 누군지 못 알아볼 뻔했다. 우주는 겸연쩍게 웃으며 수험생들이 젊고 잘생긴 강사만 좋아하니 어쩔 수 없다고 했다.

철수 형이 이번엔 나를 쳐다봤다. 인디언 보조개를 패며 웃는 모습이 장난기 가득했던 예전 그대로였다.

"철수 형, 미안한데…… 난 그때 일을 떠올리는 것만으로도 힘들어."

솔직한 심정이었다. 철수 형은 내 말에 고개를 갸웃했다.

"아이 돈 언더스탠드. 그때 우리 재밌었잖아. 새뮤얼 넌 항상 발칙하고 톡톡 튀는 아이디어로 우리를 놀래줬잖아."

철수 형이 기억하는 나와 내가 기억하는 나는 사뭇 달랐다. 그때는 어떻게든 살아남아야 했기에 상처를 받고도 안 받은 척, 괜찮은 척 꾹꾹 누르고 숨겨야 했다. 일반인으로 돌아온 뒤 시간이 약이라고 생각하며 살아왔지만 사라진 줄 알았던 내상이 어느 순간 불쑥불쑥 고개를 쳐들곤 했다. 겉보기엔 멀쩡해 보여도 한 꺼풀만 벗기면 여기저기 찢기고 멍들고 부러진 흔적들이 그대로 남아 있었다. 그리고 마비됐던 통각이 묵직하게 되살아났다.

철수 형이 계약서를 다시 접어 넣으면서 말했다.

"우리 동기 이름으로 공연하는데 은별도 투게더해야지. 우리 은별도 찾아보자."

은별 이름이 나오자 분위기가 금세 어색해졌다. 철수 형은 쌍꺼풀진 눈을 부담스럽게 크게 뜨더니 한 사람씩 눈을 맞췄다.

"우리 은별이랑 풀어야 할 숙제가 있잖아. 더 이상 피하지 말고 이참에 올 투게더해보자."

시간이 흘렀어도 우리 마음 한가운데엔 그녀에 대한 부채감이 여전히 남아 있었다. 내색은 안 했지만 사실 나는 가끔 조은별 이름으로 구글링도 하고 SNS도 뒤져봤다. 옛 기사만 뜰 뿐 요즘 소식은 어디에도 없었다. 결번으로 나올 걸 알면서도 은별의 옛 번호로 전화를 걸곤 했다. 무슨 일이 있었냐는 듯 아무렇지도 않게 '무엘이 형!' 하며 반길 것 같았다. 예전에 그랬듯이.

코미디의 영광이 있는 건물이 앞 유리 너머로 보였다. 차창 밖으로 머리를 내밀고 올려다봤다. 공연 전이라 불은 꺼져 있었다. 건물 1층 입구에 세워진 광고판이 보였다. 오늘 출연 예정인 코미디언 사진들이 가지런히 붙어 있었다. 전에 봤던 교포 출신 여자의 사진이 반가웠다. 맨 아래에 써 있는 홍보 문구가 눈에 들어왔다. 코미디 클럽 광고치고는 너무 비장해서 피식 웃음이 났다.

'우리를 구원하는 유일한 길은 남을 웃기는 일이다.'

새 코너 개발은 여전히 지지부진했다. 원래 류 감독은 우리 동기 다섯이 함께하는 코너를 짜보라고 했다. 하지만 시간이 지나도 뾰족한 게 나오지 않자 너희들 맘대로 찢어져서 만들라며 말을 바꿨다. 처음부터 동기 다섯이 한 코너에 들어가기는 애매했다. 짧게 치고 빠지는 공개 코미디 특성상 바보와 멀쩡한 캐릭터가 2인조 짝을 이뤄 티격태격하거나 아니면 둘이 앞에서 깔아주고 한 명이 마지막에 따먹는 3인조 개그가 제일 깔끔하다.

철수 형이 뚱뚱한 캐릭터가 필요하다면서 내게 양해를 구하고 우돈을 데려갔다. 불효자 3인방의 연대가 깨지는 순간이었다. 나는 전혀 상관없다고 말했고 정말 그렇다고 생각했는데 현실은 달랐다. 코미디언실 한쪽 구석에서 개그를 짜는 철수 형과 우돈은 죽이 잘 맞았다. 한마디 하고 킥킥대고, 또 한마디 거들고 키득거리고. 회의하는 모습을 보면 대박 코너라도 하나 건진 것 같았다. 더구나 시도 때도 없이 땀을 흘리는 우돈은 얼핏 보면 굉장히 열심인 것처럼 보여 선배들의 칭찬을 받았다.

킥킥킥!

우돈이 자기 콧물을 들이키면서 웃었다. 이를 보이거나 웃으면 안 된다고 동기들을 잡도리할 때는 언제고 이젠 '겁'이란 단어 자체를 잊은 것처럼 자기가 앞장서 수칙을 무시했다. 불효자 3인방으로 찌그러져 있을 때는 서로 비빌 데라도 있어 마음이 편했는데 지금은 나 혼자였다. 불효자를 넘어 졸지에 고아가 된 기분이었다.

아이디어 회의를 하는 여러 팀 사이에서 나 혼자 멀뚱멀뚱 앉아 있는 시간이 많아지자 선배들의 자잘한 심부름은 자연스럽게 내 몫이 됐다.

"매, 매점 가서 김, 김밥 좀 사다 주면 안, 안 잡아먹지."

모처럼 은별과 둘이 회의하려는데 말을 더듬는 안병태 선배가 심부름을 시켰다. 코미디언실이 있는 3층에는 매점이 하나 있었는데 '마약 김밥'이라 불리는 꼬마김밥을 팔았다. 인기가 많아 점심시간에 조금만 늦게 가도 다 팔리고 없는 경우가 흔했다.

마음이 급해서 서둘러 매점으로 달려갔는데 운 좋게 마지막 남은 마약 김밥을 살 수 있었다. 스티로폼 용기에 담아 돌아가려는데 구석에서 담배를 피우고 있는 한나를 발견했다. 매점 옆에는 대화를 나누거나 음식을 먹을 수 있는 자그마한 공간이 있었다. 방송국 안은 금연이었지만 매점 옆은 비공식적으로 흡연이 허용됐다.

"최 도사, 오랜만이야."

한나가 나를 반겼다. 같은 3층에 있으면서도 방이 다르니 얼굴 보기도 쉽지 않았다. 송한나는 주로 프로그램 회의실에서 류 감독 그리고 다른 작가들과 같이 일했다. 한나는 담배를 종이컵에 넣어 끄더니 말릴 새도 없이 김밥 하나를 입에 쏙 집어넣었다.

"야, 니가 먹으면 어떡해?"

내가 깜짝 놀라자 한나는 "아, 맛있다" 하며 얄밉게 먹기만 했다. 일이 고된지 동글동글하고 통통하던 얼굴이 여위어 보였다. 얼굴이 반쪽 됐다고 하면 살 빠졌다고 마냥 좋아하며 말이 길어질까 봐 참았다. 한나가 김밥 쪽으로 다시 손을 뻗자 나는 어깨를 돌려 막았다.

"안 돼. 이거 안병태 선배 거야."

한나는 입맛을 한번 다시더니 눈을 반짝 빛냈다.

"내가 재미있는 얘기 해줄게, 재미있으면 김밥 하나만 줘."

어림없는 소리 말라고 고개를 저었지만 한나는 벌써 이야기를 시작했다.

"최 도사, 안병태 닉네임이 뭔 줄 알아?"

김밥을 줄 수는 없지만 호기심은 들었다. 고개를 돌리자 한나가 픽 웃었다.

"작가들끼리 닉네임을 다 지었더라고. 근데 여기서 닉네임은 실제랑은 반대야. 마우돈 뚱뚱하잖아. 그래서 마우돈 닉네임이 '날씬하다 마우돈'이야. 거꾸로야. 킄킄킄."

한나는 자기가 말해놓고 자기가 웃었다.

"안병태 선배 닉네임은?"

답답해서 내가 묻자 한나는 폭소를 터뜨렸다. 그러면서 "아이고, 웃겨" 하며 웃음을 그치질 않았다. 그러니까 더 궁금해졌다. "뭔데? 뭔데?" 하고 재촉하니 한나는 웃음을 꾹 누르며 대답했다.

"청산유수 안병태. 푸하하하. 아이고, 배야."

품! 하고 나도 웃고 말았다. 항상 말을 버벅대는 안병태 선배는 이걸 알고 있을까? 한나가 눈물을 훔치며 "최 도사 웃었지?" 하더니 냉큼 김밥 하나를 집어 먹었다. 나는 기겁했지만 이왕 이렇게 된 거 나머지 닉네임도 알고 싶었다.

"철수 형은 뭐야?"

"국어사랑 김철수. 푸하하하."

이번엔 나도 소리 내어 웃었다. 한나는 신나서 계속했다.

"나우주는 뭔 줄 알아? 그 오빠 잘난 척 쩔잖아. 그래서 푸후흡."

한나는 웃겨서 말을 못 이었다. 나는 알지도 못하면서 덩달아 따라 웃었다. 한나는 심호흡을 몇 번 하고 나서 간신히 말했다.

"겸손하다 나우주."

나도 빵 터졌다. 코미디 작가들이라서 그런지 재치가 대단했다. 백 선배의 닉네임도 궁금했다. 그는 여전히 집합을 걸어 후배들을 갈군다. 구타도 서슴지 않는다.

"백해성 선배는?"

"후배사랑 백해성."

"뭐? 하하하."

작가들도 코미디언실 돌아가는 걸 다 알고 있구나. 그렇다면 류 감독도, 백발마녀도 알고 있겠지. 묘한 쾌감이 들었다. 한나는 닉네임을 새로 알려줄 때마다 김밥을 하나씩 날름날름 먹었다. 이제 내 닉네임이 궁금했다. 한나는 김밥을 삼키느라 잠깐 시간을 끌다가 말했다.

"최 도사? 최 도사도 완전 웃겨. 호감이다 최사무엘. 푸하하하."

웃을 준비가 돼 있던 나는 웬만하면 따라 웃으려 했지만 이번만큼은 못 웃었다. 호감이다 최사무엘. 류 감독이 내 얼굴이 비호감이라고 한 게 발단이었다. 작가들끼리 내 닉네임을 지으며 얼마나 웃어댔을까. 표정 관리가 안 됐다.

"무엘이 형, 여기서 뭐 하고 있어? 안 선배 난리 났어."

은별이었다. 내가 돌아오지 않자 안 선배가 채근했나 보다. 나는 그제야 정신이 들어 벌떡 일어났다. 김밥은 반밖에 남지 않았다. 은별이 김밥을 오물오물 씹고 있는 한나를 놀란 눈으로 바라봤다. 한나는 '어쩌라고?' 하는 뻔뻔한 표정이었다. 매점 김밥은 이미 다 팔리고 없다. 나는 남은 김밥을 들고 은별을 따라 황급히 코미디언실로 향했다. 돌아보니 한나는 식후 담배를 맛있게 즐기고 있었다.

"왜, 왜 이, 이, 이거밖에 안 돼?"

안 선배가 말을 더듬으며 물었다. 나는 '청산유수 안병태'가 떠올라 웃지 않으려고 혀를 꽉 깨물었다. 대답을 재촉하는 안 선배의 눈빛에 어떻게 대답해야 할지 몰라 당황하는데 은별이 끼어들었다.

"선배님, 가격이 올랐대요. 하도 많이 찾아서."

"그, 그러면 안 되지. 인, 인기 있다고 막 올리면 어, 어쩌나?"

안 선배는 화풀이라도 하듯 마약 김밥을 왕창 입에 집어넣었다. 바싹 긴장하고 있었는데 그걸로 끝이었다. 안 선배는 먹어보라는 말도 없이 혼자 앉아서 마약 김밥을 금세 먹어치웠다. 은별이 날 보고 살짝 윙크하며 웃었다. 나도 덩달아 미소 짓다가 문득 궁금해졌다. 동기들의 닉네임을 다 들었다. 날씬하다 마우돈, 겸손하다 나우주, 국어사랑 김철수, 호감이다 최사무엘까지. 그럼 은별은? 한나에게 문자로 물어보려다가 멈췄다. 신입은 코미디언실에서 휴대폰을 사용해선 안 된다. (한참 나중에 알게 됐지만 한나의 닉네임은 '과묵하다 송한나'였다.)

늦은 밤 코미디언실엔 우리 동기뿐이었다. 나와 은별은 소파에 자리 잡았고 철수 형과 우돈은 안쪽 테이블에 있었다. 신입은 스툴에만 앉을 수 있었지만 선배들이 없는 밤에는 적당히 요령을 피웠다. 우주는 다른 회의실에서 선배들과 연습하는 중이었다. 밖에서 불어오는 후텁지근한 여름 바람에 버티컬 블라인드가 서걱거렸다.

은별은 하찮은 내 아이디어에도 재미있다며 크게 웃었는데 원래 웃음이 헤픈 건지 내가 안돼 보여서 일부러 웃는 건지 알 수 없었다. 의도야 어떻든 은별이 큰 입을 활짝 벌리고 웃어주면 쭈글쭈글하던 내 마음도 다리미로 다린 것처럼 쫙 펴졌다.

엉덩이 힘으로 무지막지하게 회의한 끝에 아이디어가 하나 나왔다. 우리 둘을 우연히 마주친 전남편, 전아내로 설정해서 서로 떠보며 밀당하는 내용이었다. 상황 세팅까지는 마음이 맞았는데 푸는 방식에 있어서 생각이 달랐다. 나는 말장난으로 웃기자고 했고 은별은 콩트로 만들자고 했다. 각자 원하는 방식대로 한 번씩 해봤는데 은별은 순발력이 떨어졌고 내 연기는 재앙 수준이었다.

답답한 마음에 힐긋 옆 테이블을 살폈다. 우돈과 철수 형은 머리를 맞대고 속닥거리며 끊임없이 키득거렸다. 아이디어가 자판기처럼 술술 나오는 모양이었다. 나는 안 듣는 척하면서 귀를 쫑긋 세웠다. 국어사랑 김철수의 말이 간헐적으로 들렸다. 팬티, 홀딱, 누드…… 다른 단어는 하나도 안 들리는데 그런 원색적인 단어는 귀에 쏙쏙 들어왔다. 19금 성인용 개그라도 짜는 건가. 둘은 가끔 나를 돌아보고 자기들끼리 키득댔다.

"거, 같이 좀 웃읍시다."

은별이 불쑥 큰 소리를 냈다. 철수 형과 우돈은 "야냐, 별 거 아냐" 하며 손사래를 쳤다. 우리가 아이디어라도 훔쳐 갈까 봐 지레 문단속하는 눈치였다. 마침 우주가 선배들과 연습을 끝내고 돌아왔다. 우리는 소리를 지르며 우주에게 달려들었다. 그의 손에 족발과 보쌈이 들려 있었다.

"선배들이랑 먹다 남은 거야. 버리려다가 너희 생각이 나 서."

뒤의 말은 웃기려고 던진 것 같았는데 안 하는 게 좋을 뻔했다. 우주가 소파 테이블에 족발과 보쌈을 펼치자 우리 는 번개의 속도로 먹기 시작했다. 아이디어 회의만 하려면 유난히 배가 고팠다. 우리는 동기 사랑은 잠시 접어두고 침 묵 속에서 맛을 느낄 새도 없이 속도전으로 마구 먹었다. 우돈은 돼지 족발을 손으로 집어 먹으며 "이건 동족상잔의 비극이야"라며 개그를 쳤는데 먹는 데 바빠 아무도 웃지 않 았다. 때마침 내 바지 앞주머니가 부르르 떨렸다. 이 결정 적인 순간에 문자가 오다니. 한나였다. 은별의 닉네임을 물 어봤었는데 답이 이제야 왔다. 나는 입이 찢어져라 커다란 보쌈 하나를 집어넣고 문자를 확인했다.

"……"

언뜻 이해가 안 됐다. 이게 은별의 닉네임이라고? 무슨 의미지? 머리를 갸웃하고 은별을 한번 살피고 다시 젓가락을 들었을 때 테이블엔 그새 누가 설거지라도 했는지 깨끗한 빈 접시만 남아 있었다. 우돈은 몸을 돌린 채 족발 뼈다귀에 붙어 있는 마지막 단백질을 뜯어 먹었다. 나는 남은 새우젓을 건져 먹으며 타이밍도 절묘하게 문자를 보낸 한나를 원망했다.

"뭐 아이디어 나온 거 있어?"

우주가 우리를 돌아보며 물었다. 철수 형이 우돈과 눈을 맞추더니 서로 크크크 웃었다. 괜찮은 아이디어가 나오긴 했나 보다. 우돈이 뼈다귀를 내려놓으며 입을 열었다.

"사무엘 너도 해야 해."

이게 족발의 힘인가. 배가 부르니 서로를 배려하는 여유가 생겼다. 나까지 끼워준다니. 역시 불효자 3형제는 의리였다. 철수 형이 눈에 힘을 잔뜩 주며 말했다.

"옷을 벗는 거야. 하나씩. 원 바이 원."

나는 더우니까 지금 옷을 벗자는 줄 알았다. 그런데 그게 아니었다.

"나란히 서서 한 사람씩 돌아가며 개그 배틀을 해. 그리고 방청객이 안 웃으면 옷을 하나씩 벗어. 원 바이 원."

"스트립쇼를 한다고요?"

은별의 물음에 철수 형이 고개를 끄덕였다.

"미안한데 은별이는 빠지고 우리 보이 넷만 벗어."

"풀 몬티."

얼떨떨해하고 있는데 우주가 끼어들었다.

"영국식 영어로 싹 벗는다는 뜻이야. 남자 풀 몬티 쇼가 있어. 영국에."

"그래. 그거, 브리티시 잉글리쉬, 풀 몬티."

패닉에 빠진 내 표정이 재밌다는 듯 철수 형은 실실 웃었다. 은별이 다시 물었다.

"어디까지 벗어요?"

"홀딱! 올 누드될 때까지……."

철수 형이 안 해도 되는 제스처까지 하면서 설명했다.

"에이, 더러워."

은별이 눈살을 찌푸렸다. 더러울 것까지야 없지만 지상 파에서 스트립쇼를 하겠다는 철수 형이 제정신인가 싶었다. 내가 놀라서 소리도 못 내자 철수 형이 싱글싱글 웃으며 말했다.

"누드까지는…… 방송이니까 안 되겠고 팬티만 남을 때까지 벗어."

철수 형은 턱수염을 매만지며 말했다. 그는 벌써 TV에 나올 그림을 상상하고 있었다.

"옷은 똑같이 네 개씩 걸칠 거야. 재킷, 베스트, 바지, 팬티. 못 웃기면 재킷 벗고, 베스트 벗고, 바지 벗으면 팬티만 남고, 디 엔드. 어때?"

"너무 막 나가는 거 아녜요? 난잡……하지 않나?"

나는 당연히 반대하면서 우주에게 도움을 청하는 눈길을 보냈다. 우주가 벗을 리 없었다.

"금기를 깨면 웃음이 나오긴 하죠. 앙리 베르그송은 사회적 규범에서 벗어날 때 웃음이 나온다는 유머의 사회론을 주장했어요."

역시 겸손하다 나우주. 이 와중에 코미디 이론을 강의하고 앉았다. 철수 형은 내가 우려하는 게 뭔지 다 안다는 듯 고개를 끄덕였다.

"헤비하지 않게 라이트하게 풀 거야. 젖꼭지에 X 자 테이프 붙이고 앙증맞은 트렁크 팬티 입고 경쾌한 댄스곡에 몸을 흔들면서."

"난 재밌을 거 같아. 대학로에서 공연할 때도 벗으면 무조건 반응이 좋았어."

날씬하다 마우돈이 지원 사격을 했다.

"코너 제목을 그냥 '풀 몬티'로 해요. 방청객들은 좋아하겠네."

우리 벗은 몸이 더럽다던 은별이었다. 자기는 안 해도 된다니까 오히려 신이 나나 보다. 철수 형은 "굿 아이디어! 브릴리언트!" 하며 코너명을 즉석에서 '풀 몬티'로 정했다. 은별은 한 건 했다는 듯 의기양양했다. 다들 제정신인지 의심스러웠다. 너무 회의를 열심히 하다 보니 머리가 어떻게 된 건가.

퇴근 시간을 알리는 알람이 울렸다. 우돈은 자신의 휴대폰에 퇴근 알람을 맞춰놨다. 퇴근은 한 시간 더 늦춰졌다. 조촨이 새 코너가 나올 때까지 12시에 퇴근하라고 명령했다. 우리는 벽시계 앞에서 증거 사진을 찍어 조촨(그의 닉네임은 '잘참는다 조지환'이다)에게 전송한 후 코미디언실을 정리하고 나왔다. 여전히 충격에 싸여 있는 내게 철수 형이 말했다.

"돈 워리. 너무 시리어스하게 생각 마. 내일 또 얘기하자고."

낄낄낄낄.

방송국 매미도 개그 욕심이 있는지 울음소리부터 희한했다. 거리 소음에 묻히지 않으려고 소리도 우렁찼다. 동기들과 정문을 나서는데 뒤에서 클랙슨이 울렸다. 돌아보니 빨간색 자동차 안에서 한나가 손을 흔들고 있었다.

"이번에 중고로 하나 뽑았어요."

동기들이 우와, 하며 자동차를 둘러쌌다. 한나가 차를 뽑았다는 얘기는 들었지만 눈으로 보기는 처음이었다. 차는 국산 경차였다. 도로에 껌이 붙어 있으면 가다 멈춘다는, 언덕길에선 내려서 밀어야 한다는, 사고 나서 찌그러졌을 때 마후라에 입 대고 불면 펴진다는(이때 유리창을 꼭 닫아야 한다) 국민차. 하지만 한나는 이탈리아 명품 차라도 뽑은 기세였다. 손가락으로 나를 콕 짚어 가리키더니 "야! 타!" 하고 웃었다.

한나는 방향도 다른데 굳이 고시원까지 태워주겠다고 했

다. 나도 모르게 은별 눈치를 살폈다. 한나와 내가 오누이처럼 지낸다는 것을 모두 알고 있었지만 괜히 신경 쓰였다. 나는 동기들과 인사하고 한나의 차에 올랐다.

초보 운전사 한나는 핸들에 가슴을 바짝 붙이고 오로지 앞만 바라봤다. 계기판을 살펴보니 주행거리가 20만을 넘긴 차였다. 세상 물정 모르는 한나가 제대로 눈탱이 맞은 것 같았다. 나는 조수석 손잡이를 꼭 붙들었다.

"작가들도 이렇게 늦게까지 있어?"

"말도 마. 요즘 시청률 떨어졌다고 류 감독 난리야."

한나는 앞만 바라보고 대꾸했다. 방송 3사 코미디 프로그램 시청률이 계속 하강 곡선을 그린다는 얘기는 들었다. 그중에서도 〈코미디야〉가 제일 가파르게 떨어진다고 했다. 한나는 간신히 차선을 바꿔 마포대교에서 강변북로로 들어섰다. 자정이 넘은 시간인데도 길이 꽉 막혔다. 차가 꼼짝 안 하자 그제야 한나가 한숨 돌렸다.

"이렇게 하다간 폐지될 수도 있대."

나는 몸을 바짝 일으켰다.

"코미디 프로는 〈코미디야〉 달랑 하난데 폐지한다고?"

"최 도사, 너무 모른다. 그런 게 어딨어? 방송국에선 시청률이 깡패야. 요즘 버라이어티가 대세잖아. 파일럿 때 대박 내고도 편성 시간 못 받은 버라이어티 프로그램이 줄 섰대. 다들 호시탐탐 〈코미디야〉 망하길 기다리고 있어."

"같은 방송국에서 뭐 이래? 사방이 적이네."

"방송작가 됐다고 친구들에게 다 떠벌였는데 바로 잘리면 쪽팔려서 어쩌지? 이 차 할부 값은 어쩌고."

나야말로 프로그램이 없어지면 당장 먹고살 일이 걱정이었다. 염치없지만 루비콘강을 또 건너야 하나. 담임목사는 언제든 돌아오라고 했다. 한나의 눈치를 살피며 슬며시 간을 봤다.

"목사님은 잘 계셔? 전도사 없이 힘드시겠네."

"내가 얘기 안 했나? 새로 전도사님 오셨어. 젊은 신학생인데 얼마나 부지런하고 싹싹한지 교인들이 다 좋아해."

갑자기 답답해져서 창문을 열었다. 시큼하고 들쩍지근한 강바람이 들어왔다. 한나도 차창을 열더니 혼잣말했다.

"만드는 사람이 재밌어야 하는데 내가 봐도 우리 프로는 하나도 안 웃겨."

사실이 그랬다. 선배들이나 연출 팀 모두 열심이었지만 노력한다고 웃기는 건 아니다.

"새 코너가 필요해. 코너들이 너무 구닥다리야. 뭔가 화끈한 거 없을까."

철수 형의 풀 몬티가 문득 떠올랐다. 너무 화끈해서 탈이다. 넌지시 한나의 생각을 물었다. 한나는 핸들을 마구 때리며 웃더니 나중에는 눈물까지 흘렸다.

"류 감독이 좋아하겠는데? 맨날 '약해, 약해, 센 거 없어?' 그러잖아."

"그래도 너무 세지 않아?"

"코미딘데 어때? 벗더라도 수위 조절만 잘 하면 괜찮아. 최 도사, 지금 이것저것 따질 때가 아냐. 사고를 칠 때라고. 노이즈 마케팅이라도 해야지. 안 그러면 다 죽어."

그런가? 내가 충청도 샌님 아니랄까 봐 너무 진지한가. 차가 조금씩 움직이기 시작했다. 한나가 다시 핸들에 바짝 다가섰다.

"이 바닥에선 웃기면 장땡이야. 웃기는 게 전부라고. C 방송 애들 봐. 수영 빤스만 입고 하잖아."

요즘 C 방송 코미디 프로에서는 얼굴 천재 3인방이 수영 모와 수영 팬티만 입고 싱크로나이즈드 스위밍 개그를 하고 있다. 지난주 코너 시청률이 무려 25%를 찍었다.

풀 몬티를 해야 하나. 날씬하다 마우돈은 몸으로 웃기는 캐릭터니까 이해할 수 있다. 겸손하다 나우주가 의외다. 무 말랭이 몸매로 벗겠다는 건가. 하긴 우주도 자기 코너가 급하겠지. 언제까지 선배들에게 빌붙어 지낼 수는 없을 테니까. 내 배를 만져봤다. 말랑말랑한 게 갓 빚은 두부 같다. 부침용 말고 찌개용 두부. 생존에 필요한 최소한의 근육만 붙어 있는 앙상한 팔과 다리. 그럼에도 배는 볼록하다. 나도 봐주기 힘든 이 몸뚱어리가 TV에 나온다고? 얼굴만 비호감인 줄 알았는데 몸까지 비호감이라고 놀리겠지. 한숨이 절로 나왔다.

고시원에 도착했다. 편의점 앞에 대학생으로 보이는 한 무리가 둥그렇게 모여 있었다.

"최 도사, 방송국은 우리가 있던 세상하고 달라. 마음 독하게 먹어. 무조건 뜨고 봐야 해."

한나는 손을 흔들더니 페달을 잘못 밟았는지 급출발했다. 오렌지빛 가로등이 듬성듬성 골목길을 비추고 있었다.

내 방으로 들어와 휴대폰을 꺼내 보니 우돈에게 문자가 여러 개 와 있었다. 백해성 선배가 17기와 18기를 가라오케로 불렀다며 여의도로 다시 오라는 내용이었다. 류 감독과 메인작가도 같이 있다고 했다. 12시에 퇴근했는데 다시 호출이라니, 짜증이 치밀어 올랐다. 침대에 그대로 눕고 싶은 마음이 간절했지만 신입 코미디언에게 신체의 자유는 애당초 없었다.

국회의사당 맞은편 빌딩 지하에 있는 룸 가라오케 '로마'는 한낮처럼 밝았다. 크림색 대리석 바닥은 반들반들 윤기가 흘렀고 천장에는 로마 신화 속 영웅들의 그림이 새겨져 있었다. 복도 양쪽으로 방들이 늘어섰고 술을 나르는 웨이터들과 몸매가 드러나는 원피스를 입은 아가씨들이 분주히 움직였다. 문이 열릴 때마다 노랫소리가 크게 흘러나왔다.

분위기는 이미 후끈 달아올라 있었다. 철수 형이 목에 핏대를 세우며 록 음악을 열창하는 중이었다. 우돈이 나를 보더니 어서 오라고 손짓했다. 직사각형 방에 류 감독을 중심으로 17기 선배들과 18기 동기들이 섞여서 앉아 있었다. 류 감독과 메인작가 옆에 앉은 두 아가씨의 짧은 스커트가 눈에 들어왔다. 류 감독 맞은 편에서 백해성은 얼음이 담긴 유리컵에 양주를 따르고 있었다. 은별이 내게 반가운 눈빛을 보냈다. 그녀가 백해성 옆에 있는 게 신경 쓰였다. 내가 소파 끄트머리에 엉덩이를 걸치자 옆에 있던 우주가 속삭였다.

"백 선배가 100만 원 걸었어."

테이블 가운데에 놓인 은쟁반 위에 10만 원짜리 수표 여러 장이 보였다. 백해성은 〈코미디야〉 외에도 여러 예능 프로에 출연하면서 인기를 끌었다. 덕분에 나이트클럽이나 대기업 행사에서 그를 자주 찾았다. 그는 돈을 많이 버는 만큼 씀씀이도 컸다. 우주가 말을 보탰다.

"제일 웃기는 사람에게 상금으로 준대."

코미디언실은 전국 고등학교 오락부장 출신 중에서도 제일 웃기는 에이스들이 모인 곳이다. 그런 사람들을 웃기려면 방송 수준의 코미디로는 어림도 없다. 정말 세고 독하지 않으면 씨알도 안 먹힌다. 상금 100만 원보다 코미디언으로서 자존심이 걸린 자리였다. 여기서 못 웃기고 절면 감독이나 동료들에게 끼 없는 놈으로 낙인찍히게 된다. 이 방에 있는 코미디언 모두 죽으면 죽었지 그런 쪽팔림만큼은 피하고 싶으리라.

철수 형이 몸을 비틀며 올라가지도 않는 삼단 고음을 냈다. 야유와 함께 과일 안주가 날아왔지만 철수 형은 아랑곳하지 않고 꿋꿋하게 완창했다. 다음으로 잘참는다 조환이 나섰다.

조촨은 오래전 T 채널에서 방영됐던 농구 드라마 주제곡을 틀더니 방 밖으로 나갔다. 조명이 꺼졌고 전주가 끝날 즈음 문을 벌컥 열고 조촨이 등장했다. 방 안에 있던 모두 환호성을 질렀다. 조촨은 달랑 러닝 한 장 차림이었다. 러닝을 길게 늘어뜨렸고 아랫도리엔 헐벗은 다리 위에 양말과 운동화만 신었다. 조촨은 마이크를 들고 몸을 흔들면서 노래를 불렀다. 러닝 아래로 하체가 노골적으로 드러났다. 아슬아슬했지만 여기까지는 그런대로 별일 없이 지나갔다. 문제는 후렴구였다. 갑자기 조촨이 두 팔로 농구 점프슛을 하는 시늉을 하면서 펄쩍 뛰었다. 러닝이 홀렁 위로 말려 올라가면서 조촨의 아랫도리가 그대로 드러났다. 팬티 한 장 걸치지 않은 완전한 하의 실종 상태였다. 방 안은 말 그대로 뒤집어졌다. 조촨이 점프할 때마다 남자들은 몸부림치며 웃었고 류 감독 옆에 있던 아가씨들은 비명을 질렀다. 류 감독은 땅콩을 한 움큼 입에 털어 넣으며 게걸스럽게 웃었다. 나와 동기들도 눈물까지 흘리면서 웃어댔다. 민망해서 고개를 돌린 은별과 눈이 잠깐 마주쳤다.

"다음은 은별이 해봐."

폭풍같이 몰아쳤던 조촨의 무대가 끝나자 류 감독이 은별을 지목했다. 류 감독의 수염에 매달린 땅콩 껍데기가 조명을 받아 반짝였다.

은별의 선곡은 원더걸스의 신곡이었다. 전주가 흘러나오

자 선배들이 소리를 질렀다. 은별은 수줍어하며 무대에 나섰지만 마이크를 잡자 표정이 돌변했다. 뒤로 묶었던 머리를 풀고 리듬에 맞춰 살짝살짝 몸을 흔들며 노래했다. 긴 머리카락 사이로 뇌쇄적인 은별의 눈빛이 보였다. 은별은 비트에 몸을 맡기고 조금씩 웨이브를 타며 춤을 이어가더니 어느 순간 마이크를 던져버리고 테이블 위로 훌쩍 올라갔다. 이어서 몸을 한껏 낮추고 손과 무릎으로 기어가기 시작했다. 흰색 면티에 청바지를 입었을 뿐인데 마치 고양이로 분장한 뮤지컬 배우의 공연을 보는 느낌이었다. 환호하던 선배들은 홀린 듯 숨을 죽인 채 은별의 도발을 하나도 놓치지 않고 지켜봤다. 은별은 고혹적인 눈빛을 하고 류 감독을 향해 테이블 위를 가로질러 기어갔다. 선배들은 자기 앞에 있는 유리잔과 안주를 치우면서 은별의 길을 열어줬다. 류 감독은 은별의 기에 눌려 어색하게 웃으면서 상체를 뒤로 뺐다. 마지막으로 은별은 천천히 몸을 일으켜 고양이처럼 한쪽 무릎을 세우고 도도하게 앉더니 류 감독 앞에 있던 양주잔을 들고 한입에 털어 넣었다. 음악이 끝났다. 짧은 정적이 흘렀고 이어서 탄성과 박수가 터져 나왔다. 백해성이 두 손을 입에 모으고 소리를 질렀다. 류 감독은 그제야 최면에서 깨어난 듯 은별을 향해 엄지를 들어 올렸다.

은별이 새침하게 웃으면서 테이블에서 내려왔다. 나는 환호를 보내면서도 왠지 은별로부터 멀리 튕겨 나간 기분이었다. 포니테일 머리에 순박하게 웃던 은별이 아니었다.

나와는 노는 물부터 다르고 내가 감당하기엔 버거운 여자라는 이질감이 들었다. 이유 없이 마음 한쪽이 쓸쓸해졌다.

광란의 무대는 계속됐다. 불 쇼, 물 쇼, 차력 쇼 그리고 음담패설과 난무하는 욕설……. 선배들과 동기들은 노래방에서 상상할 수 있는 퍼포먼스의 끝을 보여줬다. 모두 목청껏 떠들고 배를 잡고 웃었지만 시간이 지날수록 나는 망망대해를 정처 없이 표류하는 난파선 같았다. 나중에는 뱃멀미하는 것처럼 속이 울렁거렸고 이런 내 모습이 한없이 찌질해 보였다.

"무엘아, 네 차례야."

우주가 마이크를 내게 넘겼다. 드디어 올 것이 왔다. 나는 쭈뼛대며 무대로 나갔다. 진땀이 났다. 무조건 신나는 댄스곡을 불러야 한다. 내가 애창하는 발라드를 불렀다가는 활활 타고 있는 장작불에 젖은 담요를 덮는 꼴이 될 것이다. 노래를 찾아 버튼을 눌렀다. 지난해 주일학교 유년부 아이들이 떼창으로 부르던 곡이다. 요즘 최고 인기를 구가하는 예능 프로그램 출연자들이 부른 노래. 음정과 박자가 간단하고 음도 높지 않아 나 같은 음치에게 딱 맞는다. 처음 시작은 좋았다. 모니터에 나오는 가사를 보며 술 취한 척 고래고래 소리를 질렀다. 하지만 단순한 리듬과 같은 가사가 계속 반복되자 분위기는 금세 가라앉았다. 부르는 나부터 지루해지면서 시간이 제발 빨리 지나가길 기도했지만 가라오케 반주기는 쉽게 끝낼 기세가 아니었다. 잠깐 주위를 살펴보니 다들 술 마시고 떠드느라 아무도 내 노래를 듣고 있지 않았다. 백해성이 소리쳤다.

"무엘아, 넌 언제 웃길래?"

기다렸다는 듯이 한꺼번에 웃음이 터져 나왔다. 나도 멋쩍게 따라 웃으면서 곁눈질로 살피니 은별만 웃고 있지 않았다. 입안이 바짝 마르고 속이 타들어갔다.

난 정말 언제 웃길까? 웃길 수 있는 날이 오긴 오는 걸까.

2절이 시작됐다. 노래를 다시 시작하는데 철수 형이 무대로 올라와 내 반소매 남방을 막무가내로 벗겼다. 이어서 입에 물을 머금더니 속옷 차림의 나를 향해 푸, 하고 뿜었다. 선배들이 그제야 반응을 보였다. 철수 형이 내 허리띠를 풀었다. 채찍질하듯이 때리는 시늉을 했고 나는 아픈 척 몸을 비틀며 소리를 질렀다. 철수 형과 나의 맥락 없는 변태 쇼에 관객들은 테이블을 두드리며 환호했다. 꺼져가던 장작불이 젖은 담요를 뚫고 불타오르기 시작했다. 허리띠가 내 젖은 속옷을 때릴 때마다 찰진 소리가 났다. 나는 새된 비명을 질렀고 그럴수록 사람들은 더 즐거워했다. 삘받은 철수 형이 내 얼굴에 물을 뿜었고 나는 두 눈을 껌뻑이며 꺼벙한 표정을 지었다. 분위기가 살아나서 다행이었다. 적어도 끼 없고 감 떨어지는 놈으로 찍히진 않았다. 나도 웃고 사람들도 나를 보고 웃었다. 모두 행복해 보였고 나는 더욱 오버하기 시작했다. 어릿광대처럼 익살맞게 춤을 추고 허리띠에 맞을 때마다 오만가지 인상을 쓰며 소리 질렀다. 나중에는 내가 웃고 있는지 울고 있는지 나도 분간할 수 없었다.

광란의 회식이 끝나고 밖에 나오니 새벽이 희붐하게 밝아 있었다. 홍대 방향 버스에 올랐다. 집에 들어가 옷을 갈아입고 바로 출근해야 했다. 첫차를 타고 출근하는 승객들은 퇴근길 사람들처럼 지쳐 보였다. 출근도 안 했는데 퇴근하고 싶은 얼굴들이었다. 나는 차창에 비친 내 얼굴을 외면하고 휴대폰을 꺼냈다.

이른 시각이었지만 혹시나 하고 한나에게 문자를 보냈다.

[근데 조은별 닉네임은 그게 뭐야?]

은별의 닉네임은 의외였다. 한참 후 답이 왔다.

[요조숙녀 조은별?]

[ㅇㅇ]

[조은별 고등학생 때 속초에서 껌 좀 씹었대. 별명이 속초 빙쌍이었대.]

[빙쌍?]

[빙그레 쌍년. 빙그레 웃으면서 때리는 애. 걔 속초에서 유명했대.]

[아…… 그래서 요조숙녀.]

[너무 웃기지? 여기 사람들 닉네임 짓는 데 다들 진심이야. ㅎㅎㅎ]

궁금한 게 많았지만 더 이상 묻지 않았다. 더 자라는 인사를 하고 휴대폰 폴더를 접었다. 테이블 위를 요염하게 기어가던 은별의 모습이 떠올랐다. 100만 원은 은별이 가져 갔다. 몸뚱어리 여기저기가 쓰라렸다. 철수 형이 혼자 삘받 아서 너무 세게 때렸다.

풀 몬티

마수걸이로 장거리 손님을 받으면 그날은 재수가 좋다. 택시 기사들 사이에 통하는 속설이다. 나는 새벽 첫 손님을 인천공항에 내려드렸다. 더구나 배부른 임산부였다. 임산부를 태우면 엄마가 아기를 낳는 것처럼 그날은 손님이 계속 이어진다는 속설도 있다. 나는 미신일 뿐이라고 웃어 넘겼지만 괜스레 들뜨는 기분까지 누르지는 못했다.

서울로 들어가는 손님을 태우려고 공항 대기 주차장에서 번호표를 뽑았는데 내 앞에 100대가 넘는 택시가 있었다. 경험상 이 정도면 세 시간 정도 기다려야 손님을 받는다. 안개가 짙어서 비행기 착륙도 지연되고 있었다. 빈 차로 돌아갈까 하다가 알고 지내는 모범택시 형이 알려준 팁이 생각나 송도로 핸들을 돌렸다. 그 형은 시내 영업은 안 하고 하루 두세 번 공항 손님만 태우는 '공항발이'인데 나를 코미디언 동생이라고 부르며 챙겨줬다. 공항발이 형의 조언을 따른 게 신의 한 수였다. 송도 컨벤시아에서 30분 정도 기다렸는데 정장 차림에 백팩을 맨 남자가 타더니 강원랜드로 갈 수 있냐고 물었다. 강원도 정선에 있는 강원랜드에는 스키장과 카지노가 있다. 5월에 스키장에 갈 일은 없고 혼자인 걸로 봐서 카지노 손님이었다.

"오늘 제 차가 기운이 좋아서 많이 따실 겁니다."

손님은 아침에 오래 끌던 계약이 잘 성사됐는데 또 기운 좋은 택시를 탔다며 표정이 환해졌다. 나는 스마트폰으로 라스베이거스 카지노 BGM을 찾아서 틀었다. 미디엄 템포의 발랄한 재즈곡이 흘러나왔다. 나는 장거리 손님을 위해 여러 버전의 맞춤형 플레이리스트를 준비해놓고 있다. 단골 기사로 선택받기 위한 테크닉이다. 손님은 택시 앱에서 '이 기사님 또 만나기'를 선택할 수 있다. 이게 별거 아닌 거 같지만 장거리 손님 두셋만 단골로 잡아도 재미가 쏠쏠하다.

치악 휴게소에 잠깐 들렀는데 피부에 닿는 봄 햇살이 따가웠다. 스마트폰을 확인하니 단톡방에 톡이 와 있었다. 코미디의 영광에서 만난 후 우리는 단톡방을 만들고 가끔 소식을 전했다. 철수 형이 '공연 준비 잘하고 있냐?'고 물었고 우돈과 우주는 톡을 읽고도 답을 안 했다. 나는 강원도의 파란 하늘과 구름 사진을 찍어서 보냈다. 답장이 곧 올라왔다.

[원더풀! 강원도 간 김에 은별이네 가봐. 은별 소식 궁금하네.]

나는 싱겁게 헛웃음을 쳤다. 강원도가 손바닥만 한 줄 아나. 강원랜드에서 은별 집이 있는 속초까진 적어도 두 시간 거리다. 속초에 간들 은별을 만날 수나 있을까.

중앙 고속도로를 빠져나오니 국도가 꽉 막혀 있었다. 가다 서다를 반복하며 강원도 산길을 느릿느릿 올랐다. 점심 시간이 훌쩍 지나서야 강원랜드에 도착했다. 손님을 내려드리고 근처에서 막국수 한 그릇 해치우고 서울로 돌아갈 생각이었다. 그런데 손님이 고생했다며 팁으로 3만 원을 얹어 줬다. 팁으로 받은 만 원짜리 석 장은 예상치 못한 나비효과를 일으켰다. 강원랜드를 빠져나와 맞닥뜨린 첫 갈림길에서 나는 서울과 반대 방향으로 핸들을 돌렸다. 기본급은 채워졌고 오늘은 더 이상 영업을 하지 않아도 됐다. 몸은 고되지만 서두르면 교대 시간 전에 속초에 들렀다 서울로 돌아갈 수 있었다. 나는 태백산맥 줄기를 따라 올라가다가 동쪽으로 방향을 틀어 대관령을 넘었다.

그해 여름 우리 동기들은 은별의 고향 속초에서 휴가를 보냈다. 그 집에 은별이 아직 살고 있을까. 강원도에 오니 은별을 보고 싶은 마음이 더 간절했다. 18년의 세월이 흘렀고 이제 옛이야기도 담담하게 할 수 있지 않을까. 은별에게 해야 할 말이 있고 듣고 싶은 말이 있다. 그 통과의례를 거치고 나서야 비로소 나는 앞으로 나아갈 수 있을 것 같다.

속초 외옹치항의 바닷바람은 서늘했다. 좁고 기다란 방파제가 항구를 감싸고 있고 해변에는 커다란 리조트가 들

어섰다. 따뜻하고 정겨웠던 작은 어촌은 횟집과 바다낚시
집이 빼곡한 관광지로 변했다. 나는 항구 안쪽 마을로 들어
섰다. 코너를 돌 때마다 예전 기억이 되살아났다. 바닷바람
에 씻긴 듯한 회백색 기와지붕 사이로 오래된 펜션 간판들
이 눈에 띄었다. 측백나무 길을 따라 내려가니 태권도 도장
이 있었던 건물이 나왔다. 지금은 줄넘기 학원으로 바뀌어
있다. 주차하고 줄넘기 학원으로 들어가니 하늘색 체육복
을 맞춰 입은 아이들이 단체로 쌩쌩이를 하고 있었다.

"여기 태권도 도장이었을 때 계시던 관장님을 찾아왔는
데요. 조 관장님이라고."

내가 쭈뼛대며 용건을 말하자 학원 선생은 잠시 기다리
라고 하더니 사무실로 들어갔다. 나는 학원 안을 찬찬히 둘
러봤다. 그해 우리 동기들이 여기에 열흘 동안 묵었다. 광
대를 도드라지게 끌어 올리며 호탕하게 웃던 은별 아버지
의 얼굴이 아직 눈에 선했다. 전선이 얼키설키 뒤얽힌 전봇
대와 가지들이 뭉툭하게 잘린 플라타너스가 창밖으로 보
였다. 얼마 뒤 아이들과 같은 운동복을 입은 원장이 나왔
다. 그는 자기도 학원을 인수한 지 얼마 안 돼 모른다며 마
을회관에 가보라고 했다.

마을회관 앞마당에는 늙은 어부 혼자 그물을 손질하고
있었다. 나는 편의점에서 건강 음료를 한 박스 사서 회관으
로 들어갔다.

"할배는 진즉에 죽었고 코미디 하던 얼아는 여기 안 살어

야."

"그 앤 왜? 애인이라도 되는 거래?"

"그러지 말고 이리 오쇼. 우리랑 화투나 치더래요."

화투를 치던 할머니들은 한마디씩 말하면서 무엇이 우스운지 마주 보며 소녀들처럼 깔깔댔다. 나는 머쓱해져서 인사하고 돌아 나오려는데 구석에서 신문을 읽던 할아버지가 큰 소리로 말했다.

"걔 미국 갔재. 오래됐어야. 친척이 미국에 있다더만."

뜻밖의 소식에 놀라 내 목소리도 덩달아 높아졌다.

"미국 어디요? 혹시 연락처 아세요?"

"그걸 내 어쩨 알갔어?"

할아버지는 퉁명스럽게 타박하더니 신문으로 고개를 떨궜다.

다시 외옹치 항구로 나와보니 그새 그림자가 길어져 있었다. 꼬마들이 모래사장에서 폭죽을 터뜨렸다. 교대 시간을 맞추기는 이미 늦었다. 갈매기들이 불그스레 어스름이 깔린 바다 위를 스치듯 날아갔다. 저 방향으로 계속 나아가면 미국 땅이 나온다. 한때 그림자처럼 붙어 다니던 은별과 나는 이제 태평양 넓이만큼 멀리 떨어져 있다.

풀 몬티는 당장 사흘 뒤에 검사를 받기로 했다. 새 코너 검사는 프로그램 회의실에서 PD와 작가들 앞에서 이뤄진다. 의상이나 분장을 갖추지는 않지만 실제 녹화하는 것처럼 모든 것을 보여줘야 한다. 시연을 보고 난 후 연출 팀은 새 코너로 삼을지 말지 결정한다. 일단 통과되면 다음 녹화에 참여하고 돌아오는 월요일 밤에 방송된다. 나는 아무것도 안 하는 것보단 뭐라도 해보고 망하는 게 낫다고 마음을 고쳐먹었다.

한나가 풀 몬티 아이디어를 듣고 눈물을 흘리며 웃었다고 하자 동기들은 이미 검사를 통과한 것처럼 한껏 고무됐다. 철수 형은 고개를 끄덕였다.

"역시 한나 씨 스마트해. 센서티브하고 러블리하지. 스튜어디스 출신이잖아."

교회와 방송국은 서로 극과 극이지만 한 가지 통하는 게 있다. 없던 일이 실제 일어난 일보다 더 생생하게 만들어진 다는 점. 서류 광탈로 비행기 바퀴 근처도 못 가본 애가 스튜어디스 출신으로 둔갑했다. 이어서 나는 류 감독이 풀 몬티처럼 센 거를 찾고 있다는 말도 전했다. 동기들은 주먹을 불끈 쥐며 기뻐했다. 코너가 이미 대박을 터뜨린 분위기였다. 은별은 풀 몬티에 참여하지는 않지만 적극 돕겠다고 나섰다.

우리는 출근하자마자 코미디언실에 모여 회의에 들어갔다. 먼저 춤을 추면서 옷을 벗을 때 재생할 음악을 논의했다. 팝송에서부터 트로트까지 다양한 의견이 나왔지만 결국 내가 고른 곡으로 당첨됐다. 내 최애 걸 그룹 카라의 따끈따끈한 신곡인데 '라라라라 라라' 하는 후렴구에 엉덩이를 뒤로 빼서 흔드는 안무가 파격적이었다.

다음 문제는 바지를 벗을 때 미적대는 부분이었다. 재킷이나 베스트는 춤을 추면서 벗는다고 하지만 바지는 허리춤을 풀고 발을 하나씩 빼내다 보면 모양이 빠지고 시간이 늘어진다. 연출 팀도 이 점을 지적할 것이다. 철수 형이 엉덩이춤을 추면서 바지 벗는 시뮬레이션을 했는데 역시 발을 빼내느라 스텝이 꼬이고 시간이 걸렸다. 해결사는 은별이었다.

"한방에 바지를 벗어야 하니까 벨크로 찍찍이를 이용하

면 어때요? 춤을 추다가 타이밍에 맞춰 바지를 한 번에 쫙 뜯어내야 임팩트가 있어요."

우리는 탄성을 지르며 고개를 격하게 끄덕였다. 은별이 이어서 말했다.

"벗는 데 아무 문제가 없다는 점을 연출 팀에게 확신시켜야 하니까……. 금요일 검사받을 때부터 의상을 갖춰 입어요. 제가 의상실 선배와 얘기할게요."

우리는 엄지를 치켜들었다. 이번엔 내가 고민하던 지점을 말했다.

"방청객이 안 웃으면 벗는 거잖아. 그런데 웃는지 안 웃는지 그 기준을 어떻게 정하지?"

"소음측정기로 데시벨을 측정하면 어때? 100데시벨 이하로 웃을 땐 옷을 벗는 거지."

우주의 의견은 합리적이었다. 공정한 판결이 가능하다. 하지만 우돈의 생각은 달랐다.

"방청객이 즉석에서 판정하는 게 나아. 웃기면 엄지척, 안 웃기면 엄지다운."

"몇 대 몇인지 그걸 누가 세?"

우주의 질문에 우돈이 땀을 닦으며 말했다.

"정확히 세지 말고 현장 분위기에 따라 판정 내리면 돼. 대학로에서 공연할 때도 그랬어. 유도리가 있어야 방청객이 더 신나서 참여하더라고."

"뷰리풀! 우돈이 네가 맡아서 진행하면 되겠네."

풀 몬티 아이디어를 낸 철수 형이 MC 역할을 우돈에게 선뜻 양보했다. "올~!" 감동의 물결이 코미디언실에 밀려왔다. 역시 동기 사랑 나라 사랑. 철수 형이 눈웃음치면서 말했다.

"코너 라이브, 위 라이브."

'코너가 살아야 우리도 산다'란 뜻이었다. 국어사랑 김철수의 영어를 자꾸 듣다 보니 개떡같이 말해도 찰떡같이 알아들었다. 우돈도 자신이 있는지 마다하지 않았다.

졸졸 흐르는 시냇물에 작은 종이배를 하나 띄웠는데 그게 흘러 흘러 계곡으로, 강으로, 마침내 드넓은 바다까지 나아간 기분이었다. 시작은 철수 형의 아이디어였지만 서로의 생각이 더해지면서 살집이 붙고 모양새를 갖추며 모두가 함께 만든 코너가 됐다. 우리는 풀 몬티 배틀에서 보여줄 개그를 각자 짜서 맞춰보기로 하고 회의를 마쳤다.

T 방송국 3층 한쪽에 '중정'이라 불리는 둥그런 공간이 있다. 이곳을 중심으로 사무실과 코미디언실 그리고 매점으로 갈라지는데 채광창이 높고 햇볕이 잘 들어 예능국 사람들이 봄볕 쬐는 병아리들처럼 모여들곤 했다. 중정 가운데 바이올린 켜는 여자 청동상이 있었는데 그 옆에 철수 형과 내가 나란히 앉았다.

"물어볼 게 있는데……."

철수 형은 눈을 못 맞추고 깍지 낀 손가락만 꼼지락거렸다.

"뭐냐면⋯⋯."

철수 형은 빙글빙글 웃으면서 말을 돌렸다. 나는 자판기 커피를 손에 든 채 잠자코 기다렸다.

"너 한나 씨랑 어떤 사이야?"

"한나? 송한나?"

철수 형이 고개를 끄덕였다. 뭔가 대단한 비밀이라도 말하는 줄 알았는데 겨우 한나 얘기였다. 나는 심드렁하게 대답했다.

"사제 관계? 동네 친구? 별 볼 일 없는 사이예요."

철수 형은 여전히 경계하는 눈빛이었다.

"둘이 굉장히 스페셜한가 봐. 밤에 집까지 데려다주고."

전날 밤 한나가 나를 차에 태운 걸 말하는 거였다.

"데려다준 게 다야? 뭐 다른 일은 없었어? 라면 먹고 갈래? 뭐 이런 말 안 했어?"

나는 그제야 철수 형이 무슨 걱정을 하는지 감이 왔다.

"형, 우리 그런 사이 아니야. 한나 차 뽑았다고 자랑하려는 거였어. 걔 한 허세 부리잖아."

철수 형 표정이 정전 끝에 형광등 켜지듯 환하게 밝아졌다.

"그렇지? 한나 씨가 허세 쩔긴 하지. 프라우드 한나. 하하."

철수 형 눈에서 꿀이 뚝뚝 떨어졌다. 나도 따라 웃긴 했지만 마음이 좀 켕겼다. 한나는 여전히 철수 형이라면 질색이다. 자기가 코미디언 시험에서 떨어진 게 철수 형의 거짓

정보 때문이라고 굳게 믿고 있다. 눈치 없는 철수 형이 다시 물었다.

"근데 한나 씨는 어떤 남자 좋아해?"

초반에 단념시켜야 했다. 철수 형 몸도 안 좋은데 마음까지 힘들게 할 수는 없다. 나는 단호하게 진실을 말했다.

"한나는 하나만 봐요. 무조건 얼굴. 걔 잘생긴 남자만 좋아해요."

철수 형 얼굴이 이번엔 야구장 스포트라이트처럼 밝아졌다. 나는 말 그대로 어이를 상실했다. 이분은 뭘 믿고 이렇게 자신만만한 걸까. 이번엔 내가 이해 안 되는 부분을 물었다.

"근데 한나 어디가 좋아요? 걔가 뭐 있나?"

"한나 씨 큐트하잖아. 그리고 섹시해."

"섹시요? 걔가요?"

큐트까지는 그렇다 쳐도 '섹시'는 말이 안 된다. 얼마 전코에 무슨 짓을 한 건지 콧날은 오똑해졌지만 섹시라고 부르기엔 그 단어에게 송구스러운 마음이 든다.

"그래, 한나 씨 실눈 뜨고 까르륵 웃을 때 너무 섹시해."

철수 형은 붉어진 볼 위로 인디언 보조개를 수줍게 패며 물었다.

"너 정말 괜찮겠어?"

나는 결백을 증명하듯이 도리질 쳤다.

"괜찮고 말고가 어딨어요? 한나는 내 스타일 아님. 네버."

"땡큐 쏘 머치. 역시 그레이트 새뮤엘!"

철수 형이 혼자 신나서 자기 무릎으로 내 무릎을 톡톡 쳤다. 나는 잠시 웃는 한나의 얼굴을 떠올렸다. 그러고 보면 한나가 눈웃음을 칠 때, 정면 말고 고개를 저쪽으로 돌리고 웃을 때 섹시한 찰나의 순간이 있기는 했다.

솔직히 쬐끔 들었다. 내가 갖기는 노 땡큐고 남 주기는 아깝다는 생각이.

자정 무렵이었지만 동대문 의류 시장은 한낮처럼 환했다. 은별과 나는 풀 몬티 의상을 구하기 위해 이곳에 왔다.

낮에 지하 의상실에 다녀온 은별은 시무룩했다. 옷을 빌려는 주지만 제작이나 수선은 못 한다고 의상실 담당자가 딱 잘라 거절했다며 분개했다.

"드라마에는 의상비 물 쓰듯 하면서 코미디엔 참 야박하게 구네."

코미디가 못 나가니 출연자까지 모질이 취급을 받았다. 그나마 의상 구입하고 영수증 끊어 오면 조연출이 나중에 정산해주기로 했다. 은별은 의상실에서 빌려온 줄자로 남자들의 신체 치수를 쟀다. 의상을 동대문 의류 시장에 직접 가서 사겠다고 나섰고 나는 짐꾼 역할을 자청했다.

우리는 꼭대기 층부터 에스컬레이터를 타고 내려오면서 가게들을 뒤졌다. 밤 8시에 문을 열고 새벽 5시에 닫는 쇼핑몰은 수많은 브랜드의 가게들이 벌집처럼 빽빽하게 들어차 있었다. 전국에서 올라온 도매업자들과 구매대행업자들이 커다란 비닐봉지를 짊어지고 미로 같은 길을 분주하게 뛰어다녔다. 좁은 통로를 따라 늘어선 가게마다 흥정을 벌이는 손님들로 붐볐다. 남자 세미 정장은 흔하지 않은 데다 은별이 원하는 스타일이 딱 정해져 있어 여러 쇼핑몰을 옮겨 다니며 부지런히 발품을 팔아야 했다. 마땅한 옷을 찾지 못해 시간이 지날수록 은별은 초조해했지만 나는 무언가 지금까지 없던 것을 '만든다'라는 느낌에 들떠 있었다. 코미디언은 개그만 짜면 되는 게 아니었다. 연기하면서 연출도 직접 하고 무대도 머릿속으로 디자인해야 한다. 코너에 맞는 음악, 특수효과, 의상, 소품까지 직접 챙기고 나아가 팀원들 간의 팀워크도 끌어내야 한다. 코미디언으로 살아남기 위해서는 만능 재주꾼이자 종합예술인이 될 필요가 있다. 그 사실이 부담스러우면서도 가슴을 뛰게 했다.

새벽 네 시가 넘어서야 건물 밖 노점에서 우리가 원하는 옷을 발견했다. 인도와 동남아에 주로 수출한다는 리넨 소재의 캐주얼 정장 전문점이었다. 빨강, 검정, 하양, 노랑 슈트 세트와 베스트를 치수에 맞춰 샀다. 묵직한 옷 가방을 어깨에 둘러메니 풀 몬티가 대박에 한 발 더 다가간 기분이 들었다. 바지를 잘라서 벨크로를 붙이는 작업은 은별의 단골 수선집에 맡기기로 했다. 트렁크 팬티는 우돈이 구해 오기로 해서 신경 쓰지 않았다.

우리는 홀가분한 마음으로 쇼핑몰 지하에 있는 우동집으

로 들어가 자리를 잡았다. 하루치 장사를 마친 상인들과 지방에서 올라온 손님들로 우동집은 붐볐다.

"무엘이 형."

고개를 들어 보니 은별이 빨간 피에로 코를 끼운 채 웃고 있었다. 쇼핑몰 파티용품점에서 은별이 맘에 든다며 살구 크기만 한 스펀지 코를 샀었다. 한쪽에 칼집이 나 있어서 코에 쉽게 끼울 수 있는 피에로 코였다. 은별이 큰 눈을 깜박이며 "나 어때?" 하고 물었다. 피에로 코 하나를 끼었을 뿐인데 인상이 전혀 달라 보였다. 장난꾸러기 같으면서도 맑고 천진난만한 얼굴. 내 진심이 감탄사처럼 튀어나왔다.

"예쁘다."

"예뻐? 나 피에로 같아?"

은별이 활짝 웃더니 손거울을 꺼내 팬터마임을 하듯 여러 가지 표정을 지었다. 입을 크게 벌려 웃다가 입꼬리를 내리고 침울한 표정을 짓더니 이어서 양 볼을 볼록하게 만들고 또 금세 슬피 우는 연기를 했다. 빨간 코를 내려다보면서 사시 흉내를 낼 때는 나도 웃지 않을 수 없었다. 식당에 있는 손님들이 우리 쪽을 힐끔거렸다.

"근데 왜 나만 뺀 거야?"

은별은 금세 뽀로통한 피에로로 바뀌어 있었다. 풀 몬티 코너에 자기만 빠져서 속상하다는 뜻 같았다.

"어, 그게…… 벗는 걸 하다 보니 너는 아무래도……."

"무엘이 형, 약속해."

은별이 불쑥 새끼손가락을 내밀었다.

"다음 코너는 나랑 꼭 같이한다고."

"너랑 나랑 둘이?"

"응, 우리 둘이 세상을 한번 뒤집어보자고."

은별은 내 손을 잡더니 "약속, 도장, 복사" 하면서 새끼를 걸고 엄지를 누르고 손바닥을 마주 댔다. 피에로 코를 하더니 은별은 어린아이가 된 것 같았다.

"혹시 알아? 우리가 생각하는 것보다 훨씬 더 멋지게 해낼지?"

'우리'라는 말에 마음에 들었다. 은별이 "선물!" 하더니 피에로 코를 빼서 내 코에 콕 끼웠다. 나는 젓가락을 든 채 어설프게 미소 지었다. 고개를 옆으로 기울이며 빤히 나를 보던 은별이 눈을 가늘게 뜨며 웃었다.

"귀여워."

내가 기억하는 한 나를 귀엽다고 해준 사람도 은별이 처음이었다. 빨간 코가 눈 아래로 커다랗게 보였다.

"피에로 코는 코미디언의 가장 작은 가면이래. 피에로 코를 하는 순간 형은 어디서든 코미디언이 되는 거야."

나는 대충 알아듣고 고개를 끄덕였다. 은별이 다시 내 손을 잡고 새끼를 걸고 엄지를 누르고 손바닥을 마주 댔다.

"세상에서 제일 웃긴 코미디언이 되기로 약속!"

은별의 손바닥이 스칠 때 간지러워서 웃음이 났다. 피에로 코 때문인지 숨쉬기가 어려워 우동을 많이 남겼다.

검사받을 때가 녹화할 때보다 더 떨린다는 선배의 말은 허풍이 아니었다. 금요일 오후 첫 번째 순서가 풀 몬티였다. 오전에 검사받은 선배들은 모두 퇴짜를 맞았다는 소식을 한나가 전했다. 우리는 점심도 거르고 E 스튜디오에 모여 최종 연습 했다. 아침 생방송이 끝나면 하루 종일 비어 있는 E 스튜디오는 우리 동기들의 비밀 아지트 역할을 했다.

컬러풀한 슈트를 차려입으니 4인조 뮤지컬 배우처럼 말끔해 보였다. 은별이 옷을 맡겼던 단골 수선사의 솜씨는 기대 이상이었다. 멀쩡해 보이는 바지를 순간적으로 힘을 줘 잡아당기면 시원하게 찢겨나갔다. 찢기는 소리까지 섹시했다. 쫘악!

준비한 개그를 마지막으로 맞춰봤는데 배틀이다 보니 본의 아니게 경쟁 구도가 돼버렸다. 코너의 완성도 외에도 개인의 코미디 역량을 감독과 작가들 앞에서 처음으로 평가받는 자리이기도 했다. 넷이 나란히 서서 하다 보면 누가 잘하고 누가 처지는지, 각자의 깜냥과 장단점이 단박에 파악됐다. 대학로 출신 우돈의 천연덕스러운 연기는 독보적이었고 철수 형과 우주의 재치도 빛을 발했다. 동기들은 내 반전 아이디어도 기발하다고 칭찬했다. 우리는 상대를 추켜세우면서도 서로를 견제하며 마지막으로 호흡을 맞췄다.

문제는 팬티에서 터졌다. 우돈이 준비한 팬티들을 테이블에 늘어놓았을 때 우리는 기함했다. 만화 캐릭터가 그려진 귀여운 트렁크 팬티가 아니었다. 몸에 찰싹 달라붙는 드로즈 팬티였다. 은별은 입을 다물지 못하다가 어느 순간 폭소를 터뜨렸다. 우돈이 평소보다 더 땀을 흘리며 말했다.

"워, 원래 이런 거 아니었어? 신축성이 좋아서 잘 늘어나."

방송을 하면서 신기한 게 하나 있는데, 약간의 찜찜함을 무시하고 체크를 안 하면 거짓말처럼 꼭 그 지점에서 NG가 난다는 사실이다. 이번에도 당연히 준비가 잘 됐으리라 여기고 더블 체크 하지 않은 게 화근이었다. 곧 검사 시작인데 트렁크 팬티를 다른 데서 구할 수도 없었다.

한나에게 문자가 왔다.

[최 도사. 회의실에 너희 선배들 다 왔음. 옆방 여자 작가들까지 구경 옴. ㅋㅋㅋ 시작도 하기 전 대박각?]

피가 얼굴로 쏠렸다. 18기가 스트립쇼를 한다는 소문이 예능국에 퍼졌다는 얘기는 들었지만 이 정도일 줄 몰랐다. 연출 팀 앞에서 벗는 거야 이미 각오한 바였다. 하지만 선배들과 다른 프로그램 여자 작가들이 보는 데서 바지를 내리는 일은 전혀 다른 일이었다. 더구나 트렁크가 아니라 드로즈 팬티였다. 한나의 문자를 읽어주자 동기들은 비명과 함께 머리를 쥐어뜯었다. 은별이 시간을 확인하더니 "나 먼저 가서 준비할게" 하며 CD 플레이어를 들고 나갔다.

다른 방법이 없었다. 우리는 서둘러 팬티를 갈아입었다. 염려하던 일이 그대로 벌어졌다. 우돈의 말대로 드로즈 팬티의 신축성은 뛰어났다. 남자의 그곳 윤곽이 적나라하게 드러났다. 거푸집에서 막 꺼낸 것 같이 볼륨감이 살아 있었고 엑스레이 사진처럼 모양새가 정확히 투과되어 나타났다. 그뿐만이 아니었다. 서로의 Y존을 확인하던 우리는 동시에 숨을 멈췄다. 우돈 때문이었다. 우돈은 괜히 마 씨가 아니었다. 은밀한 그곳도 말이었다. 나도 사이즈에 있어서는 어느 목욕탕에서도 꿀리지 않았지만 우돈 앞에서는 저절로 머리가 조아려졌다. 개그 배틀에 대한 경쟁이 엉뚱한 방향으로 뻗어나갔다. 개그에서도 질 수 없지만 사이즈에서는 더더욱 질 수 없었다. 우리는 안 보는 척 서로의 사이즈를 평가했다. 우주는 아쉬운 감은 있었지만 무말랭이 몸매와 밸런스가 잘 맞았다. 철수 형은 뜻밖이었다. 흔적기관 정도의 존재감밖에 남아 있지 않았다. 많이 쳐줘도 AA형 건전지 정도. 큼큼. 철수 형이 무안한지 돌아서며 헛기침했다. 자기 아이디어에서 시작된 코너가 부메랑이 되어 주인에게 치명상을 입히는 꼴이다. 더구나 검사받는 자리에 송한나가 있다. 거침없는 성격의 한나가 대놓고 까르르 웃기라도 한다면 철수 형에겐 평생의 트라우마로 남을 수 있다.

은별에게서 재촉 문자가 왔다. 수컷의 자존심은 잠시 접어두고 우선은 검사를 통과하는 게 중요했다. 우리는 동그랗게 원형으로 모여 손을 모았다.

"뒤집어버렷!"

구호를 외치며 손바닥을 뒤집었다. 코미디로 세상을 제대로 뒤집어버리고 싶었다.

철수 형은 긴장했는지 화장실이 급하다며 스튜디오를 나

갔다. 그 틈을 타 우주가 엎드리더니 푸시업을 시작했다. 무말랭이 가슴을 급히 펌핑하려는 꼼수였다. 나는 주먹으로 배를 팡팡 두들겼다. 살아 살아 내 두부살아. 제발 너희도 긴장 좀 해라. 우돈은 여유가 넘쳤다. 크기에 대한 자신감이 뱃심까지 두둑하게 만드는 모양이다. 어쩌면 우돈은 일부러 트렁크 대신 드로즈 팬티를 샀을 거라는 의심이 퍼뜩 스쳤다.

"김철수! 마우돈! 나우주! 사무엘!"

프로그램 회의실로 들어서자 선배들이 환호와 함께 우리의 이름을 연호했다. 한나는 머리 위로 주먹을 흔들어대며 소리를 질렀다. 관객들의 열렬한 환영에 우리는 고대 로마 콜로세움에 들어가는 검투사라도 된 기분이었다. 류 감독과 메인작가 그리고 서브 작가들이 앞줄에 앉았고 처음 보는 다른 프로그램 작가들은 옆에 늘어서 있었다. 선배들은 연출 팀을 병풍처럼 둘러싸고 호기심 가득한 눈빛을 감추지 않았다. 회의실에 미처 들어오지 못한 옆 회의실 작가들은 창문 밖에서 커피를 홀짝이며 안을 들여다봤다.

"이 코너 대박 나겠다. 시작도 안 했는데 반응이 이렇게 뜨거워."

류 감독의 말에 작가들과 선배들이 웃음을 터뜨렸다. 분위기는 좋다. 이렇게만 웃어주면 된다. 나는 속으로 빌었다. 웃어줘요, 제발!

우리 남자 넷이 회의실 가운데 나란히 섰다. 다리가 후들후들 떨려 온몸을 흔드는 것 같았다. 앞쪽 구석에서 CD 플레이어를 들고 있던 은별이 입 모양으로 파이팅을 외쳤다. 류 감독이 말했다.

"자, 그럼 우리 새내기들 실력 좀 한번 볼까."

어수선하던 회의실이 순간 조용해졌다. 회의실 시계의 초침 소리만 들렸다. 우돈은 숨을 한 번 조용히 들이마시더니 경주마처럼 박력 있게 치고 나갔다.

"풀 몬티! 못 웃기면 벗는다! 한 사람씩 나와서 웃겨볼 테니 여러분이 평가해주세요. 웃기면 엄지척! 안 웃기면 엄지다운!"

회의실이 다시 한번 열광의 도가니가 됐다. 엄지척하며 환호하거나 엄지 다운을 하며 야유를 퍼부었다. 우돈은 무대 체질이었다. 당황하지 않고 차근차근 진도를 나갔다. 대학로 무대에서 쌓은 경험치가 빛을 발했다.

"먼저 순서를 정할게요."

은별이 주걱 통을 들고 나왔다. 우리는 주걱을 하나씩 뽑았다. 주걱에는 번호가 적혀 있다. 즉흥성을 살리기 위해 개그 배틀 순서를 현장에서 랜덤으로 정한다. 우린 번호 순서대로 자리를 정돈했다. 다행히 나는 4번이었다.

맨 오른쪽 우주부터 시작이다. 들떠 있던 회의실이 다시 조용해졌다. 우주가 한 발 앞으로 나섰다. 맹한 표정을 짓고 졸린 목소리로 말했다.

"여자 친구가 집이 비었다고 빨리 오라고 했다."

우주는 한 호흡 쉬고 입을 뗐다.

"진짜 빈집이었다. 아무도 없었다."

와하하하. 단박에 웃음이 터졌다. 류 감독이 만족스러운 듯 엄지척했다. 관객들도 대부분 엄지를 들어 올렸다. 출발이 좋았다. 우돈이 판정을 내렸다.

"나우주 패스!"

우리가 짠 코미디는 두 줄 개그다. 먼저 니주를 깔고 이어서 오도시로 반전시키는 초간단 허무개그. 다음은 철수 형 차례. 주저 없이 성큼 앞으로 나왔다.

"우리 앞으로 만나지 말자."

철수 형이 뒤로 돌더니 개그를 쳤다.

"뒤로 만나자."

'쿡' 하고 웃는 소리도 들렸지만 대부분 엄지 다운과 함께 야유가 쏟아졌다. 평가는 냉정했다. 곧바로 은별이 음악을 틀었다.

라라라라라 라라~.

철수 형이 두 손으로 몸을 감싸며 느끼한 춤을 추었다. 회의실이 금세 달아올랐다. 박자에 맞춰 손뼉을 치며 소리를 질렀다. 이때부터 나는 제정신이 아니었다. 철수 형의 춤을 볼 여유가 없었다. 걱정과 긴장으로 어질어질해서 당장이라도 무릎이 꺾일 것 같았다. 나는 아랫배에 있는 힘을 모두 모으고 버텼다.

뻔뻔해지자. 결과야 어찌 되든.

철수 형은 몸을 비비 꼬면서 단추를 풀고 재킷을 벗었다. 베스트만 걸치고 있는 벌거벗은 상체가 드러났다. 형광등 불빛 아래 철수 형의 속살은 우유처럼 뽀앴다. 관객들이 두 손으로 손나팔을 만들어 소리 질렀다. 철수 형은 벗은 재킷을 빙빙 돌리더니 송한나 쪽으로 던졌다. 철수 형이야 여자 작가들이 서로 잡으려고 난리가 나길 바랐겠지만 모두 황급히 몸을 피하는 바람에 재킷은 바닥에 외롭게 툭 떨어졌다.

다음은 우돈이 나섰다. 어린아이 목소리를 냈다.

"우리 아빠가 그러는데 돼지를 키우는 건 돼지고기를 먹기 위해서래. 닭을 키우는 건 닭고기를 먹기 위해서래."

모두 집중하고 다음 말을 기다렸다.

"그럼 아빠가 날 키우는 건……. 으엉~."

나는 괜찮았다고 생각했는데 관객의 반응은 야유와 함께 엄지 다운이었다. 빨리 벗기려고 무조건 엄지 다운을 할 거라는 염려가 현실이 됐다. 카라의 음악이 다시 나왔다. 우돈의 춤 솜씨는 수준급이었다. 좌우로 발랄한 스텝을 밟아가며 여유롭게 춤을 추다가 재킷을 벗어 던졌다. 호빵처럼 토실토실한 우돈의 맨살이 나왔다. 함성은 갈수록 커져만 갔다.

다음은 내 차례. "용서하소서. 잘못했습니다." 급하다 보니 밑도 끝도 없이 회개 기도가 튀어나왔다. 어금니를 꽉 깨물었다. 은별과 눈이 잠깐 마주쳤다. 나는 계속 주문을 외웠다.

뻔뻔해지자. 결과야 어찌 되든.

연습량은 충분했다. 코미디언실에서 그리고 내 방에서 토 나올 정도로 반복했다. 나는 곧바로 연기에 몰입했다. 허리를 수그리고 금고 털이범 흉내를 냈다. 오른손을 내밀고 금고 다이얼을 좌우로 돌리는 시늉을 했다.

"왼쪽으로 세 번, 오른쪽으로 두 번. 거의 다 됐어……. 그래! 이거야."

연기하는 동안 목소리가 떨리지 않아서 다행이었다. 이제 마지막 반전.

"바로 이 온도야. 아우 따뜻해."

나는 허리를 펴고 샤워기에 머리를 감는 척했다. 금고 털이범이 아니라 샤워기 온도를 맞추는 동작이었던 셈. 회의실에 잠시 정적이 흘렀다. 웃어? 말아? 순간 헷갈리는 것 같았다.

오호호호.

누군가 엄지를 치켜올리며 호들갑스럽게 웃었다. 한나였다. 웃음은 전염성이 세다. 와하하하 한 템포 늦게 회의실에 웃음의 파도가 밀려왔다. 류 감독은 주위를 한 번 둘러보더니 엄지척했다. 나는 여유 있는 척 미소 지었지만 눈물이 찔끔 나올 뻔했다. 웃음소리가 커지면서 내 몸에 소름이 돋았다. 해맑게 웃고 있는 회의실 안 사람들이 모두 행복해 보였다. 은별도 눈을 초승달로 만들고 천진난만한 아이처럼 웃었다. 내 안에서 도파민이 한꺼번에 폭발했다. 이 맛에 코미디를 하는 건가. 머리칼이 곤두서면서 심장이 계속 두방망이질 쳤다.

우리 개그는 이런 식으로 흘러갔다. 예상보다 시간이 길어졌지만 관객의 열기는 점점 더 뜨거워졌다. 지나가던 다른 프로그램 PD들도 앞부분을 놓친 것을 안타까워하며 서둘러 들어왔다. 복도 창문 너머로 매점 아주머니와 예능 운영부 직원들까지 보였다.

세 번째 순서가 도는 중이었다. 우주와 나는 재킷만 벗었고 철수 형과 우돈은 베스트까지 벗어 상반신이 누드 상태였다. 철수 형과 우돈이 한 번만 더 걸리면 바지를 벗고 팬티 차림으로 춤을 추면서 코너가 마무리된다. 녹화 때는 조명을 암전하기로 했다.

철수 형 차례였다. 이번에 못 웃기면 AA형 건전지가 만천하에 드러난다.

"넌 왜 사니?"

철수 형이 연습할 때와 다른 개그를 내놨다. 우리끼리 경쟁이 과열되면서 마지막 순간에 바꾼 모양이다. 왜 사냐고? 나는 설마 했다. 객석 눈치를 보니 모두 같은 마음이었다. 설마 그건 아니겠지. 제발 그것만은! 하지만 슬픈 예감은 언제나 틀리지 않는다. 철수 형이 입을 열었다.

"난 삼인데."

우우~! 야유가 쏟아졌다. 만장일치 엄지 다운이었다. 라

196

라라라 라라. 카라의 음악이 나오자 회의실은 잔치 분위기로 변했다. 다 같이 손뼉으로 박자를 맞추며 노래를 따라 불렀다. 철수 형은 혼이 빠진 표정으로 춤을 췄다. 여러 생각이 한꺼번에 밀려왔다. 류 감독의 표정으로 보아 무난히 고정 코너가 될 것이다. 내 팬티를 안 보여줘서 다행이다. 馬우돈이 안 벗은 것도 잘된 일이다. 철수 형만 불쌍하게 됐다. 드라큘라에게 마지막 핏방울까지 쪽쪽 빨린 것처럼 철수 형의 얼굴이 창백해졌다. 저러다가 또 쓰러지면 어쩌나 하는 걱정이 들었다. 하지만 철수 형은 상남자였다. 결심한 듯 허리춤으로 오른손을 가져가더니 머뭇거리지도 않고 바지를 단숨에 잡아 뜯었다. 쫘악! 날카로운 소리와 함께 바지가 찢겨나갔다. 아악! 여자 작가들이 눈을 가리고 비명을 질렀다. 남자 선배들의 얼굴이 미묘했다. 놀라움과 머쓱함이 뒤섞인 표정이었다. 나는 고개를 돌려 철수 형의 팬티를 봤다. 오병이어의 기적이 일어났다. 더 이상 AA형 건전지가 아니었다. 캔 커피 하나가 들어가 있는 것 같았다. 그곳의 팽창력이 아무리 좋다 해도 손오공의 여의봉도 아니고 순식간에 저렇게까지 커진 건 기적이었다. 어색해진 분위기 속에서도 철수 형은 허리를 앞뒤로 흔들며 저질댄스를 췄다. 회의실은 난리가 났다.

"지금 이게 무슨 일이죠?"

뒤에서 카랑카랑한 여자 목소리가 들렸다. 껄껄대던 류 감독이 웃음을 거두고 자리에서 벌떡 일어났다. 썰물 빠지듯 다른 프로그램 작가들이 회의실을 종종걸음으로 나갔다. 창문을 가득 메웠던 구경꾼들도 어느새 흩어지고 없었다.

출입문에 백발마녀가 서 있었다.

그녀의 눈동자에서 파란 안광이 뿜어져 나왔다. 철수 형은 이대로 검사가 끝난 건지 아닌 건지 헷갈려서 여전히 음악에 맞춰 허리를 흐느적거렸다. 백발마녀가 그 꼴을 차마 볼 수 없다는 듯 손으로 눈을 가리더니 은별에게 음악을 끄라고 했다. 음악이 끊기자 철수 형의 춤도 멈췄다. 서둘러 두 손을 모아 Y존을 가렸지만 다 가려지지 않았다. 백발마녀가 류 감독에게 다가갔다.

"류 PD. 제정신이야? 이건 방송 사고야."

서릿발이 선 백발마녀의 표정은 시베리아 삭풍만큼 매서웠다.

"아, 그게 저, 저……."

류 감독은 말을 제대로 잇지 못하고 구레나룻만 문질렀다. 작가들이 고개를 떨궜다. 선배들도 슬금슬금 회의실을 떴다. 백발마녀는 연출 팀과 할 말이 있다며 모두 나가라고 손짓했다. 우리는 그제야 주섬주섬 옷을 주워 들고 뒷걸음질 쳤다.

E 스튜디오에 들어가자마자 우리는 바닥에 널브러졌다. 혼신의 힘을 다해 모든 것을 쏟아내고 장렬하게 전사한 병사들 같았다. 심장 박동이 여간해서 가라앉지 않았다. 코너는 엉망이 됐지만 내 어설픈 개그를 보고 배를 잡고 웃어젖

히던 작가들과 선배들의 얼굴이 떠오르면서 나도 모르게 실실 웃음이 나왔다. 남을 웃기니까 내 기분이 좋아졌다. 다음엔 좀 더 기분 좋게 웃기고 싶었다. 시름 많은 백발마녀까지 웃게 해주고 싶었다. 그녀가 내 개그를 보고 한순간이라도 방긋 웃어준다면 세상 부러울 게 없을 것 같았다.

철수 형이 숨을 고르더니 선배들에게 들었다며 백발마녀의 흑역사에 대해 알려줬다.

"백발마녀는 방송 사고에 트라우마가 있어. 기억 안 나? 재작년에 〈뮤직월드〉 생방송 중 인디밴드 남자애가 카메라 앞에서 갑자기 팬티를 내렸잖아. 그게 전국에 라이브로 나갔고. 백발마녀는 정직을 먹었고 프로그램은 아예 폐지됐대. 그러니 우리 개그 보고 치를 떨 만도 해. 아이 언더스탠드."

철수 형은 사고는 자기가 쳐놓고 남 얘기하듯 심상하게 말했다. 옆에 있는 우돈 얼굴에선 여전히 땀이 온천수처럼 솟아올랐다. 철수 형은 몸을 돌리더니 팬티에서 무언가를 꺼내 우돈에게 건넸다. 거의 심만 남은 두루마리 화장지였다.

[나 여기 최 도사 고시원 앞. 나와. 기분도 꿀꿀할 텐데 내가 한잔 살게.]

고시원으로 돌아와 씻지도 않고 침대에 뻗어 있는데 문자가 왔다. 발신인은 송한나. 나는 억지로 몸을 일으켜 옷을 주섬주섬 챙겨 입었다. 술은 이미 거나하게 마신 상태였다. 퇴근 후 동기들과 포장마차에 들러 오늘 있었던 대형 사고를 복기하며 한바탕 울고 웃고 떠들었다. 그대로 침대에 다시 쓰러지고 싶은 마음이 굴뚝 같았지만 나를 위로하겠다고 여기까지 찾아온 한나를 그대로 보낼 수는 없었다. 다른 건 몰라도 한나가 의리는 있었다. 검사받을 때도 내 썰렁한 개그에 한나가 웃어줘서 간신히 넘어갈 수 있었다.

한나는 편의점 간이 테이블 위에 소주와 매콤불닭똥집을 펼치고 날 기다리고 있었다. 새벽 1시가 넘은 시각이었다. 냄새만 맡아도 매워서 먹을 엄두가 안 나는 닭똥집을 한나는 홀랑홀랑 잘도 먹었다. 괴로운 건 난데 술잔은 한나가 연거푸 비웠다. 나를 위로하기보단 그냥 술이 마시고 싶어서 온 것 같았다. 벌써 열대야가 시작됐다. 달궈진 시멘트 바닥에서 올라오는 뜨겁고 습한 공기에 가만히 있어도 땀이 흘렀다. 한참을 안주발 세우던 한나가 어느 정도 배가 불렀는지 나무젓가락을 소리 나게 테이블 위에 내려놨다.

"최 도사, 은별이랑 어떤 관계야?"

예상치 못한 질문이 훅 들어왔다.

"최 도사, 은별이 좋아해?"

"어? 어…… 그게 말이야……."

누구에게도 얘기한 적 없는데 한나는 정말 촉이 좋은 건지 귀신같이 내 속마음을 읽었다.

"아까 검사받을 때 보니까 둘이 눈짓 이리이리 주고받으며 아주 죽고 못 살대."

한나는 눈을 찡긋찡긋하는 재연까지 하며 목소리를 높였

200

다. 우리가 그랬었나? 기분이 괜히 들떴다.

"최 도사는 다 좋은데 그게 문제야. 여자 보는 눈이 없어. 들어나 보자. 도대체 은별이 어디가 좋아?"

한나의 치아에 빨간 립스틱이 연하게 묻어 있었다. 나는 머쓱해서 대답 대신 술을 한 잔 따라 마셨다.

"은별 걔가 나보다 예쁘길 하니? 몸매가 좋니? 그렇다고 싸가지가 있니? 도대체 어디가 좋은데?"

한나가 고개를 바짝 들고 자신만만하게 따지니까 나도 잠시 헷갈렸다. 나는 머릿속으로 한나와 은별을 떠올리고 하나하나 따져봤다. 역시나였다. 예쁜 거나 몸매나 싸가지나……. 그렇다고 사실대로 말할 수도 없었다. 은별을 떠올리다 보니 나도 모르게 바보처럼 헤벌쭉 웃었다.

"얼씨구. 이 아저씨 왜 이래."

한나는 입바람 불어 앞머리를 한번 들썩였다. 이어서 또 혼자 소주를 들이켜더니 젓가락으로 닭똥집 한 점을 집어 내 입에 넣어줬다. 매운 양념에 혀끝이 타올랐다.

"최 도사, 내 말 잘 들어. 은별이 걔 소문이 안 좋아. 신입이 벌써부터 여기저기 스폰서에 불려 다닌대."

순간 술이 확 깼다.

"누가 그래?"

"우리 작가들은 다 알아. 메인작가 오빠가 그랬어. 백해성이 감독님께 말하는 거 들었대."

백해성 이름이 나오자 자동 반사로 욕 본능이 되살아나

며 전직 전도사 욕이 튀어나왔다.

"아간 같은 쌍노무새끼. 어디서 헛소리 지껄이고 다녀. 돌로 쳐 죽이고 싹 다 불태워버려도 시원찮을 새끼.*"

한나의 동공이 급팽창했다.

"이렇게 성경적인 욕은 처음 들어."

내 안에 이런 욕쟁이가 들어앉아 있을 줄 나도 몰랐으니 한나가 놀라는 것도 당연했다. 한나는 다시 정신을 추스르고 내 눈을 또렷이 쳐다봤다.

"아무튼 은별이 걔 지금 헛바람이 잔뜩 들어가 있어. 최 도사 따윈 안중에도 없어. 아웃 오브 안중이라고. 알아들어?"

동기들과 마신 맥주에 소주가 더해져 취기가 올라왔다. 감정은 엉뚱한 방향으로 튀었다.

"왜? 왜 아웃 오브 안중인데? 왜 난 항상 아웃 오브 안중이냐고!"

예고도 없이 급발진하자 한나도 당황하는 눈치였다. 편의점 남자 알바생이 나오더니 주민들 항의가 들어오니 조용히 해달라고 했다. 한나가 미안하다고 꾸벅 인사하더니 테이블 위로 팔을 뻗어 닭똥집을 한 점 내 입에 다시 넣어줬다. 닭똥집이 너무 매워서 눈물이 찔끔 새어 나왔다. 나

---

* 여리고성 전리품을 훔친 아간은 돌에 맞아 죽고 소유물과 함께 불태워졌다.

는 제대로 씹지도 못하고 웅얼거렸다.

"한나 너 남의 일이라고 그렇게 쉽게 말하면 안 돼. 네가 내 맘을 어떻게 알아?"

"왜 몰라? 잘 알지. 나도 다 안다고."

한나가 손가방에서 티슈를 꺼내더니 내 눈물을 닦아줬다. 한나가 다독여주니까 괜히 설움이 더 북받쳤다.

"은별이 걔 착한 애야. 요조숙녀 조은별 아니라고. 뒤에서 함부로 남의 말 하지 말라고."

후유, 깊은 한숨과 함께 한나가 티슈를 테이블에 집어 던지더니 휴대폰으로 대리기사를 불렀다. 이어서 양 팔꿈치를 올려 턱을 괴더니 원망스러운 눈빛으로 나를 바라봤다.

"최 도사는 나쁜 놈이야. 도사는 개뿔, 도둑놈에다 사기꾼이야."

열대야 때문인지 안개가 낀 것처럼 한나가 뽀샤시하게 보였다. 빨간 닭똥집 소스를 묻힌 채 투덜대는 한나의 입술이 클로즈업됐다. 도톰하고 세로 주름이 조글조글한 게 참기름에 버무린 닭똥집 같았다. 철수 형이 말했던 '섹시'의 의미를 어슴푸레 알 것도 같았다. 나도 모르게 청소기 흡입구로 먼지가 빨려들 듯 내 입술이 한나의 입술로 쏘옥 빨려들어갔다. 이어서 눈앞에 번쩍 번개가 쳤다.

"아얏!"

한나가 손으로 코를 움켜잡고 고개를 숙였다. 서둘러 달려들다가 입술과 입술 대신 코와 코가 정통으로 부딪쳤다.

한나가 급히 몸을 빼자 나는 균형을 잃고 테이블을 안은 채 바닥에 쓰러졌다. 입을 말하고 먹는 데만 썼지 다른 용도로 써본 적 없는 연애 무식자가 저지른 사고였다.

"나 코 한 지 얼마 안 됐는데……. 이제 좀 자리 잡았는데."

한나가 손거울을 꺼내 보더니 울상을 지었다. 편의점 알바생이 뛰어나오더니 우리를 보고 고개를 절레절레 흔들고 다시 들어갔다.

대리기사가 도착했다. 한나는 코를 움켜쥔 채 내게 눈길 한번 안 주고 차에 올랐다. 한나를 태운 빨간색 경차가 골목길을 돌아 사라졌다. 나는 멍하니 서 있다가 아래를 내려다봤다. 하얀 티셔츠가 매콤불닭똥집 소스로 벌겋게 물들어 있었다. 티셔츠에서 떡볶이 국물 냄새가 났다.

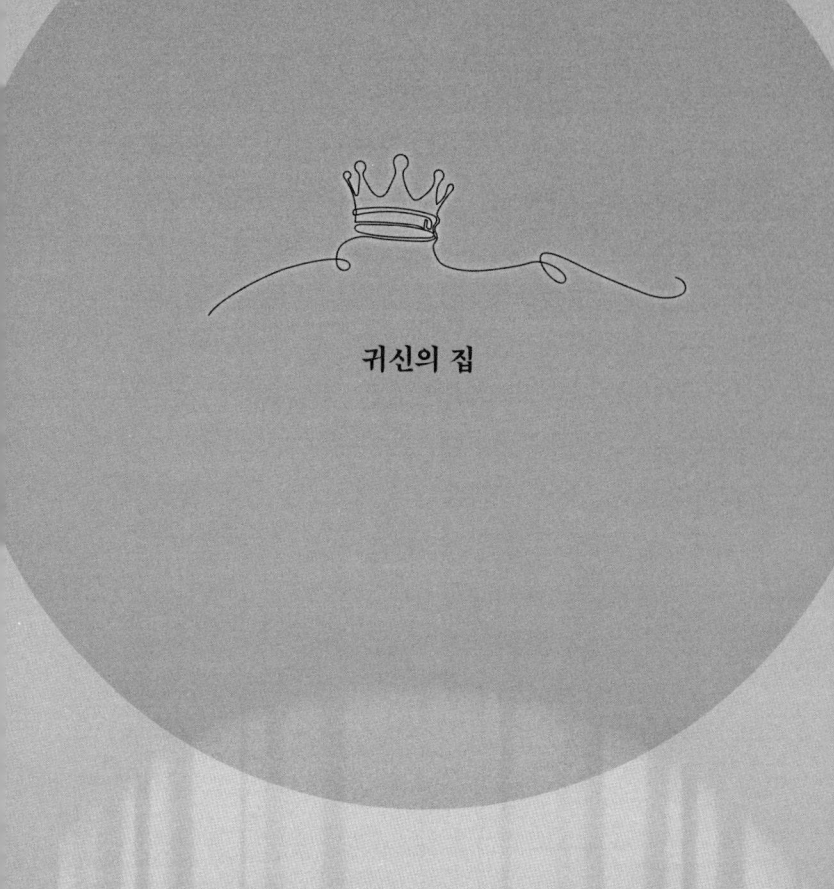

귀신의 집

　내 명함은 두 가지다. 하나는 택시 기사 명함. 회사 방침으로 택시 안에 비치한다. 직함도 없고 달랑 이름과 휴대폰 번호만 쓰여 있다. 두 번째 명함은 상당히 요란하다. 브로콜리 폭탄 머리에 단춧구멍 눈을 강조한 캐리커처가 있고 최사무엘 이름 아래 'T 방송 공채 코미디언'이라고 볼드체로 적혀 있다. 그 밑에는 '방송 리포터/프로모션/개업식/돌잔치/송년회/지역 축제/각종 이벤트 MC'란 글귀가 박혀 있다. 돈만 주면 뭐든 다 할 수 있다는 의미다. 그것도 성에 차지 않아 말풍선 안에 '갓성비 최고!'란 문구도 써 넣었다. 나를 설명하는 말이 길다는 것은 제대로 된 하나가 없다는 뜻이다.

　오늘은 경상남도 남해군에 왔다. 매해 6월 멸치 축제가 열리는데 개막 쇼 MC를 몇 년째 맡고 있다. 지상파 코미디언 출신이라는 약발이 아직은 통한다. 개막 쇼라고는 하지만 항구 앞마당에서 벌이는, 한물간 트로트 가수들의 고만고만한 무대다. 이번엔 행사비를 먼저 입금해 달라고 부탁했다. 작년에는 MC료를 남해산 마른 멸치 열 박스로 받았다. 멸치볶음, 멸치주먹밥, 멸치쌈밥, 멸치육수를 1년 내내 줄기차게 먹었지만 냉동실은 여전히 마른 멸치로 가득하다.

회사 배차 부장은 떨떠름한 표정이었지만 결국 교대 시간을 바꿔줬다. 지역 축제에서 받아온 특산물을 틈틈이 챙겨준 덕분이다. 인력난으로 택시 기사를 구하기도 어려워 요즘은 회사가 직원 눈치를 본다. 40대 중반이면 영계 축에 들어 사장도 함부로 싫은 소리를 못 한다.

서쪽 하늘이 희끄무레해지면서 무대 조명이 들어왔다. 개막 쇼는 예정보다 30분쯤 늦게 시작됐다. 나는 MC를 볼 때 정장을 말끔히 빼입는다. 양복이 제일 무난하다. 관객을 존중하고, 준비된 MC라는 인상을 준다. 나는 핸드 마이크를 넘겨받고 무대로 뛰어 올라갔다. "안녕하세요~." 사회를 볼 땐 항상 '솔'의 피치를 유지한다.

이런 행사에는 나만의 노하우가 있다. 먼저 내가 지상파 코미디언 출신이란 걸 밝힌다. 관객의 눈빛이 우호적으로 바뀌면서 웃을 준비를 한다. 예전에 했던 몇 개 코너와 유행어를 툭툭 던지면 바로 웃음이 터진다. 내친김에 춤을 춘다. 관객들의 흥을 돋우는 데 춤만 한 게 없다. 타고난 몸치에 박치지만 그래도 최신곡에 맞춰 현란한 스텝을 밟으며 부산하게 움직이면 대부분 환호하며 손뼉을 친다. 자리에서 일어나서 덩실덩실 춤을 추는 어르신은 어디에나 꼭 있다. 이어서 관객과 적당한 커뮤니케이션을 하며 시간을 때운다. 내가 주로 써먹는 레퍼토리는 어디에서 왔냐고 묻고 제일 멀리서 온 사람에게 선물을 주는 방식이다. 오늘은 미국에서 온 관광객이 있었다. 선물은 주최 측에서 마련한 멸치 한 박스. 선물을 주면서 아재 개그를 쳤다. 서울에서는 욕먹지만 지역 축제에서 타율이 가장 높은 게 아재 개그다.

"미국에서 오셨으니까…… 돌잔치를 영어로 하면?"

"First birthday party?"

"아니죠. 돌잔치 영어는 록 페스티벌!"

"……."

객석이 조용해졌다. 모두가 웃을 준비를 하고 톡 건드리기만 해도 빵 터질 분위기였는데. 나는 이마를 한 번 훔치고 서둘러 첫 번째 초대 가수를 소개했다.

서울로 올라오는 심야 기차 안. 몸은 피곤하지만 정신은 말똥말똥했다. 이름 없는 지방 행사 MC지만 마이크를 잡았던 흥분은 쉬이 가라앉지 않았다. 예전엔 코미디 녹화 후 밤에 잠을 못 이뤄 고생했는데 시간이 흘러도 그 부작용은 여전하다. 마이크를 잡고 사람들을 웃길 때 내가 살아 있다는 느낌이 든다. 내 개그에 터지는 사람들의 웃음소리가 나를 향해 난사하는 기관총 같다. 그들의 웃음소리가 내 몸을 벌집처럼 너덜너덜하게 만드는 순간의 짜릿함을 잊을 수 없다. 약물에 중독된 것처럼 나는 사람들의 웃음 링거 주사를 정기적으로 맞아야 한다. 물론 돈은 확실히 따진다. 돈을 받아야 웃길 맛이 난다.

가방에서 책을 꺼냈다. 『이반 데니소비치의 하루』. 언젠가 손님이 택시에 두고 간 책이다. 러시아 수용소에 수감 중인 주인공의 고된 하루를 그린 따분한 소설이다. 그런데 나는 이 재미없는 책을 읽고 또 읽는다. 하도 많이 읽어서 다음 장면이 무엇이고 어떤 대화가 이어질지 다 외웠다. 주인공은 새벽 5시에 일어나 영하 30도 혹한 속 야외 공사장에서 하루 종일 일한다. 추위와 배고픔 그리고 외로움에 몸서리치지만 점심으로 죽을 두 그릇 먹자 세상을 다 얻은 듯 행복해한다. 지금도 여전히 수용소에 갇혀 있을 것만 같은 이반 데니소비치를 생각하며 까물까물 잠이 들었다.

스마트폰 진동에 잠이 깼다. 나우주가 단톡방에 신문 기사 링크를 하나 올렸다.

"LA에 있는 와이프가 보내줬어. 아는 사람 아니냐며."

LA 포스트 신문의 기사였다. 소방차 앞에서 체격 좋은 미국인들이 하얀 도복을 입고 태권도를 수련하는 사진이 보였다. 기사 제목을 대충 해석하면 LA 소방수들이 태권도를 배운다는 내용이었다. 미국인을 가르치는 사범의 뒷모습은 여자였다. 호리호리한 몸매에 검은색 머리를 높이 묶어 올린 뒤태가 낯설지 않았다. 기사를 스크롤 해서 내리자 인터뷰 내용과 함께 사범의 얼굴이 나왔다. 날 선 콧날과 각진 턱. 그리고 외꺼풀 눈과 두툼한 입술. 나는 손가락으로 은별의 얼굴을 매만졌다.

　예능국 프리랜서들에겐 2년마다 보릿고개가 온다. 월드컵과 올림픽 때문이다. 전 국민의 관심이 세계적 이벤트에 쏠리면서 정규 프로그램들이 줄줄이 불방된다. 업계 용어로 방송이 '죽는다'라고 한다. 방송이 죽으면 프리랜서들도 죽어난다. 수입이 제로가 된다.

　8월 한여름 된더위 속에서 2008 베이징 올림픽이 개최됐다. 아메리카 대륙이나 유럽에서 개최하면 낮과 밤이 뒤바뀐 시차 때문에 정규 프로그램이 간간이 살기도 하지만 베이징은 한국과 한 시간 시차다. 편성표는 아침부터 심야까지 올림픽 중계로 깔끔하게 도배됐다. 방송국으로서는 이미 천문학적 중계권료를 지불했으니 어떻게든 정규 프로를 죽여서 제작비를 굳히고 올림픽 중계로 광고를 팔아 이

문을 남기려 했다.

〈코미디야〉는 3주 연속 죽는 걸로 일찌감치 결정됐다. 방송이 죽으니 검사도 녹화도 없다. 돈도 못 주는데 일을 시킬 수 없어서인지 류 감독은 코미디언실에 3주 휴가를 공식 선언했다. 코미디언이 된 지 넉 달 만에 첫 휴가를 얻었다.

나는 휴가라고 맘 편히 쉴 수 없었다. 돈이 궁했다. 아무리 아껴 써도 교통비, 통신비, 밥값, 옷값이 월급보다 더 나갔다. 담임목사가 챙겨줬던 전별금은 진작에 바닥났다. 코미디도 돈이 있어야 할 수 있다. 남을 웃기려면 내가 먼저 웃을 수 있는 여유가 필요한데 통장 잔고가 바닥을 드러낼수록 마음은 송곳처럼 뾰족해졌다.

휴가 동안 가장 돈을 많이 벌 수 있는 일자리를 찾다가 택배 상하차 알바를 시작했다. 매일 저녁 교대역에서 출근 버스를 타고 지방 물류센터로 가서 밤샘 작업을 했다. 상하차 일은 컨테이너 트럭에서 택배 물건들을 싣거나 내리는 작업인데 끊임없이 돌아가는 컨베이어벨트 속도에 맞추다 보면 허리 한 번 제대로 펼 시간도 없었다. 30도에 육박하는 열대야의 시간은 참을 수 없을 만큼 느릿느릿 흘렀고 새벽은 영원히 오지 않을 것 같았다.

네 명이 한 조를 이뤄 상하차 작업을 했는데 처음에는 서로 인사도 나누며 말도 섞었지만 시간이 지나면서 말수가 줄어들고 성난 표정이 됐다. 작업반장은 레일 위에 상자들이 조금만 쌓여도 귀신같이 알아차리고 스피커를 통해 빽

빽 잔소리했다. 밤새워 일하고 날이 밝아올 때쯤엔 손목, 발목, 허리 안 쑤신 데가 없었다. 땀에 전 티셔츠를 벗어서 짜면 물이 주르륵 떨어질 것만 같았다. 이렇게 일하다가 죽을 수도 있겠다는 생각이 들었다. 그럼에도 나는 열흘째 제 발로 이곳으로 걸어 들어왔다.

한 가지 우습기도 하고 무섭기도 한 게 이런 죽음의 알바를 하면서도 나는 머릿속으로 계속 개그 소재를 찾고 있다는 사실이었다. 상하차 상황을 코미디로 짜면 어떨까? 박스를 보기만 하면 상하차하려는 강박에 빠진 알바생을 그려볼까? 컨베이어벨트 속도를 높이면서 경마 중계처럼 풀어볼까? 코미디언이 되고 나서부터 생긴 버릇이다. 하루 종일 어떡하면 남을 웃길까 고민한다. 아침에 눈을 뜨면서, 밥을 먹으면서, 버스 안에서, 길을 걸으면서 개그 소재만 생각한다. 아이디어 노트를 들고 다니며 주워듣는 이야기나 떠오르는 생각을 부지런히 적는다. 밤에 잠자리에 들 때는 아이디어 노트를 머리맡에 둔다. 운 좋게 꿈속에서 좋은 아이디어라도 나오면 잊기 전에 메모하고 다시 잠든다. 내가 코미디란 바다에 풍덩 빠진 기분이었다. 지금까지 살면서 이렇게 치열했던 적이 있었던가.

상하차를 끝낸 트럭이 빠지고 새 트레일러가 들어오는 짧은 순간이 휴식 시간인데 나는 그 짬을 이용해 머릿속에서 짠 개그를 조원들에게 은근슬쩍 보여준다. 대체로 어이없어하지만 피식하고 웃어주는 친구도 있다. 피식 웃음 한

토막은 비타민 음료 한 모금의 효과와 같다.

서울로 돌아오는 버스 안. 녹아버린 엿처럼 좌석에 끈적하게 늘어져 있는데 철수 형에게서 문자가 왔다.

[하우 아 유? 동기들이랑 속초 은별네 가면 어때?]

은별이 해수욕장에서 알바를 하는데 도움이 필요하단다. 물놀이용품을 빌려주고 파라솔을 관리하는 일인데 돈도 벌고 바닷가에서 피서도 즐길 수 있는 꿀알바였다. 남은 휴가 열흘을 속초 바닷가에서 보내자고 했다. 나도 모르게 안도의 한숨을 내쉬었다. 죽음의 상하차 강제 수용소에서 구원받은 느낌이었다. 철수 형의 문자가 이어졌다.

[한나 씨도 투게더하면 좋을 텐데. 한번 물어봐줘.]

매콤불닭똥집 사건 이후 한동안 나와 한나는 마주치기가 어색해서 서로 피해 다녔지만 그것도 며칠 안 가 흐지부지되고 예전처럼 다시 허물없이 어울렸다. 세계 최고 수준 대한민국 성형 의술로 한나의 코는 전보다 더 오똑해졌다. 한나에게서 바로 답이 왔다.

[비키니 한 번 입어줄 때가 왔네. 내 차로 다 같이 가자.]

외옹치 해수욕장 백사장은 파란 파라솔과 알록달록한 수영복을 입은 피서객들로 가득했다. 하얀 태양과 짙푸른 하늘 그리고 코발트블루의 바다를 보는 것만으로 숨통이 트였다. 한나의 경차에 여섯 시간 동안 찌부러져 있던 우리 남자들은 함성을 지르며 바다로 뛰어들었다. 옷이 젖든 말

든 우리는 파도를 따라 모래사장을 오르내리며 물장난쳤
다. 차가운 바닷물, 뜨거운 모래, 시원한 바람, 부서지는 파
도, 천국이 따로 없었다. 해변은 젊은 남녀의 활기와 에너
지가 넘쳐났다. 하루 전만 해도 물류센터에서 좀비처럼 밤
샘 작업을 했다는 사실이 믿기지 않았다.

　은별은 백사장에 설치된 대형 천막 아래 있었다. 우리를
보고 긴 팔을 휘휘 흔들었다. 흰색 면티에 파란 반바지 차
림의 은별은 바다와 잘 어울렸다. 신입 코미디언 수칙 때문
에 항상 수더분한 바지와 티셔츠를 입던 모습과는 딴판이
었다. 햇볕에 적당히 그을려 건강하고 여유로워 보였다.

　"우주는 못 왔어. 스케줄이 안 된대."

　우돈이 설명하자 은별은 아쉬운 표정을 지었다. 우리도
같은 마음이었다. 모처럼 동기끼리 완전체로 모여 놀 수 있
었는데.

　은별은 동네 청년회가 독점으로 운영하는 물놀이용품 대
여 장사를 돕고 있었다. 고무 튜브, 구명조끼, 파라솔을 돈
받고 빌려주는 일인데 청년회는 여름 한 철 바짝 장사해서
1년 치 운영자금을 번다고 한다. 까무잡잡한 피부에 하와
이언 셔츠를 입은 남자가 청년회장이라며 인사했다.

　외옹치 청년회는 해변에서 간이주점과 귀신의 집도 운영
했다. 청년회장은 귀신의 집 알바생들이 며칠 전 갑자기 그
만둬서 영업을 못 하고 있다면서 우리에게 귀신 역할을 부
탁했다. 입장료의 절반을 주겠다고 제안했다. 철수 형은 생

각할 것도 없다는 듯이 나섰다.

"우리 T 방송 코미디언이에요. 귀신보다 더 귀신처럼 연기할 수 있어요. 돈 워리."

표정이 한결 밝아진 청년회장이 내일부터 할 수 있냐고 물었다. 성수기인데 일주일째 영업을 못 하고 있어 손해가 막심하다고 했다. 철수 형이 느닷없이 랩을 읊었다.

"뭐니 뭐니 해도 최고는 머니. 탈탈 털게요, 피서객 호주머니. 우리 것도 챙겨줘요, 슬그머니."

철수 형의 다짜고짜 랩에 청년회장은 역시 코미디언이라 다르다며 호탕하게 웃었지만 예의상 웃어주는 티가 많이 났다.

우리는 은별의 아버지가 운영하시는 태권도장으로 갔다. 휴가 동안 이곳을 베이스캠프로 삼기로 했다. 도장이 있는 2층 건물 앞에는 초록 잎이 무성한 플라타너스 한 그루가 정지된 화면처럼 뙤약볕 아래 서 있었다. 끊어진 전선이 얼키설키 꼬여 있는 전봇대 사이로 태권도장 간판이 보였다.

태권도복에 검은 띠를 맨 은별 아버지가 우리를 맞았다. 관장을 맡고 있는 은별 아버지는 키가 크고 뼈만 남아 꼬챙이같이 앙상했다. 서글서글한 눈매와 각진 턱이 은별과 똑 닮아 신기했다. 마침 원생들이 없는 시간이라 우리는 짐을 풀고 도장 마루에 앉아 올림픽경기를 봤다. 역도 종목 장미란 선수가 끄응 앓는 소리를 내며 바벨을 들어 올리고 있었다. 관장님이 찰옥수수를 한 쟁반 가득 삶아 오자 우리는 환호하며 달려들었다. 탱글탱글한 우윳빛 옥수수 알갱이가 입안에서 터지며 구수한 맛이 났다. 먹을 때는 아무 말이 없는 우돈이 심지만 남은 옥수수를 내밀며 벽에 걸려 있는 패널을 가리켰다. 도장을 소개하는 안내판에 도복을 입은 은별의 사진이 있었다. 우돈이 다가가 은별 사진 옆에 걸린 황금빛 액자를 더듬더듬 읽었다.

"이름 조은별. 위 사람은 태권도 4단 승단 심사에 합격하였으므로…… 이거 실화?"

관장님이 우렁찬 목소리로 말했다.

"은별이는 우리 도장 사범이야."

우리는 입을 다물지 못하며 은별을 바라봤다. 은별이 허리를 펴며 "그러니까 조심들 해" 하며 개구쟁이처럼 웃었다. 집합 때 엎드려뻗쳐나 푸시업을 힘 하나 안 들이고 해내던 은별 모습이 떠올랐다. 나는 그동안 은별과 친해졌다고 생각했는데 그녀에 대해 확실하게 아는 게 하나도 없었다. 은별은 러시아 전통 인형인 마트료시카 같다. 겹겹이 숨겨진 다른 얼굴이 계속 나왔다. 장미란 선수가 세계 신기록을 세우며 금메달을 들어 올렸다. 우리는 옥수수를 마구 흔들며 마음껏 소리 질렀다.

귀신의 집은 해수욕장 끝부분에 있었는데 방치돼 있던 폐가를 개조해서 만들었다. 청년회장과 함께 귀신의 집을 둘러봤다. 집 안으로 들어가면 좁은 통로가 나왔다. 양쪽

벽에는 으스스한 그림이 걸려 있고 눈알 빠진 인형, 깨진 해골, 잘린 손 모형 같은 해괴망측한 소품들이 전시돼 있었다. 통로를 빠져나오면 거실이 나오는데 우리는 여기에서 귀신 분장을 하고 손님을 놀래주는 역할을 맡았다. 캄캄한 실내에 음산한 색 조명과 괴기스러운 음향 그리고 바닥에 깔린 스모그가 공포감을 더했다. 청년회장이 각자의 역할을 정해줬다. 철수 형은 한쪽 다리가 잘린 좀비, 우돈은 수술 중 깨어난 환자, 한나는 피 흘리는 처녀 귀신 그리고 나는 머리가 떨어지는 드라큘라였다. 콘셉트도 일관성도 없는 마구잡이 귀신들의 총집합이었다. 은별은 해수욕장에서 물놀이용품 빌려주는 일을 계속했다. 회장은 메이크업 도구와 의상이 한쪽 방에 마련돼 있으니 각자 알아서 분장하라고 했다. 그는 설명을 끝내면서 마지막으로 한마디를 던졌다.

"여기서는 꼭 짝을 지어서 움직이세요. 절대 혼자 떨어져 있으면 안 돼요."

우리는 청년회장을 쳐다봤다. 실내 공기가 서늘해진 것 같았다. 평소 성격과 달리 겁이 많은 한나가 내 쪽으로 바짝 붙었다. 회장이 목소리를 낮췄다.

"별건 아니고…… 저도 들은 얘기인데 옛날 6·25 때 여기에 신혼부부가 살고 있었대요. 결혼한 지 얼마 안 돼 신랑이 전쟁터로 끌려갔는데……."

이야기는 예상대로 흘러갔다. 여자는 신랑이 무사히 돌

아오기만 기다렸지만 전쟁이 끝날 즈음 그녀가 손에 쥔 것은 남편의 전사 통보서였다. 그리고 비 오는 어느 날 신부가 외로움을 못 이기고 남편의 뒤를 따랐다.

"이후로 아무도 이 집에 살려고 하지 않아서 흉가로 방치됐어요. 그리고 그 흉가를 귀신의 집으로 만든 거죠."

한나가 꼴깍 침을 삼켰다. 나는 손바닥으로 소름 돋은 팔을 문질렀다.

분장실에서 한나는 자기 얼굴에 피를 그리면서 무서워서 거울을 제대로 쳐다보지 못했다. 다리 잘린 좀비 철수 형이 한나 뒤로 몰래 다가가 '흐억!' 놀래주다가 쌍욕을 먹었다. 드라큘라로 분장한 나는 특수 제작된 외투 안에서 갑자기 무릎을 접으면 겉옷은 가만히 있고 머리가 툭 떨어지는 트릭을 썼는데 꽤 엽기적이었다.

귀신이 하는 일은 단순하다. 각자 정해진 위치에 숨어서 손님을 기다린다. 밖에 있는 청년회장이 초인종을 울리고 이어서 손님이 들어오면 순서대로 쓰윽 다가가 놀래준다. 그리고 다시 자기 자리로 돌아가 대기. 처음에는 우리도 무서워서 긴장했지만 몇 번 해보니 금세 익숙해졌다. 나중에는 기괴한 소리를 내거나 애드립으로 대사를 치면서 손님들에게 시간차 공격을 하기도 했다. 손님을 놀래주는 일은 생각보다 재미있었다. 나는 연기 연습이라 생각하고 귀신 역할에 몰입했다. 여자끼리 온 팀 앞으로 천천히 다가가 얼굴을 툭 떨어뜨리면 손님들은 도망도 못 가고 제자리에서 몸서리쳤다. 손님의 비명이 클수록 한 건 했다는 뿌듯함이 올라왔다. 민숭민숭한 커플이 들어왔다가 내 머리가 갑자기 떨어지면 여자가 기겁하며 남자 품에 안겼다. 울먹이는 여자를 부둥켜안은 채 나가는 남자는 내게 고맙다는 눈빛을 보내기도 했다. 나는 머리를 또 한 번 떨어뜨리며 화답했다.

힘든 점도 많았다. 처녀 귀신에게 놀란 아이가 울음을 터뜨리자 함께 온 어머니가 분장이 끔찍하고 비교육적이라며 한나를 욕했다. 그런가 하면 아무리 무섭게 해도 피식피식 웃기만 하는 손님들도 있었다. 그럴 땐 우리도 김이 새서 대충대충 연기했다. 중학생들이 제일 골치였는데 철수 형이 외다리로 겅중거리며 아이들을 쫓아가다가 옆구리를 얻어맞았다. 귀신들에게 욕하고 때리려고 작정하고 들어오는 놈들도 있었다. 청년회장은 손님들과 적당한 거리를 유지하는 게 중요하다고 알려줬다.

손님이 뜸할 때면 우리는 귀신의 집에서 나와 나무 그늘에서 음료수를 마시거나 담배를 피웠다. 여름이 막바지로 치닫고 있었다. 햇볕에 달궈진 해수욕장은 오래돼 색깔 빠진 사진처럼 하얗게 보였다. 귀신들이 쪼르르 앉아 있는 모습이 신기한지 지나가던 사람들이 우리를 쳐다봤다.

"우주는 코미디언을 그만두려나 봐."

피 묻은 환자복 차림의 우돈이 던진 말에 우리는 깜짝 놀랐다. 스케줄이 안 돼 같이 못 온다는 우주의 말은 핑계였다.

"코미디언 됐을 때부터 부모님 반대가 심했대. 6개월만 해보겠다고 간신히 허락받은 거였는데……."

"그래서 뭐 한대?"

소복을 입고 머리를 풀어 헤친 한나가 물었다.

"유학 가려나 봐. 미국으로."

"우리 동기 중 그나마 제일 잘 풀린 게 우주였는데. 아이 미스 유!"

외다리 좀비 철수 형이 접었던 다리를 주무르며 말했다. 헝그리한 사람만 코미디언실에서 살아남는다더니 우주는 처음부터 잃을 게 많았다.

우주가 코미디언실을 떠난 데에는 다른 이유도 있었다. 몇 주 전 사건이 하나 터졌다. 우리 동기를 대표해서 우주와 은별이 류 감독에게 면담 신청을 했다. 백해성이 휴일마다 후배들을 지방 행사에 동원한 일이 트리거 역할을 했다. 본인은 MC를 보고 행사비까지 쏠쏠히 챙기면서 보조 진행, 무대 정리, 의자 깔기 같은 허드렛일을 도맡았던 우리에겐 국밥 한 그릇 사주는 것으로 입을 씻었다. 우주와 은별은 평소 둘을 특별히 아껴줬던 류 감독을 믿고 국밥 사건뿐만 아니라 그간 있었던 가혹 행위를 모두 알렸다. 류 감독의 답변은 간결했다.

"코미디언 일은 코미디언끼리 알아서 해라."

그날 밤 백해성이 집합을 걸었다. 시간은 새벽 1시. 장소는 자그마치 관악산 정상. 김철수를 제외한 우리는 달밤에

관악산 꼭대기에서 혹서기 지옥 훈련을 받았다. 백해성이
말했다.

"절이 싫으면 중이 떠나라."

절이 싫었지만 갈 곳이 없는 나는 남았고 우주는 떠났다.

바닷바람이 후텁지근하게 불어왔다. 나무 아래 있어도
드라큘라 외투 안은 땀으로 축축했다. 처녀 귀신 한나가 풀
위로 벌렁 누우며 말했다.

"서울 가지 말고 그냥 여기 살았으면 좋겠다."

"출근 안 해도 되고 집합도 없고."

"맘대로 떠들고 웃어도 되고. 아이 러브 속초."

우돈과 철수 형도 한마디씩 맞장구를 치며 한나 옆에 누
웠다. 파란 하늘 멀리 비행기가 천천히 지나갔다. 미국 유
학길에 오른 우주가 저 안에 타고 있을까? 우주의 선택이
정답이 아닐까? 우주는 언제나 똑똑했으니까. 우리는 지금
껏 코너 하나 못 만들었고 〈코미디야〉는 구멍 뚫린 배처럼
침몰하고 있다. 옆을 보니 처녀 귀신, 좀비, 수술 환자가 멍
하니 하늘만 보고 누워 있다. 모두가 하나같이 찌질해 보인
다. 그래도 마음이 놓인다. 배가 가라앉더라도 친구들과 함
께라면 괜찮을 것 같다.

광복절을 지나고 휴가철이 끝나면서 피서객이 눈에 띄게
줄었다. 손님이 없는 시간에 나는 태권도장에서 관장인 은
별 아버지를 도왔다. 열흘 동안 공짜로 먹고 자는데 조금이

라도 보답하고 싶었다. 시범단 출신인 관장님은 마른 체구에도 에너지와 카리스마가 넘쳤다. 원생들은 주로 유치원생과 초등학생이었는데 나는 수업을 따라오지 못하는 아이들을 따로 챙겼다. 진지한 표정으로 앞지르기 하고 발차기하는 모습을 보는 것만으로 저절로 미소가 피어났다.

수련 시간이 끝나고 도장을 정리하느라 창문을 여는데 관장님이 다가왔다. 커피를 두 잔 만들어와서 내겐 아이스커피를 건네고 관장님은 따뜻한 커피를 마셨다. 맑은 갈색의 아이스커피가 달아올랐던 내 몸의 열기를 식혀줬다. 관장님은 한약 마시듯 커피 한 모금을 마시고는 내게 물었다.

"우리 은별이는 잘하고 있나요?"

"은별이 최고예요. 감독님도 은별이 연기가 좋다며 늘 칭찬해요."

관장님의 입가 주름이 나이테처럼 펼쳐졌다.

"은별이는 연기를 하고 싶어 했어요. 고등학생 때도 연극부장을 맡았지."

아이스커피는 달콤하고 쌉싸름해서 내 입맛에 맞았다. 은별이 어렸을 때 이야기를 더 듣고 싶었다.

"서울에 있는 대학 연극영화과를 가고 싶어 했는데 내가 그때 아주 아팠어요. 은별이 내 병간호하느라 그냥 여기에 눌러앉았지. 난 그게 늘 미안해."

은별은 속초에 있는 대학에서 체육교육을 전공했다. 연극영화과 체육교육과는 아무런 접점이 없어 보였다.

"은별이 어머니는……?"

"은별이를 낳다가 죽었어요. 은별인 엄마 없이 자랐지."

설핏설핏 비치던 은별의 쓸쓸한 표정이 떠올랐다. 은별도 어머니가 없구나. 나와 은별 사이에 꽤 커다란 공통점이 하나 생겼다.

"관장님, 은별인 끼가 넘쳐요. 그 끼로 꼭 배우가 될 거예요."

관장님이 머리를 주억거리며 웃었다.

"끼가 너무 넘쳐서 걱정이야."

관장님이 무슨 말을 하는지 나는 잘 알았다. 나는 얼음 한 조각을 입에 넣고 깨물었다.

"사무엘이 옆에서 많이 보살펴줘요. 외로운 아이야."

나는 입을 우물거리며 막무가내로 말했다.

"아버님, 걱정 마세요. 제가 책임지고 은별이 외롭지 않게 보살피겠습니다."

다음 날은 하루 종일 추적추적 비가 내렸다. 하늘은 잿빛 구름으로 덮여 있고 회색빛 파도는 거칠었다. 물놀이객이 없어 텅 빈 해변은 쓸쓸하고 몽환적이었다. 청년회장이 특별 이벤트 의뢰가 들어왔다고 알렸다. 남자 손님이 귀신의 집에서 깜짝 프러포즈하겠다고 했단다.

"세상엔 별별 미친놈이 많아"

한나가 이해할 수 없다는 듯 말하자 청년회장은 종종 생일 파티나 기념일 이벤트 의뢰가 들어온다고 했다. 남자의 주문 사항이 더 있었는데 여자가 겁이 많으니 너무 가까이 다가오거나 무섭게 하지 말고 마지막엔 귀신들이 모두 나와서 커플을 둘러싸고 춤을 춰달라고 했다. 그때 반지를 꺼내 프러포즈하겠다는 시나리오였다. 남자는 여친이 '예스' 하면 성공보수로 요금을 따따블로 내겠다는 공약까지 걸었다. 우리는 환호하며 전의를 다졌다.

저녁이 되면서 빗방울이 굵어졌다. 바닷바람에 바깥 철제 울타리가 삐걱대고 창문 틈으로 희미한 빛이 일렁였다. 비 내리는 소리와 파도 소리가 뒤섞여 음산한 배경음을 만들었다.

딩동.

초인종이 어둠 속에서 먹먹하게 울렸다. 커플 손님이 도착했다. 우리 넷은 손을 맞대고 파이팅을 나지막이 외친 뒤 각자 위치로 부리나케 숨었다. 으스스한 음향을 틀고 스모그를 피우고 색 조명 조도를 낮췄다. 여자 손님은 들은 대로 겁이 많았다. 울상을 하고 엉덩이를 뒤로 뺀 채 남자의 손에 질질 끌려서 거실로 들어왔다. 우리는 정해진 순서에 따라 한 명씩 등장했다. 수술대에 누워 있던 우돈이 벌떡 일어나고 외다리 철수 형이 커플 뒤를 쫓았다. 여자는 놀랄 때마다 소리를 지르며 남자의 팔에 매달렸다. 처녀 귀신 한 나가 캐비닛에서 튀어나왔을 때 여자는 거의 제정신이 아니었다. 이제 내 차례였다. 마네킹처럼 서 있던 내가 커플

앞으로 서서히 다가갔다. 여자가 공포에 질린 눈으로 나를 쳐다봤다. 남자가 살살하라는 눈빛을 마구 쏘아댔지만 그래도 할 건 해야 했다. 나는 무표정하게 있다가 느닷없이 머리를 툭 떨어뜨렸다. 여자가 비명과 함께 얼굴을 감싸며 바닥에 주저앉았다. 남자가 당황하며 여자 옆에 같이 쪼그렸다. 이쯤에서 그만하고 싶었지만 피날레가 남았다. 청년회장이 카세트테이프로 음악을 틀었다. 우리는 남자가 주문한 대로 가운데로 나와서 커플을 둘러싸고 춤을 췄다. 음악은 박진영의 〈청혼가〉. 남자는 프러포즈고 나발이고 어깨가 들썩이는 여자를 다독이기에 바빴다. 따따블 보너스는 이미 물 건너갔다.

후렴 부분이 시작됐을 때부터 분위기가 이상했다. 테이프가 늘어났는지 카세트 배터리가 다 됐는지 노래가 0.5배로 늘어져서 재생됐다. 템포에 맞추느라 우리도 몸을 슬로비디오로 흐느적거렸다. 벽에 비친 춤추는 그림자가 괴기스러웠다. 비바람 소리가 귀에 들어왔다. 서늘한 기분이 들었다. 전사한 신랑을 기다리던 여자는 어떻게 죽은 걸까. 우리 앞서 일하던 알바생들은 왜 갑자기 그만뒀을까. 주저앉은 저 여자는 왜 고개를 들지 않는 걸까. 〈청혼가〉가 끝나가고 있었다. 연습한 대로 우리는 축복의 의미로 허리를 숙인 채 커플을 향해 두 팔을 뻗고 손을 흔들었다. 그때 퍼뜩 알게 됐다. 아까부터 들었던 섬뜩한 기분, 이질감의 이유를. 귀신은 나까지 모두 넷. 뻗은 팔이 여덟 개야 하는

데……. 아무리 봐도 열 개였다. 아까 여자 손님도 모두 다섯 번 소리를 질렀다. 이마에 땀이 삐질 솟았다. 고개를 돌려 옆을 돌아봐야 하는데 도저히 용기가 안 나 눈을 꾹 감고 말았다. 노래가 끝났다. 귀신의 집이 조용해졌다. 이제 눈을 떠야 한다. 나는 허리를 펴면서 눈꺼풀을 조금씩 열었다. 먼저 처녀 귀신 하나가 보였다. 그리고…… 처녀 귀신 옆에 소복을 입은 여자가 하나 더 있었다. 하얀 얼굴, 피 묻은 입술, 시퍼런 눈빛. 으헉! 스르륵 다리에 힘이 풀렸다. 좀비가 나를 잡았지만 다리에 힘이 풀리면서 바닥에 주저앉았다.

프러포즈 작전은 폭삭 망했다. 여자는 싸늘한 표정으로 벌떡 일어나더니 혼자 서둘러 나갔다. 남자가 여자 이름을 부르며 헐레벌떡 뒤따랐다. 나는 바닥에 널브러져 좀비가 주는 물을 연신 들이켰다. 소복을 입은 여자는 은별이었다. 비 때문에 물놀이용품 장사를 접고 이쪽으로 지원 나왔다고 했다. 그 사실을 회장이 다 얘기했다는데 나만 모르고 있었다. 머릿속이 여전히 정리가 안 돼서 물었다.

"연습할 때는 없었잖아."

은별도 얼이 빠진 듯 대답했다.

"도장에서 한 타임 뛰고 오느라……."

"최 도사가 놀라서 은별이 더 놀랐어."

한나가 피 묻은 입을 크게 벌리며 웃었다. 이번엔 우돈이 물었다.

"근데 음악은 왜 갑자기 느려진 거예요?"

카세트를 만지작거리던 청년회장이 고개를 갸웃했다.

"나도 그게 요상해. 배터리 간 지도 얼마 안 됐는데. 지금은 또 잘 돼."

우리는 잠시 서로의 얼굴을 바라보다가 한꺼번에 소리를 지르며 귀신의 집을 뛰쳐나왔다.

주말 오후엔 관장님 건강이 좋지 않아 사범 조은별이 대신 관원들을 가르쳤다. 머리를 단정하게 묶고 검은 띠를 질끈 맨 은별은 달라 보였다. 부드러우면서도 정확한 동작으로 시범을 보이고 친절하면서도 단호하게 아이들을 지도했다. 수련 시간이 끝나갈 즈음이었다. 은별이 뜻밖의 말을 던졌다.

"열심히 했으니까 이제 우리 춤출까?"

나는 무슨 말인가 했지만 아이들은 팔짝팔짝 뛰면서 소리를 질렀다. 전에도 이런 일이 있었나 보다. 은별이 빠른 템포의 음악을 틀었다. 아이들 얼굴에 장난기가 올라오고 눈빛에 생기가 돌았다. 은별은 앞장서서 음악에 맞춰 막춤을 추기 시작했다. 온몸을 풍선 인형처럼 흔들며 아이들 사이를 돌아다녔다. 꼬마들이 깔깔 웃으면서 제멋대로 춤을 췄다. 눈치를 보며 쭈뼛거리는 아이도 있었다. 나도 가만히 있을 수 없어 어정쩡하게 리듬을 탔다. 음악이 바뀌었다. 엄청난 비트의 빠른 곡이었다. 아이들이 리듬에 맞춰 마구 몸을 흔들었다. 은별은 긴 팔을 쭉쭉 뻗으며 현란하게 돌렸다. 사거리에서 교통정리를 하는 경찰의 모습을 10배속으로 재생하는 것 같았다. 스텝도 강렬했다. 빠른 박자에 맞춰 발끝을 톡톡 튀기기도 하고 발레리나처럼 바닥을 박차고 뛰어오르거나 허리를 뒤로 꺾으며 다리를 180도 찢기도 했다. 은별과 잠깐 눈이 마주쳤는데 그녀의 눈빛이 형형해서 놀랐다. 은별의 이런 모습은 처음이었다. 아이들은 땀을 뻘뻘 흘리며 마구 뛰어다녔다. 외옹치항의 자그마한 태권도장이 핵융합 발전소처럼 열에너지로 끓어올랐다.

수련 시간이 끝났다. 나는 밴을 운전하고 은별은 조수석에 앉았다. 뒷좌석에 앉은 아이들은 머리를 맞대고 닌텐도 게임기에 정신이 팔려 있었다. 나는 조금 전에 경험한 댄스 타임의 충격에서 벗어나지 못한 상태였다. 신호등에 걸려 밴이 멈추자 은별이 쑥스럽게 웃었다.

"나 미친년 같지?"

"아, 아냐. 그나저나 너 엄청난 춤꾼이더라."

나는 말을 더듬으며 은별의 눈길을 피했다. 은별이 흐트러진 머리를 뒤로 묶었다.

"나도 내가 낯설 때가 있어. 아까처럼 내 안에서 뭔가가 튀어나올 때 말이야."

잘 모르겠지만 이해할 수 있었다. 내 생각을 조심스럽게 말했다.

"우리가 광대라면 그런 게 있어야 하지 않을까. 똘끼랄까?

약간 미치는 거. 그래야 보통의 사람들을 즐겁게 해주지."

은별은 두 다리를 좌석 위로 올리더니 무릎을 세웠다. 그리고 눈을 반짝이며 말했다.

"나랑 생각이 똑같은 사람은 형이 처음이야."

은별이 나를 특별하게 생각하는 것 같아 기분이 우쭐했다. 내친김에 내 생각을 조금 더 풀어냈다.

"가끔 이런 생각이 들어. 어쩌면 우리는 이 사회의 부적응자일지도 몰라. 정상인으로는 살 수 없는. 뭐랄까. 몽상가라고 할 수 있지. 꿈꾸는 바보들."

"꿈꾸는 바보? 멋진 표현이네."

은별이 무릎을 두 팔로 감싸안으며 웃었다. 초록 불이 켜졌고 나는 밴을 출발시켰다. 은별이 고개를 돌려 나를 빤히 바라봤다.

"그저께 귀신의 집에서 있었던 일. 그걸 코너로 만들면 어때?"

나는 무슨 말인지 이해가 안 됐다.

"형은 택시 기사야. 지금처럼 운전해. 나는 손님인데⋯⋯."

은별은 알맞은 단어를 고르려는 듯 잠시 말을 멈췄다.

"알고 보면 귀신이지."

핸들을 잡은 내 팔에 소름이 오소소 돋았다.

속초에서의 마지막 밤. 우리는 외옹치 청년회가 운영하는 해변 포차에 둘러앉았다. 오징어회와 우럭매운탕을 안

주로 휴가의 끝을 붙잡고 아쉬워했다. 열흘이 한여름 밤의 꿈처럼 눈 깜짝할 새 지났다. 잔잔하게 밀려왔다가 물러나는 파도 소리가 바다의 이별 인사처럼 들렸다. 백사장 옆 소나무 숲을 스치며 불어오는 바닷바람이 시원했다. 속초에서의 마지막 밤이라는 생각에 마음이 몰캉몰캉해졌다. 밤하늘의 총총히 빛나는 별을 보자 이곳에 없는 우주가 생각났다.

"우주는 왜 코미디를 그만뒀을까?"

내 말을 우돈이 받았다.

"우주는 금수저잖아. 잃을 게 많아. 나 같은 흙수저와는 다르지."

"오 마이 갓끈! 네가 흙수저라고? 두 유 노우 흙수저?"

철수 형이 발끈하자 은별까지 합세했다.

"어허, 왜들 이러실까? 나야말로 강원도 원조 흙수저야."

한나가 질 수 없다는 듯이 끼어들었다.

"짤순이 앞에서 행주 짜고 앉았네. 누가 진정한 흙수저인지 한번 가려봐?"

느닷없이 흙수저 배틀이 벌어졌다. 한 사람씩 자신의 흙수저 경험담을 밝히면 풀 몬티에서처럼 엄지손가락으로 판정을 내리기로 했다. 벌칙은 강력했다. 만장일치 엄지 다운을 받은 사람은 바닷물에 입수하기.

내가 첫 번째 타자로 나섰다. 다른 건 몰라도 흙수저 배틀엔 자신 있었다. 원래 흙수저니까 그냥 내 경험을 풀어놓으면 됐다. 물론 약간의 MSG를 가미했다.

"처음 서울 올라와서 북한산 아래 옥탑방에 살았어. 겨울에 전기장판도 없어서 하이마트에서 냉장고 박스 얻어다가 잘게 찢은 신문지를 깔고 그 안에서 잤어. 어느 날 누가 자꾸 툭툭 건드리는 거야. 차갑고 섬뜩한 기분이 들었지. 눈을 떠보니 코앞에 빨간 점 두 개가 번뜩이고 있는 거야. 너무 놀라서 소리도 못 질렀어. 족제비였어. 하도 추우니까 내 방까지 들어온 거지. 그날은 족제비랑 같이 잤어."

충격과 공포에 휩싸여 모두 엄지척했다. 뿌듯하다기보단 꿀꿀한 마음이 앞섰다. 다음으로 우돈이 나섰다.

"나 대학로에서 연극을 할 때 수입이 제로였어. 그때 라면 한 개로 3일씩 버텼어. 수프에 소금을 쏟아부어서 국물을 최대한 많이 만들고 면을 하루에 3분의 1씩 넣고 최대한 불려서 먹었어. 절대 뻥 아님."

눈물 없이 듣기 힘든 우돈의 삶에 우리 모두 엄지척했다. 다음은 철수 형이었다.

"하이 스쿨 다닐 때, 그 당시엔 나도 건강했지. 하루는 아버지가 이러더라. 소가 일을 많이 해서 하루 쉬어야 하니 네가 대신해라. 그날 아버지는 뒤에서 쟁기 줄을 잡았고 나는 소 대신 앞에서 쟁기를 끌면서 밭 한 마지기를 갈아야 했어. 언빌리버블!"

소보다도 못했던 고딩 철수 형에게 우리는 엄지척을 바쳤다. 다음은 은별 차례.

"창피하지만 한번 해볼게. 초딩 때 아버지는 요양병원에 계시고 난 큰아버지네서 살았어. 그 집도 가난해서 사촌오빠들 옷을 물려 입었는데 팬티까지 물려 입었어. 앞이 트인 남자 팬티. 나중에 중학생이 돼서 처음 여자 팬티를 입었는데 앞이 트여 있지 않아서 어색했어."

가만히 앉아서 들을 수 없는 고백이었다. 우리는 자리를 박차고 일어나 존경을 담아 양 엄지를 치켜올렸다. 은별은 얼굴을 붉게 물들이며 웃었다. 마지막으로 한나가 남았다.

"좋아. 초딩 받고, 나 그때 아람단 수련회를 가야 했는데……."

"아람단?"

은별이 눈을 동그랗게 떴다.

"걸 스카우트와 함께 중산층의 상징이라는 그 아람단? 너 아람단 출신이야?"

다들 은별의 말에 동의한다는 듯 적의에 찬 눈으로 한나를 노려봤다. 자신감을 잃었는지 한나의 눈동자가 흔들렸다.

"아, 아주 잠깐 했어. 끝까지 들어봐. 수련회 때 합주회를 했는데 친구들은 바이올린, 클라리넷 그런 거 가져오는데 난……."

"친구들이 바이올린, 클라리넷을 했어? 바이올린, 난 대학생 때 처음 봤는데."

다시 은별이 끼어들었다. 동기들도 거들었다.

"끼리끼리 논다고 한나는 금수저랑 놀았네."

"우리 동네엔 바이올린 그런 거 없었어. 꽹과리랑 날라리가 전부야."

모두 엄지 다운이었다. 난 한나를 돕고 싶었지만 양심을 속일 수 없었다. 누가 봐도 목욕탕집 외동딸은 최소 동수저다.

한나는 입바람으로 앞머리를 한번 띄우더니 벌떡 일어서서 성큼성큼 바닷가로 나갔다. 그리고 망설임도 없이 바로 입수했다. 우리도 환호하며 뒤따라 바다로 뛰어들었다. 검푸른 물결이 끊임없이 밀려들었다. 우리는 옷이 젖는 줄도 모르고 서로 물을 뿌리고 물장구를 쳤다. 철수 형이 한나의 목을 붙잡고 물에 빠뜨리려다가 되레 자기가 넘어지면서 짠 바닷물을 원 없이 들이켰다. 철수 형이 모래사장으로 기진맥진해서 나오더니 쓰러지듯 옆으로 누웠다. 내가 옆으로 다가가 앉았다. 파도 소리 속에서 헐떡이는 철수 형의 숨소리가 크게 들렸다. 물놀이가 심장에 무리를 준 게 아닌지 걱정됐다. 한나가 뒤따라왔다.

"철수 오빠, 괜찮아?"

철수 형이 씨익 웃으며 고개를 끄덕였다. 한나가 철수 형 옆에 나란히 누웠다. 둘은 이번 휴가 동안 많이 친해진 눈치였다. 백사장은 아직 한낮의 열기를 안고 있었다. 엉덩이가 기분 좋게 따뜻해졌다. 해변 포차에서 음악이 가물가물 들렸다. 밤하늘 별은 보석처럼 빛났다.

심야 택시

⊂▭⊃

졸리 조. LA 포스트 기사에 나온 은별의 미국 이름이었
다. 별명을 아예 이름으로 쓰고 있었다. 나는 챗GPT를 돌
려서 기자에게 메일을 보냈다. 은별의 이메일 주소나 연락
처를 알 수 없겠냐고 물었다. 열흘 넘게 같은 메일을 보냈
지만 답장은 없었다. 아예 메일을 읽지 않는 모양이었다.

미국에 있는 우주의 아내가 LA 소재 태권도장들이라며
파일을 건네줬다. 한인 라디오 방송국 사이트에 나온 한인
업소록을 뒤져서 정리한 목록이었다. 나는 스무 곳이 넘는
태권도장에 일일이 국제 전화를 걸어 은별을 찾았지만 헛
수고였다.

숨바꼭질 술래가 된 기분이었다. 은별은 힌트를 하나 던
져놓고 내가 자기를 찾아내길 기다리고 있다. 그녀가 숨은

곳에 얼추 다가섰고 숨소리도 들리는 것 같은데 마지막 퍼즐 한 조각이 부족했다.

며칠 전 철수 형 병세가 갑자기 악화됐다는 연락을 받았다. 폐혈관 혈압이 높아지면서 심부전이 심해졌다고 했다. 지금까지 수십 번 입원과 퇴원을 반복했지만 이번엔 상황이 좋지 않은 모양이었다. 검색해보니 폐동맥 고혈압은 약물 치료와 식이요법을 병행하면서 심장에 무리를 주지 않고 지내면 정상인처럼 보이다가도 돌발상황이 발생하면 병세가 손쓸 수 없이 빠르게 나빠진다고 했다.

근무 시간 중에 철수 형이 입원한 병원에 들렀다. 병원의 흰색 외벽이 한여름 햇빛을 반사해 눈이 부셨다. 중환자실에 있던 철수 형이 아침에 일반 병실로 옮겼다고 들었다. 이제 면회가 가능하다.

철수 형은 곤히 자고 있었다. 코와 입을 산소마스크가 덮었고 앙상한 몸에는 여러 가지 전극 패치와 튜브들 그리고 링거줄이 주렁주렁 달려 있었다. 식은땀으로 후줄근히 젖어 있는 환자복 사이로 불룩 부풀어 오른 복부가 보였다.

"어, 최 도사 왔네?"

익숙한 목소리가 들렸다. 송한나가 정갈하게 개켜진 침대 시트를 들고 들어왔다. 한나는 철수 형 옆으로 가서 링거줄과 약물 주입기를 확인했다.

"아버지가 한번 오래. 세신사 아저씨 새로 왔거든. 때 한번 밀어보래."

한나의 아버지는 여전히 도화 목욕탕을 지키고 있다.

"교회도 한번 들르고. 최 도사, 주일 성수는 하는 거야?"

내가 대답을 못 하자 한나는 얕은 한숨을 내쉬고 수건으로 철수 형의 얼굴을 닦았다.

한나와 철수 형은 부부다. 김철수라면 이를 갈던 한나가 어쩌다 결혼까지 하게 됐는지는 여전히 풀리지 않는 미스터리다. 그해 여름, 속초에 다녀온 후 둘이 부쩍 붙어 다니더니 어느 순간 부부가 됐다. 전해 듣기로는 오히려 한나가 더 적극적이었다. 철수 형은 자신의 병 때문에 한사코 거절했지만 한나의 멈추지 않는 구애에 기가 빨려 자기도 모르는 새 '예스'라고 답했다고 한다. 한나는 여전히 코미디 작가를 하고 있다. T 방송국에서 막내 일을 하다가 C 방송국으로 넘어가더니 지금은 지상파에서 유일하게 남아 있는 코미디 프로그램의 메인작가가 됐다.

"밤새 숨이 차서 앉아서 밤을 새우더니 이제 겨우 잠들었네."

한나는 남편의 흘러내린 머리카락을 부드럽게 넘기면서 말했다. 나는 잠든 철수 형의 희멀건 손을 살포시 잡았다. 내 목소리를 알아들은 걸까? 철수 형의 눈꺼풀이 가늘게 열렸다. 한나가 버튼을 눌러 침대 등받이를 세우자 철수 형의 풀렸던 눈동자에 초점이 돌아왔다. 철수 형이 손짓하자 한나가 산소호흡기를 떼어냈다. 양 뺨과 눈이 푹 꺼져 병색이 완연했다. 철수 형은 잠시 나와 눈을 맞추고 미소 짓더니 푸르스름한 입술을 달싹였다. 한마디 한마디 힘겹게 말할 때마다 가슴이 들썩였다.

"······우리 공연 잘 부탁해. 아임 쏘 익사이티드."

이 와중에 공연 걱정을 하다니. 어이가 없으면서도 안타까웠다. 코미디의 영광 1주년 기념일은 한 달이 채 안 남았다. 나를 비롯한 우돈과 우주는 여전히 아무 생각이 없다. 그렇다고 사실대로 얘기할 수는 없었다. 나는 밝은 표정을 짓고 목소리 톤을 높였다.

"우리는 준비 잘하고 있어. 그날 호스트를 보려면 빨리 일어나야지."

철수 형이 눈 아래에 보조개를 패며 희미하게 웃었다. 뭔가 말을 하려다가 갑자기 기침을 내뱉었다. 마른 손으로 입을 막으며 숨을 가쁘게 들이마셨지만 기침은 쉬 멎지 않았다. 철수 형의 얼굴에서 핏기가 사라지고 얄팍해진 어깨는 경련하듯 들썩였다. 입을 가린 손가락 사이로 끈적한 액체가 튀어나왔다. 한나가 간호사를 부르며 급히 병실을 뛰쳐나갔다. 형의 몸과 연결된 의료 기계들이 경보음을 요란하게 울렸다. 철수 형이 나를 향해 미소 지었지만 검붉은 피 한줄기가 입술을 따라 턱을 타고 흘러내렸다. 나는 참았던 울음을 터뜨렸다.

"형!"

―◍―◍―

밤잠을 설친 탓에 입은 마르고 눈은 까끌까끌했다. 뜨거운 물로 오랫동안 샤워를 해서 찌뿌둥한 몸을 억지로 깨웠다. 아침 출근길 서늘한 공기가 성큼 다가온 가을을 알렸다.

"무엘이 형, 컨디션 어때?"

나보다 먼저 출근한 은별이 자판기 커피를 건네며 물었다. 나는 괜찮은 척 고개를 끄덕였지만 은별은 긴장을 숨기지 못했다.

"하아, 드디어 오늘이 왔네."

오늘은 우리 코미디언 인생에서 역사적인 날이다. 새 코너를 드디어 녹화한다. 속초 귀신의 집에서 모티브를 얻어 얼개를 짰다. 내용은 은별이 말한 대로다. 택시 운전사 최 기사와 승객인 처녀 귀신이 심야 택시 안에서 벌이는 해프닝. 코너 제목은 내 성을 딴 〈최 기사〉…….

지난주 검사받을 때 류 감독은 미간에 세로 주름을 잔뜩 잡으며 집중해서 우리 개그를 지켜봤다. 류 감독의 표정이 변할 때마다 심장이 벌렁벌렁했다. 하지만 은별이 천연덕스럽게 귀신을 연기하기 시작하자 류 감독은 금세 인상을 펴고 호탕하게 웃었다. 메인작가도 너털웃음을 쳤고 한나를 비롯한 여자 작가들도 까르르 웃었다. 류 감독은 당장 다음 주부터 녹화에 들어가라고 했다. 그러면서 〈최 기사〉는 무얼 하는 코너인지 당최 알 수 없는 제목이니 〈심야 택시〉로 바꾸라는 단서를 달았다. 은별은 난감한 표정을 지었지만 코너의 생살여탈권을 쥐고 있는 감독의 말을 거스를 수는 없었다.

검사를 한방에 통과하자 동기들은 환호하며 축하해줬다.

"은별, 새뮤얼, 하늘 높이 날아봐. 플라이 하이~. 우리 동기, 날아올라. 플라이 하이~."

철수 형이 리듬을 타고 팔을 흔들며 랩을 타령처럼 읊었다. 철수 형은 요즘 하이 상태다. 속초에 다녀온 후 한나와 잘 풀리는 눈치다. 우돈도 응원의 말을 보탰다.

"너희가 먼저 떠라. 우리도 따라 뜨게. 선배들 따까리 노릇도 지쳤어."

사실은 나도 이렇게 쉽게 통과하리라곤 예상치 못했다. 뻔한 택시 괴담 설정에다 전개도 새롭지 않았다. 다시 돌아온 우주가 말했다.

"남이 안 하는 새로운 걸 해야 하지만, 남이 다 하는 것도 해야 해."

클리셰란 것을 알면서도 모두가 반복하는 이유는 확실한 흥행 요소가 그 안에 있기 때문이라는 말이다. 욕하면서 끝까지 보게 만드는 막장 드라마처럼.

여름휴가가 끝나고 우주는 아무 일도 없었다는 듯 코미디언실에 커다란 배낭을 메고 나타났다. 우주가 미국 유학길에 오른 줄로만 알고 있던 우리는 환호하며 그를 맞았다. 우주가 배낭을 내려놓으며 계면쩍게 웃었다.

"왜 이래? 나 T 방송 공채 코미디언이야. 방송국 말고 내가 어딜 가?"

코미디언을 반대하는 부모님과 싸우고 집에서 쫓겨났다며 당분간 코미디언실에서 지내겠다고 했다.

"나 이제 무조건 떠야 해. 아니면 진짜 이 땅을 떠야 한다고."

녹화는 평소의 루틴대로 바쁘게 돌아갔다. 큐시트를 보니 〈심야 택시〉가 맨 끄트머리에 있었다. 막내니까 선배들 필요한 거 다 챙겨주고 마지막에 녹화라는 뜻이다. 녹화 순서가 뒤로 밀릴수록 방청객은 지치고 리액션은 줄어든다. 스태프들도 집중력이 떨어지고 체력이 달리면서 예민해진다. 첫 녹화인 만큼 우리를 배려해주길 기대했지만 그건 순진한 생각이었다. 모두 자기 앞가림하기도 버거웠다.

동기들도 우리를 챙길 여력이 없었다. 은별과 나는 여느 녹화 날처럼 선배들 소품, 의상, 분장을 챙기면서 임시 벽 세트를 들고 무대를 부지런히 오르내렸다.

특별히 오늘은 백해성과 조환이 하는 립싱크 음악 코미디 〈록 브라더스〉에 17기, 18기 남자 코미디언들이 모두 백 댄서로 동원됐다. 백해성과 조환이 그룹 퀸의 '보헤미안 랩소디'를 코믹하게 립싱크하는 동안 우리는 드라이아이스가 깔린 바닥에 엎드려 있다가 절정 부분에 일어나서 군무를 추기로 했다. 동선이 복잡하고 안무가 어려워 지난 일주일간 후배들은 혹독하게 연습했다.

오전에 드라이 리허설, 오후에 카메라 리허설까지 쉴 없이 달렸다. 은별과 나는 저녁도 거른 채 E 스튜디오에서 마지막 연습을 했다. 〈록 브라더스〉 연습에 동원되느라 은별과 맞춰볼 시간이 절대 부족했다. 한나가 우리 카메라 리허설을 본 뒤 몇 가지 의견을 문자로 보냈다.

[카메라를 등지지 말고 은별과 오디오 겹치지 않게.]

[오버 금지. 자연스럽게!]

[엄청 웃김. 자신 있게!]

웃기다는 말을 정말 듣고 싶었는데 엄청 웃기다니 빈말이라도 큰 힘이 됐다. 선배들의 까칠한 눈빛에 바짝 위축됐던 참이었다. 선배들은 막내들이 새 코너 시작하는 걸 달가워하지 않았다. 방송에선 나 빼곤 모두가 경쟁자다. 될성부른 나무는 떡잎부터 밟아놔야 뒤탈이 없다. 선배들은 우리가 실력보다는 연출 팀에 쌓은 러블리 덕분에 통과한 거라면서 어디 얼마나 웃기나 한번 지켜보겠다는 투였다.

녹화장으로 내려갈 시간이 됐다. 은별이 가방을 뒤져 동그란 금빛 환약을 내게 건넸다.

"형, 이거 먹고 떨지 마."

"너는?"

"난 강심장이야."

나는 우황청심환 반을 먹고 나머지를 은별에게 줬다. 은별도 반을 먹었다. 쌉싸름한 한약 맛이 입안에 퍼졌다. 은별이 까매진 이를 드러내며 웃었다.

방청객들이 입장했다. 〈코미디야〉는 아르바이트 방청객들을 동원한다. 일반 방청객들보다 아르바이트를 쓰는 게 편하다. 돈으로 웃음을 산다. 방청객은 돈을 받은 이상 안 웃겨도 웃어야 한다. 타이밍도 중요하다. 웃기는 포인트보다는 웃기려는 포인트를 정확히 감지해서 즉석 웃음을 토해내야 한다. 웃기려고 던졌는데 안 웃으면 무대 위 코미디언은 식은땀이 난다.

방청객은 모두 여자였다. 방청객 인솔자의 말에 따르면 여자가 세 번 까르르 소리 내어 웃을 때 남자는 한 번 빙긋 미소 지을 뿐이라 가성비가 떨어진다. 그렇다고 남녀를 섞어놓으면 여자는 내숭, 남자는 체면 때문에 웃음소리가 줄어든다고 한다.

녹화는 많이 질척였다. 〈록 브라더스〉에서 계속 NG가

났다. 퀸의 보컬과 기타리스트로 분장한 백해성과 조찬의 액션이 엇갈렸고 립싱크하는 입 모양도 맞지 않았다. 음악 코미디의 특성상 NG가 난 부분부터 끊어서 녹화할 수 없기에 매번 처음부터 다시 시작했다. 덕분에 17기, 18기들은 드라이아이스가 깔린 바닥에 엎드린 채 달달 떨어야 했다. 우리는 퀸의 프레디 머큐리 의상을 따라 입었는데 민소매 러닝 차림이었다. 그리고 맨발이었다. 냉기 때문에 세트 바닥에 서리가 끼면서 아크릴 타일이 떨어지며 둥그렇게 말렸다. 우리는 냉동 새우처럼 몸을 웅송그리고 손에 입김을 불고 발을 비비며 버텼다.

처음 NG가 났을 때는 괜찮다며 록 브라더스를 다독이던 카메라감독은 나중엔 인터콤을 열고 욕을 내뱉더니 제대로 연습하고 다시 녹화하자며 카메라를 껐다. 녹화장 분위기가 험악해졌다. 조연출이 달려와 카메라감독에게 머리를 조아리며 빌었고 간신히 녹화를 재개했지만 백해성이 다시 NG를 냈다. 노련한 백해성의 멘털이 완전히 무너졌다. 준비된 드라이아이스를 모두 소진했다고 소품 담당이 조연출에게 얘기했다. 우리는 속으로 만세를 불렀다. 코너야 망하든 말든 이젠 개처럼 떨지 않아도 돼서 기뻤다. 스튜디오에 있는 조연출과 부조정실에 있는 류 감독의 대화가 길어졌고 스태프와 방청객은 마냥 기다렸다.

결국 누워 있던 우리들을 다 빼고 록 브라더스 둘만 녹화를 마쳤다. 류 감독이 추석 특집으로 힘을 잔뜩 준 코너가 폭망하고 말았다. 미쳐 날뛰는 류 감독의 아우성이 조연출이 차고 있는 인터콤 밖으로 들렸다. 백해성과 조환은 얼굴이 벌게져서 무대에서 내려왔다. 나는 선배들과 눈을 마주치지 않으려고 분주한 척 딴짓을 했다.

녹화가 한번 꼬이기 시작하자 황당한 일도 생겼다. 세트 뒤에서 소품을 챙기던 은별의 얼굴이 하얗게 질렸다. 〈선생 안병태〉 녹화에 쓸 짜장면이 없어졌다. 아니, 누군가 바닥까지 깨끗이 핥아먹고 빈 그릇만 덩그러니 남겨 놨다. 〈선생 안병태〉의 소품은 은별이 담당이다. 조금 전까지 랩에 싸여 있는 걸 확인했는데 다른 소품을 챙기고 돌아오니 짜장면이 사라졌다고 했다.

"내, 내, 짜, 짜장면 누가 먹었어?"

청산유수 안병태가 빈 그릇을 들고 울먹였다. 짜장면 없이는 녹화할 수 없는 내용이었다. 조금이라도 남아 있다면 어떻게라도 해볼 텐데 설거지한 것처럼 그릇이 깨끗했다.

"짜, 짜장면 내놔~!"

안병태가 빈 그릇을 들고 울부짖었다. 밤 9시가 다 돼가고 있었다. 조리실은 이미 문을 닫았다. 인터콤을 찬 조연출이 달려왔다가 상황을 파악하고 패닉에 빠졌다.

"무슨 귀신에 씌었나? 오늘 왜 이래? 류 선배 소리 지르고 난리야."

은별의 눈에 눈물이 그렁그렁 맺혔다. 안병태는 정신 줄을 놓았다.

"너, 너, 하~ 해봐."

안병태는 짜장면을 먹은 범인을 잡겠다고 후배들 입냄새를 맡으며 돌아다녔다.

"녹화 순서를 바꿔줘요. 어떻게든 구해올게요."

나는 조연출에게 말하고 스튜디오를 뛰어나왔다. 은별이 나를 불렀지만 뒤를 돌아볼 여유도 없었다. 방송국 앞 4차선 도로를 무단횡단하자 자동차들이 급정거하며 클랙슨을 울렸다. 머피의 법칙이 떠올랐다. 잘못될 수 있는 일은 반드시 잘못되기 마련이다. 하필이면 오늘, 내 첫 녹화가 있는 날, 왜 이렇게 머피의 법칙이 딱딱 들어맞는지. 방송국 건너편 아파트 상가로 들어갔다. 다행히 중국집 왕궁은 아직 문을 닫지 않았다.

"녹화 중인데 짜장면 있어요? 급해요."

카운터에 앉아 있는 딸에게 다짜고짜 물었다. 내 또래의 쌍둥이 자매는 너무 똑같이 생긴 데다 항상 빨간색 치파오를 입어서 아무리 봐도 분간이 안 됐다. 딸이 웃으면서 물었다.

"내가 언니게요? 동생이게요? 맞히면 짜장면 줄게요."

쌍둥이는 매번 이 질문을 던졌다. 그리고 나는 매번 틀렸다. 한가하게 장단 맞출 상황이 아니었지만 그건 내 사정일 뿐이다. 퍼뜩 언니란 감이 왔다. 머릿속이 팽팽 돌았다. 감을 따라? 말아? 오늘은 모든 게 제대로 꼬이고 있다. 여기서 연쇄 사슬을 끊어야 한다. 나는 거꾸로 말했다.

"동생이잖아요."

"어? 어떻게 알았지?"

딸은 김샜다는 표정이었다. 쌍둥이 동생이 치파오 사이로 다리를 드러내며 주방으로 들어가더니 랩에 싼 짜장면 한 그릇을 들고나왔다.

"이거 마지막 배달하려던 건데……."

말이 끝나기도 전에 짜장면을 가로채서 내달렸다. 〈록 브라더스〉의 백댄서 의상을 입은 상태였다. 백바지와 민소매 러닝 차림의 남자가 짜장면을 들고 뛰자 행인들이 몸을 급히 피했다. 가로수 잎새 위로 여름의 마지막 초록과 가을의 첫 노랑이 교차하고 있었다. 코미디 영화 속 한 장면 같았다. 막 뽑아낸 짜장면은 따끈했다. 비주얼은 엉망이 됐지만 끝까지 온기를 잃지 않은 짜장면이 고마웠다.

조연출이 방송국 현관까지 나와 있었다. 마치 성화 봉송을 하듯 조연출에게 짜장면을 넘겼다. 완벽한 호흡이었다. 조연출은 거침없이 스타디움을 향해 달렸다.

스튜디오에 들어오니 〈선생 안병태〉를 녹화하고 있었다. 선생 안병태가 교실에서 학생들 몰래 짜장면을 먹는 장면을 찍는 중이었다. 방청객 인솔자가 손짓하자 방청객들이 자지러지게 웃었다. 조연출이 나를 보고 손가락 하트를 날렸다.

대기실로 들어가니 은별이 다가왔다. 흰색 원피스를 입고 얼굴을 하얗게 분장한 상태였다. 다음 녹화가 우리였다. 은별이 내 손을 꼭 잡았다.

"무엘이 형, 고마워. 아직도 손이 떨려."

우돈이 내 의상을 가지고 달려왔다. 나는 서둘러 옷을 갈아입고 넥타이를 맸다. 감색 바지와 하늘색 셔츠 그리고 자주색 넥타이. 택시 기사 유니폼이다. 은별이 내 팔을 끌었다.

"형, 지금 나가야 해."

우리는 대기실을 나와 무대 뒤에서 스탠바이했다. 마이크맨이 와서 우리에게 무선 핀 마이크를 채웠다. 〈선생 안병태〉 녹화가 끝났다. 박수와 함께 연기자들이 우르르 무대에서 내려왔다. 안병태가 내 어깨를 꽉 쥐더니 "수, 수고했어. 어, 어떤 새끼가 먹은 거야? 3년간 재수 옴이 붙어라" 했다. 소품을 먹으면 3년간 재수 없다는 말이 방송가엔 전해 내려온다. 아마도 오늘 같은 불상사를 막기 위해 만든 말이리라. 동기들이 무대를 정리했다. 은별이 다가와 내 넥타이 모양새를 바로 잡으며 말했다.

"형, 이렇게 입으니 멋져."

나는 여유 있는 척 말했다.

"너도 잘 어울려."

"귀신이?"

은별이 장난스럽게 웃었다. 무대 앞에서 방청객 인솔자가 마지막 코너이니 힘내라고 격려하는 소리가 들렸다.

모든 게 계획에서 틀어졌다. 첫 녹화이니만큼 차분하게 마지막 연습을 하고 거울도 여유 있게 보고 동기들의 응원 속에서 폼 나게 무대에 오르고 싶었다. 이렇게 도떼기시장에 불난 것처럼 허겁지겁 녹화에 들어갈 줄은 미처 몰랐다.

(그 후에도 매번 똑같았다. 완벽히 준비하고 녹화에 들어간 적은 한 번도 없었다.)

"형, 연습한 대로만 하자."

은별과 나는 주먹을 마주쳤다. 무대 세팅을 마친 동기들이 내려왔다. 조연출이 와서 무대로 나가라고 사인을 줬다. 나는 제자리에서 몇 번 경중경중 뛴 다음 무대에 올랐다. 결전을 위해 링에 오르는 권투선수처럼.

〈심야 택시〉 세트는 단출했다. 앞줄에 운전석과 조수석, 뒷줄에 2인용 손님석. 제작비를 아끼느라 자동차 시트 대신 팔걸이 없는 소파를 썼다. 소품은 자동차 핸들 하나뿐. 은별이 심야에 택시를 탄 손님이고 나는 기사다. VTR이 돌고 큐 사인이 떨어졌다. 드디어 퇴근할 수 있다는 희망 덕분인지 방청객의 박수와 환호가 우렁찼다. 조명에 눈이 부셔 방청객이 잘 보이지 않았는데 이게 더 낫다고 생각했다. 우황청심환 약발이 올라왔는지 별로 떨리지 않았다.

택시 기사가 두 손으로 핸들을 들고 운전하는 척하며 입을 뗀다.

"이렇게 늦은 밤에 여자분 혼자 다니시면 위험해요. 어디로 모실까요?"

흰옷을 입고 긴 머리를 어깨 뒤로 넘긴 여자 승객이 조용히 말한다.

"시실리 공동묘지요."

"공, 공동묘지요?"

으스스한 분위기에 겁을 먹은 기사가 다시 운전하는 시늉을 하다가 손으로 팔을 비빈다.

"갑자기 왜 이렇게 춥지? 에어컨이 켜졌나?"

순간 〈섬집아기〉 노래가 소름 끼치는 여자아이 목소리로 깔린다.

아우~. 숙련된 방청객이 코너 내용을 간파하고 괴성을 흘린다. 붉은 조명이 켜진다. 여자가 상체를 숙이더니 스르륵 사라진다. 기사가 룸미러를 보고 승객이 없자 깜짝 놀라 급브레이크를 밟는다. 끼이익. 기사가 공포에 싸여 뒤를 돌아보면 긴 머리를 산발한 여자가 쑥 올라온다. 기사는 기겁하고 비명을 지른다. 여자가 천연덕스럽게 말한다.

"휴대폰 줍고 있는데 급정거하시면 어떡해요?"

휴대폰에서 〈섬집아기〉 벨소리가 다시 울린다. 아하하하. 정확한 타이밍에 방청객 웃음이 터진다. 조명이 다시 밝아진다.

"소, 손님 괜찮으세요?"

"됐고요, 하던 일 하세요."

기사는 가슴을 쓸어내리며 다시 핸들을 잡는다. 이번에는 여자가 택시 기사 쪽으로 점점 다가온다. 조명이 다시 붉은색으로 바뀐다. 긴장한 기사가 침을 꼴깍 삼키는데 여자가 갑자기 비명을 지른다. 기사는 기함하며 급브레이크를 밟는다.

"왜, 왜 그러세요?"

"100원씩 오르다가 갑자기 120원씩 오르고 있어요."

"12시 넘어서 할증 붙는 거잖아요."

조명이 다시 밝아지고 방청객은 자판기처럼 웃음을 뱉는다.

"소, 손님 괜찮으세요?"

여자 승객은 시트에 몸을 기대며 말한다.

"됐고요, 하던 일 하세요."

다시 한번 웃음이 터진다.

〈심야 택시〉는 겁많은 기사와 엉뚱한 여자 승객이 주고받는 대화로 이뤄진다. 공포에 휩싸였다가 아무것도 아닌 걸로 밝혀질 때의 허무함이 웃음 포인트인데 은별의 능청스러운 연기가 재미를 배가시켰다. 코너의 마지막은 여자가 "근데 아저씨……. 내가 보여요?"라고 말하고 기사가 기겁하는 데서 끝난다.

"수고하셨습니다."

조연출이 크게 외치며 녹화 종료를 알렸다. 나는 영혼이 빠져나간 것처럼 멍했고 두 발이 땅 위에 붕 떠 있는 기분이었다. 어떻게 연기했는지, 잘한 건지 못한 건지, 아무 기억이 안 났다. 다만 NG 없이 한 큐에 갔다는 것만은 확실했다. 조연출이 부조* 분위기를 전해줬다.

---

* '부조정실'의 줄임말. 스튜디오 제작 시, PD와 기술감독이 이 방에서 녹화를 총괄 지휘한다.

"최고! 류 선배 엄청 크게 웃었어요."

그제야 긴장이 풀어지며 마음이 놓였다. 안병태도 한마디 거들었다.

"너, 너희 코너 꽤, 괜찮더라."

무대 뒤에서 은별과 마주 보고 안도의 한숨을 내쉬었다. 녹화를 마치고 웃을 수 있어서 다행이었다.

퇴근 후 동기들이 첫 녹화 축하 파티를 열어줬다. 신입 코미디언 수칙상 여의도에서 음주, 흡연은 금지였지만 우리는 선배들 눈에 띄지 않는 C 방송국 별관 쪽으로 몰려갔다. 선선한 강바람이 포장마차 천막을 흔들며 들어왔다.

"첫 녹화를 한 소감이 어때? 캬, 이 조합 미쳤어."

우돈이 골뱅이를 소면에 돌돌 말아 한입 가득 집어넣으며 물었다. 동기들이 웃으면서 은별과 나를 본다. 은별이 소주잔을 만지작거리면서 입을 열었다.

"연습하면서 '아, 진짜 나 더럽게 못 한다. 아직 멀었다'란 생각만 들었어. 내가 이렇게 어색한데 시청자들은 얼마나 손발이 오그라들까. 아직 모르겠어. 내가 잘한 건지."

난 은별이 괜한 겸손을 떤다고 생각했다. 그녀의 연기와 대사 톤은 늘 경이로웠다. 오늘만 해도 방청객의 웃음이 터진 포인트는 귀신 설정보다는 은별의 천연덕스러운 연기였다. '됐고요, 하던 일 하세요'를 만약에 내가 했다면? 방청객 인솔자는 당황했을 것이다. 웃으라고 사인을 보내야 하나, 말아야 하나. 유머의 성공은 내용보다는 전달하는 방법에 달려 있다는 사실을 절감한 녹화였다.

"아, 쫌! 안줏발 그만 세워."

은별이 우돈의 손에서 꼬치를 뺏어서 우주에게 건넸다.

"우주 오빠는 어떻게 봤어? 궁금해."

우리 시선이 우주에게 쏠렸다. 그는 코미디언실에서 장기 투숙 중이다. 우주가 은별과 나를 바라봤다. 나는 마음의 준비를 했다. 한바탕 강의가 펼쳐질 것이다.

"너희는 아무 생각 없이 짰겠지만 〈심야 택시〉는 프로이트의 이론을 활용한 좋은 예야."

겸손하다 나우주는 기대를 저버리지 않았다. 우리는 웃음을 참고 술잔을 마주쳤다. 우주의 얘기를 들으려면 술이 필요하다.

"프로이트는 공포가 안심으로 바뀔 때 웃음이 나온다고 했어. 엄마가 손으로 얼굴을 가렸다가 까꿍 할 때, 아기가 웃잖아. 엄마가 사라졌다가 다시 나타나니까 공포가 안심으로 바뀌면서 웃는 거지. 〈심야 택시〉도……."

"스톱, 스톱. 결론만 말해줘. 오늘 우리 너무너무 힘들었잖아. 위 아 쏘 타이어드."

우주가 진지하게 우리를 돌아보더니 갑자기 히죽 웃으며 말했다.

"〈심야 택시〉 대박이라 이거지. 다음엔 내가 웃길 거야."

우주는 프로이트식으로 우리를 웃겼다. 우돈이 잔을 들

었다.

"중요한 건 첫걸음을 뗐다는 거지. 〈심야 택시〉 대박!"

우리는 건배했다. 동기들의 축하를 받으니 녹화 후 텅 빈
것 같던 마음이 다시 채워지는 느낌이었다.

"무엘이 형은 어땠어?"

은별이 비스듬히 머리를 기울이고 손으로 머리카락을 쓸
어올리며 물었다. 분장을 지운 맨얼굴이 청순해 보였다. 나
는 포장마차 안 조명을 받아 영롱하게 빛나는 소주잔을 내
려다봤다.

"지금 이런 말 하는 게 좀 그렇지만…… 어렸을 때 어머
니는 항상 동네 거지들을 불러서 씻기고 먹이고 재워줬거
든. 나는 막 화를 냈지. 당장 우리 가족 먹을 것도 없는데 그
렇게 다 퍼주면 어떡하냐고. 아까 녹화 끝나고 내려오는데
갑자기 어머니 생각이 나더라고. 그땐 도무지 이해가 안 됐
는데 지금은 알 것 같아. 이상하지? 남을 웃기니까 내 기분
이 더 좋아지는 거야."

그럴 의도가 아니었는데 말하고 나니 분위기가 착 가라
앉았다.

"역시 우리 충청도 샌님, 이 어색한 시츄에이션 어쩔거
야?"

철수 형이 나서서 무안을 주고 나서야 무거웠던 공기가
풀어졌다. 우돈이 양손에 든 꼬치를 한입에 몰아넣으며 말
했다.

"나도 웃기고 싶다. 배꼽 빠지게 사람들을 웃겨서 나도 행복해지고 싶다고."

다 같이 술잔을 비우는데 휴대폰으로 문자가 왔다. 한나였다.

[최 도사, 추카추카. <심야 택시> 고정됐어. 마지막 코너로 방송 예정.]

연출 팀은 녹화 후 바로 편집회의를 하고 죽일 코너 살릴 코너를 결정한다. 나는 문자를 동기들에게 보여줬다. "와우, 고정!" 함성이 터졌다. 나도 감격했다. 코미디와는 상극이고 대척점에 서 있다고 생각하던 내가 고정 코너를 갖게 된다니. 그동안의 맘고생 몸고생이 한 번에 보상받는 것 같아 울컥했다.

한나에게서 문자 하나가 더 왔다.

[<록 브라더스> 폐지 결정. 류 감독 뚜껑 열렸음.]

결과적으로 〈록 브라더스〉 자리에 〈심야 택시〉가 들어가는 모양새가 됐다. 은별의 얼굴에서 웃음기가 사라졌다. 우돈이 쯧쯧 혀를 찼다.

"류 감독, 항상 백해성만 싸고돌더니 이번엔 제대로 열받았나 보네."

"백해성이 그렇게 류 감독에게 잘한대. 밥 사주고 술 사주고 명품 갖다 바치고 드라이버 노릇까지 한대. 거의 류 감독의 몸종이래. 스튜피드!"

철수 형이 혼잣말처럼 중얼거렸다. 아마도 한나에게 들

었으리라. 언젠가 한나가 내게 물었다.

"류태성 감독 닉네임 알아?"

내가 고개를 젓자 한나는 의미심장한 표정으로 말했다.

"청렴결백 류태성."

비밀

택시 안에서 사람들은 솔직해진다. 세상에서 잠시 격리된 작은 공간에서 아무도 자신을 기억하지 않을 거라 여기고 속마음을 드러낸다. 자신의 불행을 한탄하고 남의 험담을 거리낌 없이 늘어놓는다. 연인끼리 껴안고 키스를 하고 때로는 서로 욕하며 싸운다. 세상의 작은 축소판이 택시 안에 펼쳐진다. 택시 기사는 그들을 묵묵히 지켜보는 관찰자다.

비가 새벽까지 세차게 내렸다. 교대하려고 돌아가는 길에 방향이 맞아 중년의 남자 손님을 태웠다. 그는 비 내리는 창밖 풍경을 한동안 멍하게 바라봤다. 숨을 쉴 때마다 술 냄새가 진하게 났고 하관이 빤 얼굴은 지쳐 보였다. 눅눅한 실내 공기 탓에 앞 유리에 김이 자꾸 서렸다. 끅끅대는 소리에 룸미러로 뒷좌석을 보니 남자가 고개를 숙인 채 입을 막고 어깨를 들썩이고 있었다. 나는 서둘러 바깥 차선으로 옮기며 목소리를 높였다.

"손님, 여기서 토하시면 안 됩니다. 잠깐 세울까요?"

남자가 고개를 들었다. 충혈된 눈에 가득 차오른 눈물이 보였다. 남자는 토하는 게 아니었다. 빗물에 젖어 축 처진 양복이 무거워 보였다.

나는 글로브 박스를 열어 티슈 상자를 꺼내 남자에게 건넸다. 그는 고개를 꾸벅하더니 티슈를 뽑아 눈가를 훔쳤다. 그는 익명성에 기대 자기 고통을 낯선 이에게 털어놓았다.

"비 오는 날이면 우리 아이가 생각납니다."

남자의 목소리가 물속에서 듣는 것처럼 먹먹했다.

"아들과 함께 아내를 마중 나갔습니다. 초록 불이 켜지자 아이가 뛰어나갔는데 빗길이라 버스가 정지선에 미처 멈추지 못하고……."

남자는 마치 사고 장면이 지금 눈앞에서 펼쳐지는 것처럼 설명했다.

"버스에 가려 아이가 사라졌습니다."

나는 이미 밤샘 운전에 지친 상태였다. 남자의 말에 빠져들지 않으려고 노력했다. 언제부터인가 나는 다른 사람의 슬픈 이야기를 들으면 마음은 물론 몸까지 아파왔다. 의사는 타인과 나 사이에 적당한 경계선을 그으라고 했다.

"나는 기다렸습니다. 길을 건넌 아이가 건너편으로 보이길……. 버스 뒤로 돌아갔을 때…… 그곳에 아이가 누워 있었습니다. 갈색 머리카락 그대로. 귀엽고 고운 얼굴 그대로.
마치 잠든 것처럼…….”

남자의 눈에서 주르륵 눈물이 떨어진다.

“너무너무 사랑스러운 아이였는데…….”

노란 가로등 불빛이 젖은 아스팔트 길 위로 물결처럼 번
들거렸다. 규칙적으로 움직이는 와이퍼 소리가 묘하게 마
음을 가라앉혔다.

“저는 고1 때 어머니를 잃었어요.”

룸미러로 남자와 눈을 맞췄다. 나는 같은 상처를 가졌기
에 그의 슬픔을 위로해 줄 수 있다.

“가난해서 어머니는 큰 병원엔 가보지도 못하고 시골 의
료원에서 죽었어요.”

굵은 빗줄기가 지붕을 때리며 리드미컬한 소음을 만들
었다.

“그때 어머니를 지켜주지 못한 아버지와 나 자신에게 아
직도 무지무지 화가 나요. 전 악착같이 돈을 벌 겁니다. 가
난 때문에 소중한 사람을 다시는 잃고 싶지 않아서요.”

“기사님은…… 그 슬픔을 어떻게 견디셨나요?”

구원을 간구하는 눈빛이었다.

“저는 천국을 믿어요. 어머니가 천국에서 나를 기다리고
있을 거예요. 어머니를 만나서 지켜주지 못해서 미안하다
고, 사랑한다고 꼭 말할 겁니다. 손님도 나중에 아드님을 천
국에서 만날 거예요. 그때까지 씩씩하게 사세요. 지금 옆에

있는 사람을 소중하게 여기시고요."

남자는 소리 죽여 흐느꼈고 내 눈꼬리도 젖어 들었다. 나는 한때 코미디언이었지만 이제 남을 웃기기보단 남과 같이 우는 일을 더 잘한다.

남자는 방화동에서 내렸다. 아까보다 표정이 편안해 보였다. 나는 결제 카드를 돌려주며 목캔디를 함께 건넸다. 줄 게 그것밖에 없었다. 남자는 고맙다는 말을 남기고 빌라촌으로 사라졌다. 승객이 내리는 순간, 짧은 인연은 끝나지만 어떤 인연은 오래 기억에 남는다. 이번 손님도 그럴 것 같았다.

철수 형의 죽음을 전하는 한나는 차분했다. 중환자실에서 봤을 때부터 마음의 준비를 하고 있었지만 한나의 말은 만우절 농담처럼 들렸다. 고통 없이 편안하게 떠났다고 했다. 자다가 문자를 받고 뛰어나온 나는 현실감이 들지 않았다. 우주는 두 손으로 얼굴을 감쌌고 우돈은 얼굴의 모든 근육을 우그러뜨리며 서럽게 울었다. 내게 슬픔의 감정은 천천히 왔다. 우주와 우돈의 울음소리 위로 철수 형과 함께 나눴던 순간들이 떠올랐다. 철수 형의 죽음을 받아들이기까지는 꽤 오랜 시간이 필요할 것이다. 어머니의 죽음이 그랬듯이.

장마가 끝난 지 오래인데 비는 며칠째 계속 내렸다. 우리는 한참 동안 할 말을 잊은 채 병원 카페에 앉아 있었다.

"한나야, 괜찮아?"

나는 한나가 걱정됐다. 철수 형의 지병을 알면서 결혼했고 신혼 첫날부터 지금까지 아내이자 간병인으로 살았다. 병 수발의 짐은 벗었지만 이제 둘이 아닌 혼자서 세파를 헤쳐 나가야 한다. 화장기 하나 없는 창백한 얼굴이지만 한나는 씩씩하게 고개를 끄덕였다.

"오빠가 자기를 위해 울지 말고 대신 웃어달라고 부탁했어. 잔칫날처럼 웃어달래."

병원 카페 유리창을 타고 빗물이 흘러내렸다. 격한 감정이 수그러들자 한나는 한 사람씩 눈을 맞추며 말했다.

"영어를 좋아하더니 장례식도 영국식으로 하겠대. 오빠 장례식을 코미디의 영광 창립 기념일에 동기들의 공연으로 치러 달래."

철수 형다운 생각이었다. 평생 코미디언으로 살았으니 마지막도 코미디로 마무리하고 싶었으리라. 한나는 철수 형 시신은 병원 영안실에 있고 장례식날 코미디의 영광으로 옮기겠다고 했다.

"모든 장례 준비는 내가 우리 클럽 크루들이랑 할게. 오빠들은 공연만 신경 써줘."

코미디의 영광 창립 기념일은 8월 15일. 일주일 앞이다.

〈심야 택시〉 방송이 나간 뒤 처음 몇 주간은 마치 구름 위를 걷는 기분이었다. 독한 감기약에 취한 듯 감각이 몽롱해지면서 세상은 꽃이 만발한 들녘으로 보였고 혼자 히죽히죽 웃는 시간이 늘었다.

만년 불효자이던 내가 고정 코너를 갖다니. 이제야 비로소 아웃사이더였던 내가 주류로 들어왔다는 안도감이 들었다. 선배들이 나를 보는 시선도 달라졌다. 인기가 전부였다. 후배라도 인기가 있으면 건드리지 않았다. 류 감독이나 작가들도 더 이상 '호감이다 최사무엘'로 나를 기억하지 않을 것이다.

은별은 내가 자기를 받쳐주는 역할만 하는 것을 미안해했다. 나는 받쳐주든 깔아주든 들러리가 되든 〈심야 택시〉

가 잘되기만 한다면 상관없었다. 이제부터 녹화를 반복하며 차근차근 코미디 근육을 키우고 싶었다.

한 가지 아쉬운 건 방송국 바깥에서는 아무 반응이 없다는 점이었다. '어느 날 아침 눈을 떠보니 유명해져 있었다'까지는 아니더라도 뭔가 조그만 변화라도 생길 줄 알았다. 방송이 나간 다음 날 혹시나 하는 마음에 인터넷 검색을 해봐도 〈심야 택시〉에 대한 기사는 한 줄도 없었다. 시청자 게시판은 여전히 개점휴업 상태였고 프로그램과 연예인을 물고 뜯는 걸로 악명 높은 코미디 커뮤니티 게시판조차 적막강산이었다. 무플보다 악플이 낫다는 말의 뜻을 깨달았다. 무언가를 보여줬을 때 누군가 칭찬한다면 계속 전진하고, 욕한다면 잠시 머물면서 재정비하면 된다. 하지만 무슨 짓을 해도 아무 반응이 없으니 무인도에서 혼자 원맨쇼를 하는 기분이었다.

시청자들의 무관심만 탓할 수 없는 게 〈코미디야〉 방송 시간이었다. 방송국도 먹고 살아야 하니까 광고 제로, 화제성 바닥인 코미디 프로를 변방으로 밀어내는 건 이해할 수 있다. 하지만 월요일 밤 11시 15분은 심했다. 코미디 프로는 초딩과 중딩을 고정 시청층으로 깔고 승부를 걸어야 하는데 충성 고객들이 모두 잠들기를 기다렸다가 방송하는 셈이었다. 게다가 11시 15분 제 시각에 방송이 들어가는 꼴을 본 적이 없다. 〈코미디야〉 앞에 방송되는 드라마가 경쟁사 드라마와 시청률 싸움을 벌이면서 서로 시간 늘리기 무한 경쟁에 들어갔다. 1분이라도 더 길게 해서 상대편 드라마가 끝난 뒤 쏟아져 나오는 시청자들을 끌어오겠다는 계산이다. 결국 〈코미디야〉는 11시 반을 넘겨서 시작했고 〈심야택시〉는 자정이 훌쩍 지난, 백수도 잠든 시간에 방송됐다.

코너가 론칭된 지 한 달이 다 되도록 아버지는 〈심야 택시〉를 한 번도 못 봤다고 했다. 항상 두 눈을 부릅뜨고 기다렸지만 날짜가 바뀌면서 매번 잠이 들었다며 이렇게 말했다.

"괜차녀, 안 봐도 다 알어. 심야에 택시 모는 거겠재, 아녀?"

내가 맥이 빠져 피식 웃자 아버지가 다시 물었다.

"겨, 아녀?"

내가 대답했다.

"겨."

점심시간에 한나가 잠깐 보자고 해서 3층 중정에서 만났다.

"류 감독 오늘 완전 저기압이야. 회의실에서 숨도 크게 못 쉬겠어."

한나가 종이 한 장을 내밀었다. 시청률 표였다. 〈코미디야〉의 시청률은 처참했다. 지난주보다 0.5% 떨어진 5.5%였다. 같은 시간대 시청률 3등. 간신히 꼴찌는 면했다. 꼴찌는 애국가 시청률이 나온다는 C 채널의 고전 낭독 프로그램이었다. 1분대 시청률 그래프도 있었는데 〈코미디야〉는 꾸준히 마이너스 기울기로 우하향하다가 자정을 넘기면서 X축과 거의 붙어서 기어갔다. 시청률이 한 자리로 떨어졌다는 것은 진작부터 알고 있었지만 상황이 이렇게 심각한 줄은 미처 몰랐다. 한나가 내 어깨를 툭 쳤다.

"최 도사는 잘하고 있어. 새 코너까지 들어가고."

"그럼 뭐 해? 아무 반응도 없다."

한나는 머리를 도리도리 저었다.

"출연료 따박따박 나오는 게 어디야? 돈이나 모아."

나도 그런 생각을 했다. 멀리 볼 것 없이 내 발끝만 보자. 프로그램은 망해가도 출연료는 나온다. 한나가 주위를 두리번거리더니 내 옆으로 한 뼘 다가오며 물었다.

"최 도사, 너희 코너 누구 아이디어야?"

"내가 말 안 했나? 은별 아이디어지."

한나가 고개를 살짝 끄덕이더니 찢어진 눈을 더 길쭉하게 떴다.

"이거 비밀인데……."

나는 솔깃해서 한나 쪽으로 머리를 기울였다. 과묵하다 송한나는 예능국의 모든 스캔들과 루머를 꿰고 있는 가십걸이다.

"〈심야 택시〉, 원래 백해성이 은별한테 하자고 한 거래. 그걸 은별이 인터셉트한 거래. 말도 없이."

나는 풋 하고 싱겁게 웃었다.

"그거 속초 귀신의 집에서 떠올린 거잖아. 너도 있었잖아."

한나가 머리를 갸웃했다.

"나도 그런 줄 알았지. 그런데 그게 아닌가 봐. 너희 코너 방송 나가고 백해성 빡쳐서 방방 뜨고 난리였대. 류 감독도 알아."

한나가 곁눈질로 내 눈치를 살폈다.

"근데 더 웃긴 게 뭔 줄 알아?"

솔깃했다. 한나가 조심스레 덧붙였다.

"둘이 사귄대. 오래됐대."

"누가 그래?"

나는 발끈했다.

"조좐 오빠가 알려줬어. 조좐 오빠, 백해성하고 아삼륙이 잖아."

백해성과 조좐……. 냄새가 났다. 자기들 코너가 〈심야 택시〉 때문에 까였다고 생각하고 꿍꿍이 수작을 꾸미고 있다. 조작과 모함. 전직 전도사 욕이 다시 불쑥 튀어나왔다.

"하만 같은 잡노무새끼들. 똥구멍부터 대갈통까지 꼬챙이로 확 꿰뚫려서 매달려봐야 정신을 차리지.*"

한나는 충격을 받아 말까지 더듬었다.

"요, 욕이 창의적이긴 한데 최 도사 너무 무서워."

한나의 휴대폰이 울렸다. 한나가 문자를 확인하더니 정신을 가다듬고 일어섰다.

---

* 페르시아 제국의 총리였던 하만은 자신에게 절하지 않는 유대인 모르드개를 모함하여 죽이려 했지만 왕의 노여움을 받아 자기가 세운 장대에 몸이 관통당해 죽었다.

"이 오빠 왜 이러니? 이놈의 인기, 방송국에서도 죽질 않아. 최 도사, 나 먼저 가."

한나가 고개를 절레절레 흔들며 매점 쪽으로 멀어졌다. 나는 채광창으로 보이는 가을 하늘을 멍하니 올려보다가 코미디언실로 돌아왔다.

겨우 5분짜리 코너일 뿐인데 매주 새로운 에피소드로 채워 넣는 작업은 만만치 않았다. 무서운 분위기에서 웃기는 상황으로 전환되는 연결 고리를 짜기가 어려웠다. 그런 면에서 코미디언은 고달프다. 익숙한 것과 끊임없이 이별하고 항상 새로운 무언가를 만들어야 한다. 조금만 방심해도 식상하다, 노잼이라는 비난을 받는다. 인기곡 하나를 수백 번 부르는 가수들이나 히트작 한 편 찍고 평생 우려먹는 배우들이 부러울 뿐이다.

같은 시간도 방송국에선 더 빨리 흘렀다. 하루 종일 같이 회의하고 대본 만들고 연습하고 선배들 뒤치다꺼리하다 고개 들어보면 녹화 날이었다. 녹화를 중심으로 일주일 단위의 루틴이 반복됐다. 은별 덕분인지 류 감독은 우리 코너에 호의적이었다. 그는 상황 설정에 집착하지 말고 겁 많은 택시 운전사와 허당미 넘치는 여자 승객 사이의 케미를 만들라고 주문했다. 아울러 은별이 새침한 표정으로 반복하는 '됐고요, 하던 일 하세요'를 유행어로 밀라고 했다. 아무런 반응도 없는 〈심야 택시〉를 류 감독은 믿고 기다려줬다.

그러다가 미약하나마 변화의 진동을 감지하는 일이 연거 푸 벌어졌다.

점심을 먹으러 은별과 함께 여의도 백화점 근처 생선구 이 집에 갔다. 증권사와 은행이 많은 여의도에는 노포 맛집 이 곳곳에 숨어 있다. 주문한 생선이 나왔는데 시키지도 않 은 계란찜이 딸려 나왔다. 우리가 안 시켰다고 하자, 서빙 하던 아주머니가 우리를 보고 말했다.

"서비스예요. 〈심야 택시〉 너무 재밌어요."

감동이 폭탄 계란찜처럼 솟구쳐 올랐다. 나도 모르게 일 어나서 꾸벅 인사했다. 은별도 서둘러 고개를 숙였다. 연예 인 서비스를 처음 받아보는 순간이었다. 계란찜이 입에서 아이스크림처럼 녹았다.

〈심야 택시〉가 방송을 탄 지 두 달쯤 지났을 때였다. 선 배 심부름으로 간식거리를 사서 돌아오고 있었다. 뒤에 친 구를 태운 채 자전거를 몰던 초등학생이 할아버지를 피하 려다가 옆으로 넘어졌다. 할아버지가 다가가서 아이들에게 "괜찮니?" 물었다. 운전하던 아이가 자전거에 다시 올라타 면서 대뜸 말했다.

"됐고요, 하던 일 하세요."

그러더니 자기들끼리 키득거리며 쌩하고 달아났다. 할아 버지는 길 가다가 영문도 모른 채 봉변당한 표정이었다. 참 으로 싹수없는 꼬마들이었지만 그네들이 어찌나 고맙던지 쫓아가서 손에 들고 있던 떡볶이와 순대를 먹여주고 싶었다. 드디어 우리 코너에도 유행어란 게 생긴 건가.

또 한번은 녹화가 모두 끝나고 무대에서 세트를 정리하는데 여자 방청객 둘이 쭈뼛쭈뼛 내게 다가왔다. 그러더니 한 명이 자그마한 선물 봉투를 내게 건네고 서둘러 물러갔다. 나는 누가 볼세라 뒤쪽 바지춤에 끼워 넣었다. 나중에 화장실에서 풀어보니 초콜릿이었다. 손 글씨로 쓴 카드도 있었다.

사무엘 님의 밝은 에너지 덕분에 행복해요. 힘내세요.

내 생애 첫 팬레터였다. 호감이다 최사무엘에게도 팬이 생겼다는 사실에 가슴이 먹먹했다.

은별은 코미디언실에서 나와 같이 붙어 지냈다. 은별은 끝없이 반복되는 회의와 연습이 지겹다고 툴툴댔지만 나는 반대였다. 은별과 콤비가 되어 코미디를 한다는 사실이 마냥 좋았다. 둘이 마주 앉아 눈을 맞추고 회의를 하다 보면 주위가 화사해지면서 온도가 1도쯤 올라가는 느낌이 들었다. 가끔 은별은 아무 말도 없이 테이블에 엎드려 나를 빤히 쳐다보곤 했는데 그럴 때마다 나는 코앞에서 선풍기를 강풍으로 튼 것처럼 산소가 부족해지면서 숨쉬기가 힘들었다.

은별은 시답지 않은 내 농담에도 크게 웃었다. 그녀는 특별히 좋아했다, 송한나는 몸서리치면서 싫어하는 내 충청도 개그를. (한나는 충청도 사투리 개그 때문에 코미디언 시험에서 떨어졌다고 믿고 있다.)

"충청북도는 삼국시대 때 고구려, 백제, 신라가 서로 싸우던 격전지였어. 하룻밤 새 나라가 바뀌기도 했대. 어느 날 농부가 밭을 갈고 있는데 기마병들이 몰려오더니 물었어. '넌 어느 나라 백성이냐?' 여기서 대답을 잘해야지, 적국 이름을 대면 바로 모가지야. 충청도 농부가 말했어."

은별이 벌써부터 웃을 준비를 하고 눈을 반짝였다.

"알자녀~."

"알자녀?"

"너도 알지 않냐는 말이지. 그제야 기마병들이 '그려? 그려~' 하고 떠났대."

"알자녀~ 아하하하."

은별은 발을 동동 구르면서 온몸으로 웃었다.

무엇보다 〈심야 택시〉는 은별과 함께 낳은 우리 새끼였다. 금이야 옥이야 우리 새끼 키우면서 같이 즐거워하고 같이 슬퍼할 수 있어서 행복했다. 새벽 출근길 발걸음이 가벼웠고 심야 퇴근길이 아쉬웠다. 잠들 때 가장 마지막으로 은별이 생각났고 깨어났을 때 가장 먼저 은별이 떠올랐다.

하지만 밀월여행 같은 시간은 오래가지 않았다. 어느 순간부터 은별을 옆에서 지켜보는 게 힘들어졌다. 백해성이 새 코너를 개발하는 데 여자 역할이 필요하다며 은별에게 회의에도 참여하라고 했다. 은별은 선배의 부탁이니 어쩔 수 없다고 했는데 나는 원망의 마음이 들었다. 지금은 우리 새끼인 〈심야 택시〉에 전념해야 할 때가 아닌가. 올인해도 될동말동한데 보조 출연도 아니고 개발 단계부터 합류한다는 것을 이해할 수 없었다. 더구나 후배사랑 백해성의 코너였다. 〈록 브라더스〉가 폐지된 것이 〈심야 택시〉 때문이라고 이를 갈고 있는 선배가 은별을 계속 원한다는 것도 수상쩍었다.

"잘돼가?"

철수 형이 불쑥 물었다. 남자 동기들끼리 구내식당에서 점심을 먹고 잠시 가을볕을 쬐고 있을 때였다. 은별은 백해성의 새 코너 회의에 가고 없었다.

"별 반응은 없는데 꿋꿋이 버티고 있어."

"아니, 방송 말고 은별이랑 너랑 잘돼가냐고?"

철수 형은 내 마음을 다 안다는 듯 배시시 웃었다. 가늘게 다듬은 콧수염이 입꼬리를 따라 올라갔다. 옆에 있던 우주와 우돈도 하이에나 같은 눈빛을 반짝이며 나를 쳐다봤다.

"내 눈은 못 속여. 유 러브 은별, 롸잇?"

"어, 그, 그게……."

어떻게 대답할지 몰라 말을 더듬었다. 우돈이 손으로 내 이마를 짚더니 화들짝 놀라며 급히 떼어냈다.

"앗! 뜨거워. 너 병에 걸린 거 같아. 상사병."

철수 형과 우주가 킄킄킄 웃었다. 나는 멋쩍어서 이마를 짚어봤다. 아닌 게 아니라 평소보다 따끈했다. 철수 형이 나섰다.

"동기 사랑 나라 사랑. 돈 워리. 빌리브 미."

속마음을 들킨 게 쑥스러워서 잠자코 있었다. 철수 형이 미덥진 않았지만 속초 여행 이후 한나와 잘돼가는 눈치였기에 그 노하우가 궁금했다. 나주 촌놈이 여덟 살 나이 차에도 불구하고 어떻게 서울 깍쟁이 한나의 마음을 샀을까. 아무리 상상력을 발휘해도 풀 수 없는 수수께끼였다.

"은별이 걔, 연애 레벨 만렙이야. 너 같은 연애 햇병아리가 감당하기엔 투 머치야."

우주와 우돈이 머리를 끄덕였다. 한나는 나에 대해 너무 많은 것을 철수 형에게 알려줬다.

"우리가 도와줄게."

우주와 우돈이 동시에 말했다. 동기들 얼굴을 하나씩 돌아봤다. 장난기만 가득 찬 표정이라 믿음이 하나도 안 갔다. 철수 형 얼굴이 진지해졌다.

"이럴 때일수록 기본으로 돌아가야 해. 백 투 더 베이직."

나는 좀 더 들어보기로 했다. 언젠가 철수 형이 자기 별명이 '나주 카사노바'라고 말했던 기억이 났다. 그때는 웃어넘겼지만 지금은 지푸라기라도 잡고 싶었다.

"연애의 스타트는 스킨십이야."

스타트치고는 상당히 공격적이었다. 철수 형이 바지 주머니에서 무언가를 꺼냈다. 핸드크림이었다. 은빛 튜브 위에 핑크 꽃 그림이 새겨져 있었다. 한눈에 봐도 고급스러워 보였다.

"이게 향이 죽이지. 프랑스제 록시땅이야"

철수 형은 마개를 열더니 손등 위에 핸드크림을 짰다. 상큼한 레몬 향이 훅 올라왔다. 본격적인 시뮬레이션이 시작됐다.

"은별 앞에서 무심하게 핸드크림을 발라. 여기서 중요한 거! 이렇게 많이 짜도 되나 할 만큼 듬뿍 짜야 해."

철수 형은 양쪽 손등을 마주하고 살살 비볐다. 우주와 우돈이 키득거리며 자기들 손등을 괜스레 비볐다. 나는 철수 형의 손놀림을 하나라도 놓칠세라 초집중해서 바라봤다. 핸드크림을 너무 많이 짜서 아무리 문질러도 손등은 여전히 질퍽질퍽해 보였다. 갑자기 철수 형이 내 손목을 덥석 잡아 자기 쪽으로 끌었다.

"은별아, 남은 거 아까우니 내 거 좀 가져가."

철수 형이 코맹맹이 소리를 냈다. 아무렇지도 않게 자기 손등을 내 손등에 포개고 천천히 문질렀다.

"오오!"

우주와 우돈이 신기술이라도 접한 듯 감탄사를 연발했다.

"처음엔 장난스럽게 시작해야 해. 그래야 어색해지지 않아."

철수 형은 여유 있는 표정으로 붓질하듯 리드미컬하게 내 손등을 문질렀다. 이어서 자기 손가락을 펼치더니 내 손가락 사이로 미끄러뜨렸다. "오오옷!" 구경꾼들의 감탄사가 또 터져 나왔다. 내 손가락 사이가 자리자리하고 간지러웠다.

"장난으로 시작했지만 계속하다 보면 기분이 요상야릇해진다고. 스킨십이 그래서 무서운 거야."

막상 당해보니 묘하게 설득됐다. 철수 형의 손은 길고 섬세했다. 촉촉하고 미끌미끌한 감촉 때문인지 기분이 몽글몽글해졌다. 우주와 우돈이 내 얼굴을 쳐다봤다. 록시땅의 레몬 향에 취한 걸까, 발갛게 달아오르는 내 얼굴이 느껴졌다. 철수 형의 목소리 톤이 비장해졌다.

"타이밍과 기세! 이게 연애의 전부야. 타이밍을 낚아채서 기세로 밀어붙여!"

철수 형이 너무 비벼대서 내 손바닥이 뜨끈뜨끈했다. 연애학 강의는 계속됐다.

"이러다가 어느 순간 빡! 들어가. 웃음기 싹 빼고 진지하게 고백해. 빡!"

"빡? 어떻게?" 내가 물었다.

"어떻게? 그냥 빡! 솔직담백하게 빡! 나, 너 좋아해. 나랑 사귀자. 빡! 디 엔드."

철수 형은 계속 빡빡댔다. 이게 통할까? 한나에게도 이 수법을 썼나? 한나야 또 단순한 면이 있으니까 넘어왔더라도 은별에게도 통할지는 의문이었다. 철수 형이 내 손에 록시땅 핸드크림을 쥐여줬다.

"이거 프레젠트. 빡!"

오후에도 은별은 보이지 않았다. 나머지 동기들은 코미디언실 한쪽에서 새 코너 회의를 했다. 나는 은별이 없을 때 아이디어를 많이 만들어놓으려고 머리를 싸맸지만 별 성과는 없었다.

창밖에 노을이 거뭇해질 때 은별이 숨을 헐떡이며 나타났다. 은별이 다 같이 저녁을 먹자고 했지만 남자 동기들이 약속이 있다면서 서둘러 일어났다. 철수 형이 나가면서 나를 보고 한쪽 눈을 찡긋했다. 나는 당황해서 은별을 돌아봤다. 다행히 은별은 못 본 것 같았다.

"잘됐네. 마침 형에게 할 말이 있었는데."

여의도 빌딩 숲 사이에서 불어오는 저녁 바람이 선득했다. 은별과 나는 중국집 왕궁에 들어갔다. 프런트를 지키는 딸이 기다렸다는 듯이 물었다.

"내가 언니게요? 동생이게요? 맞히면 군만두 서비스."

지난번 짜장면 사건 이후 나는 거의 틀리지 않았다. 이번에도 동생이라는 감이 왔다. 그래서 "언니잖아요" 했다. 여자가 실망한 표정으로 자기 얼굴을 만지며 말했다.

"티 나나? 에이, 재미없다."

홀에는 손님이 별로 없었다. 우리는 구석 자리에 앉았다. 홀 옆에 있는 별실에서 왁자지껄 술에 취한 소리가 났다. 은별이 무슨 말을 할지 궁금했다. 혹시 은별도 나와 같은 마음일까? 가슴이 잠깐 설렜지만 그럴 리 없다고 서둘러 마음을 다잡았다.

우리는 짬뽕과 볶음밥을 나눠 먹으며 철수 형 이야기를 했다. 얼마 전부터 철수 형은 〈선생 안병태〉 코너에서 미국에서 온 전학생 콘셉트로 고정 출연했다. 선생님이 "너, 너 여친이랑 잘돼가?" 물으면 "I was a car"라고 답한다. 선생님이 "뭐, 뭔 소리야?" 물으면 "저 차였다고요"라는 식의 영어 말장난 코미디였다. 유치찬란하지만 철수 형 특유의 과장된 표정으로 초딩들의 인기를 끌었다.

어제 방송된 시사 프로그램에 관해서도 이야기했다. 유행어 때문에 겪는 교사의 난감한 상황이 보도됐다. 잘못한 학생을 불러내 야단치고 들여보낼라치면 아이가 돌아서면서 '니들이 고생이 많다' '궁금하면 500원' '됐고요, 하던 일 하세요' 같은 유행어를 내뱉는다고 했다. 그러면 교실은 금세 폭소에 휩싸이고 수업 분위기는 엉망이 된다며 교사는 분개했다. 선생님들껜 너무 죄송스럽지만 우린 감사할 뿐이었다. 이번 주 엘리베이터 옆 예능국 게시판에 '경축 〈코미디야〉 1위 10.1%'라고 쓴 공고문이 붙었다. 예능국은 같은 시간대 시청률 1등을 하면 프로그램 제목과 시청률을 크게 써 붙이는 전통이 있다. 〈코미디야〉 1등은 몇 년 만의 일이라고 했다. 〈심야 택시〉가 텐트 폴 역할을 하자 앞뒤 코너가 힘을 받기 시작하면서 시청률이 가파르게 올랐다.

쌍둥이 언니가 서비스 군만두를 가져와서 대화가 잠시 끊겼다. 우리 자리 옆에 있는 별실에서 티격태격 말싸움하는 소리가 들렸다. 소란스러운 와중에 은별이 내 눈을 맞추더니 조심스럽게 입을 열었다.

"나 이번에 새 시트콤 들어가게 됐어."

군만두에 목이 메어 나는 컥컥댔다.

"갑자기 그렇게 됐어. 원래 하려던 배우가 못 하게 됐대. 오늘 결정됐어."

나는 짐짓 미소를 지었다.

"잘됐네. 연기하고 싶어 했잖아. 축하해."

은별이 환하게 웃었다.

"고마워. 형에게 축하받고 싶었어."

나도 따라 웃으려 했지만 자꾸 목이 메어 물을 들이켰다. 시트콤은 평일 저녁 매일 방송된다. 야외 촬영과 대본 연습, 스튜디오 녹화를 하려면 일주일에 최소 사나흘 시간을 빼야 한다. 은별이 말을 이었다.

"윤유미 선생님도 나온대. 나 그분 연기 너무 좋아하잖아."

윤유미 씨는 50대 중반의 전천후 배우인데 연예계 마당발로 유명했다. 은별은 한껏 들떠 있었다. 우리 새끼 〈심야 택시〉는 안중에도 없는 것 같았다. 나는 마음이 복잡했지만 이 순간만큼은 쿨한 남자가 되기로 마음먹었다. 콜라를 시켜서 유리잔에 가득 따랐다.

"축하해. 시트콤 대박 내!"

"고마워, 형. 잘해볼게."

우리는 잔을 부딪쳤다. 톡 쏘는 탄산이 답답한 내 속을 조금 풀어줬다.

"근데 왜 나만 형이야? 다른 사람은 다 오빤데."

오랫동안 궁금했던 점을 장난처럼 물었다. 은별이 웃었다.

"오빠는 흔해서 별로야. 형이란 말, 여자는 잘 안 쓰잖아. 뭐랄까? 힘이 더 세 보인달까? 동지 같달까? 아무튼 특별한 사람에게만 쓴다고."

나도 모르는 새 입꼬리가 귀까지 올라갔다. 은별은 콜라잔을 비우더니 커다란 눈으로 나를 또 빤히 쳐다봤다. 나는 또 선풍기 터보 바람을 맞는 것처럼 숨쉬기가 힘들어지면서 온몸이 저릿저릿했다. 자세를 고쳐 앉다가 바지 앞주머니에서 거추장스러운 이물감을 느꼈다. 록시땅 핸드크림이었다. 할까 말까 잠시 망설였지만 타이밍은 괜찮아 보였다. 은별과 잘만 된다면 그간 품었던 서운함과 염려를 한 방에 날려 보낼 수 있다. 나는 저질러 보기로 했다.

주섬주섬 핸드크림을 꺼냈다. 불안한 마음에 철수 형이 말한 것보다 훨씬 더 많이, 손등이 반쯤 덮이도록 듬뿍 짰다. 은별이 호기심 어린 눈으로 내 손등을 쳐다봤다. 나는 록시땅 상표가 잘 보이게끔 테이블 위에 내려놓고 두 손등을 마주하고 천천히 문질렀다. 화장품은 역시 프랑스였다. 레몬 향은 고급스러웠고 감촉은 참기름을 바른 것처럼 미끌미끌했다. 잠깐의 침묵이 부담스러워 시뮬레이션할 때 없었던 말을 늘어놨다.

"가을바람에 손이 거칠어졌거든."

은별이 고개를 끄덕였다. 나는 손등을 문지르면서 곁눈

질로 은별의 손 위치를 가늠했다. 프런트에 있는 쌍둥이 언니가 자꾸 이쪽을 보는 것 같아 신경 쓰였다. 나주 카사노바가 연애는 타이밍과 기세가 전부라고 했다. 타이밍은 좋다. 문제는 기세다. 은별에게 생각할 겨를을 주지 말고 밀어붙여야 승산이 있다. 나는 숨을 한번 깊게 들이 마시고 내질렀다.

"아, 너무 많네. 내가 좀 나눠 줄게."

은별의 손을 끌어당겨 재빨리 내 손등을 겹쳤다. 그리고 철수 형 말대로 장난처럼 은별의 손등을 문질렀다. 은별의 손은 깨끗하고 야무졌다. 흘깃 그녀의 얼굴을 살피니 놀라면서도 뭔가를 느끼는 표정이었다. 나주 카사노바의 기술이 제대로 먹힌 건가! 록시땅은 은별과 나 사이의 마찰을 0으로 만들어주는 사랑의 윤활유였다. 아무 저항 없이 둘이 하나로 연결됐다는 느낌이 왔다. 용기를 얻은 나는 매끌매끌해진 은별의 손등에 내 손을 태워 미끄러뜨리면서 그녀와 깍지를 꼈다. 손가락 사이 말랑말랑한 부분이 서로 꽉 밀착되는 순간 척추를 타고 찌릿 전기가 올라 나도 모르게 움찔했다.

"형, 잠깐!"

본격적으로 비벼대려는데 은별은 후다닥 손을 거뒀다. 은별의 손이 미꾸라지처럼 쏙 빠져나갔다.

"난 손에 땀이 많아서 핸드크림 안 발라."

미처 대비하지 못한 경우의 수였다. 귀 안으로 피가 몰리면서 웅웅거리는 소리가 들렸다. 은별 옆에서 자꾸 얼쩡대는 백해성이 신경 쓰인다. 먼저 침이라도 발라놔야 한다. 나는 곧 정신 줄을 부여잡았다.

"그러지 말고 조금만 발라."

허망하게 놓친 손을 다시 잡아 오려는데 은별은 황급히 손을 뒤로 감추며 열중쉬어 자세를 취했다. 동작이 번개처럼 날랬다. 나는 뻘쭘했지만 그렇다고 중간에 멈출 수도 없어 상체를 기울이며 팔을 길게 뻗었는데 은별이 잽싸게 몸을 뒤로 뺐다. 바닥에 의자 끄는 소리가 날카로웠다. 은별은 나를 보더니 살짝 인상을 쓰고 고개를 저었다. 손등이 찐득찐득했다. 어색한 상황을 어떻게 수습해야 할지 허둥대고 있는데 철수 형의 말이 떠올랐다.

'그냥 빡! 솔직담백하게, 빡! 나, 너 좋아해. 나랑 사귀자. 빡!'

어둠 속에서 희망의 불씨가 까불까불 살아났다. 공연히 확대해석할 필요 없다. 은별은 말 그대로 손에 땀이 많을 뿐이다. 쌍둥이 언니가 나와 눈이 마주치자 눈에 힘을 줬다. 자신 있게 밀어붙이라는 응원의 눈길이었다. 은별은 어깨선을 비틀고 앉아 손끝으로 유리잔 테두리를 따라 동그라미를 그리고 있었다. 이젠 직진뿐이다. 남자는 직진. 철수 형이 말한 대로 웃음기 빼고 빡! 솔직담백하게 빡! 나는 단도직입으로 말했다.

"너한테 말할 게 있는데…… 나 너…… 웁."

은별이 자리에서 급히 일어나 손으로 내 입을 막았다.

"형, 나 지금은 방송에만 전념하고 싶어."

"……."

"어렵게 여기까지 왔잖아. 나 이 바닥에서 성공하고 싶어."

"어? 어……. 그래, 그렇지. 좋은 기회가 왔으니……."

나는 고개를 떨구고 접시 위에 남은 군만두를 바라봤다. 조금 전까지만 해도 김이 오르며 바삭했던 군만두가 윤기를 잃고 쪼그라져 있었다. 식은 군만두에 내 모습이 오버랩됐다. 은별이 내 눈치를 살피며 어색하게 웃었다.

"미안해, 형. 하지만 우린 콤비잖아."

"……콤비?"

"그래, 콤비. 요즘 〈심야 택시〉 괜찮잖아. 우리 콤비가 이거 대박 내야지."

나도 간신히 웃음을 지어 보였다.

"그래……, 대박 내야지."

창피해 죽을 것만 같은 시간이 침묵 속에 더디 흘렀다. 어색한 분위기를 풀어보려는 듯 은별이 열 오른 얼굴에 손부채질 하며 말했다.

"그런데 형, 이런 수법을 누구한데 배운 거야? 요즘에도 이런 게 통하나?"

나는 속으로 철수 형에게 전직 전도사의 욕을 퍼부으며 애먼 군만두만 꾸역꾸역 집어 먹었다.

왕궁에서 돌아오자마자 철수 형은 나를 E 스튜디오 앞으로 불러냈다. 우주와 우돈이 흥미진진한 얼굴로 나를 기다리고 있었다. 나는 왕궁에서 있었던 일을 솔직히 털어놨다.

"너는 무슨 고백을 중국집에서 해? 오 마이 헤드에이크!"

철수 형은 주먹으로 자기 이마를 망치질하며 안타까워했다.

"뭐 시켰는데?"

"짬뽕, 볶음밥. 군만두는 서비스……."

말하면서도 내가 참 한심하단 생각이 들었다. 우주와 우돈은 웃음을 참느라 혀를 깨물고 있는지 말도 제대로 못 했다. 철수 형이 다시 자기 이마를 망치질했다.

"오 마이 가스레인지. 뭘 시키느냐가 네 사랑의 사이즈야. 최소한 탕수육 사이즈는 됐어야지."

탕수육은 철수 형의 최애 메뉴다. 하지만 탕수육은커녕 유산슬, 팔보채, 깐풍기 세트 사이즈였어도 달라질 건 없었을 것이다. 나주 카사노바 좋아하네, 나주 연애 고자 주제에. AA형 건전지 사이즈를 봤을 때부터 알아챘어야 했다. 낙담하는 내 얼굴을 보더니 철수 형이 히죽 웃었다.

"아유, 이 귀여운 햇병아리를 어쩌냐. 돈 워리. 내게 다음 플랜이 있어. 여자의 질투심을 이용하는……."

"됐고요, 하던 일 하세요. 오늘 있었던 일은 제발 좀 비밀로 해줘."

절대 지키지 않을 거란 걸 알면서도 동기들에게 당부했

다. 나는 엉덩이를 털고 일어나서 코미디언실로 향했다. 록시땅 핸드크림을 쓰레기통에 처넣었다.

고시원으로 돌아와 침대로 다이빙했다. 하루 종일 롤러코스터를 탄 기분이었다. 영혼까지 탈탈 털려버렸다. 베개에 얼굴을 파묻고 엎드렸다. 몸은 쉬고 싶었지만 머리는 팽팽 돌아갔다. 왕궁에서 있었던 모든 과정을 초 단위로 잘라서 복기했다. 어디서부터 틀어진 걸까? 타이밍이 안 좋았나? 와인이라도 한 잔 시켜야 했나? 그렇다고 결과가 달라졌을까?

몸을 옆으로 돌려 베개를 가슴에 꼭 끌어안았다. 분명히 은별도 내게 관심이 있었다. 내가 들어도 안 웃긴 내 개그에 배를 잡고 웃었고 가끔 아무 말도 안 하고 나를 빤히 쳐다봤다. 분명히 눈으로 이렇게 말하는 것 같았다.

'무엘이 형! 뭘 망설여? 나도 형 좋아해. 어서 고백해. 사랑한다고!'

자세를 다시 바꿔 무릎을 꿇고 머리를 베개에 파묻었다. 옆방에서 야릇한 소리가 들렸다. 옆방 공시생이 또 야동을 보는 모양이다. 나는 오른쪽 다리를 뒤로 높이 뻗어 반동을 이용해 벽을 쿵 찼다. 야동 소리는 금세 사라졌다. 베갯잇에서 큼큼한 냄새가 올라왔다. 마음 한구석이 짠해오면서 내 처지가 딱하기만 했다. 역시 호감이다 최사무엘인가? 사랑받을 자격도 없는 건가? 그래, 어차피 내 인연이 아니었다. 그냥 좋은 동기로 지내자. 나는 앞으로 다시는 사랑을 못 할 것이다. 다른 여자는 아무 의미가 없으니까. 눈가가 달아올랐다.

몸을 뒤척여 베개를 무릎 사이에 끼고 벽을 보고 누웠다. 콤비? 사랑하지 않으니까 콤비라고? 콤비 따원 개나 줘버려. 그동안 왜 그렇게 잘해줬어? 잔잔한 내 마음에 왜 돌팔매질을 했냐구? 선수네, 선수야. 요조숙녀 조은별 맞네.

다시 자세를 바꿔 이번엔 천장을 보고 팔다리를 쭉 벌려 불가사리 자세로 누웠다. 몸은 늘어졌고 머릿속은 북적북적했다. 옆방에서 우당탕탕 무언가 넘어지는 소리가 났고 공시생의 신음이 들렸다. 가지가지 한다. 그러고 보면 옆방 공시생도 참 불쌍했다. 세 평도 채 안 되는 공간에서 24시간 지내다 보면 제정신 간수하기도 쉽지 않겠지.

휴대폰 진동 소리에 퍼뜩 깼다. 형광등도 끄지 않고 깜박 잠들었던 모양이다.

"형, 지금 여기 올 수 있어. 로마 알지?"

요조숙녀 조은별의 긴장한 목소리가 흘러나왔다. 새벽 2시가 가까운 시간이었다. 이 시각에 은별이 로마엔 왜? 날 퇴짜놓더니 지금까지 술 마시며 놀았나? 나는 비늘처럼 말라붙은 눈물 자국을 손으로 만져보면서 몸을 뒤척였다. 내뱉는 내 목소리가 곱지 않았다.

"왜?"

은별이 대답하기도 전에 뭔가 깨지는 소리와 함께 다른

290

여자의 비명이 들렸다. 정신이 번쩍 들었다.

"지금 갈게."

나는 옷을 대충 걸치고 서둘러 고시원을 나왔다. 애인 사이는 아니지만 아직까진 우린 콤비다. 콤비는 언제나 같은 편이어야 한다. 새벽바람은 찼고 택시는 잡히지 않았다. 관자놀이가 팔딱팔딱 뛰는 소리가 들렸다.

룸 가라오케 로마에 도착해서 은별이 알려준 방을 찾아 미로 같은 복도를 헤맸다. 구석방 열린 문 사이로 매니저로 보이는 남자와 짧은 스커트 차림의 여자 뒷모습이 보였다. 바닥에 주저앉은 웨이터 한 명이 양손으로 머리를 감싸고 있었다. 손가락 사이로 피가 배어나온 타월이 보였다. 나는 마음이 급해졌다.

룸에는 은별 말고도 세 남자가 더 있었다. 백해성과 그의 충견 조환, 그리고 처음 보는 남자. 검정 테이블 위에는 양주병과 맥주병이 뒹굴고 안주가 너저분하게 흐트러져 있었다. 일행이 더 있었던 것 같다. 테이블 위에 엎드린 조환이나 소파에 양팔을 벌린 채 널브러진 백해성이나 둘 다 술에 절어 있었다. 낯선 남자는 맞은편에서 담배를 피우며 누군가와 통화하고 있었다. 백해성 쪽으로 돌아앉은 은별의 뒷모습이 보였다. 백해성의 다문 입술 사이로 피가 질질 새어나왔다. 내가 허겁지겁 들이닥치자 조환이 머리를 들었다.

"너어 뭐어야?"

혀가 꼬인 말투였다. 백해성이 감았던 눈을 떴다. 알코올 때문에 충혈됐지만 눈빛은 짐승처럼 번뜩였다. 테이블에는 끄트머리가 깨져나간 유리컵이 보였다. 무슨 일이 있었는지 알 수 없지만 백해성은 기선을 제압하려고 유리컵을 씹곤 한다는 얘기를 들은 적이 있다.

"너 왜 왔어?"

백해성이 우물우물 말할 때마다 피범벅이 된 입안이 선명히 보였다. 나는 방 안의 상황에 압도되어 입을 뗄 수조차 없었다. 은별이 끼어들었다.

"제가 불렀어요. 병원이라도 가야 될 거 같아서."

은별의 눈가가 젖어 있었다. 백해성은 내 쪽으로 팔을 들더니 나가라는 손짓을 했다.

"꺼져."

그가 바닥에 침을 뱉었다. 한 모금의 피가 같이 나왔다. 은별이 물수건으로 백해성의 입을 닦았다. 낯선 남자가 방 안의 소란 따위는 아무렇지도 않다는 듯 내게 관심을 보였다. 담배를 짓이겨 끄더니 명함을 건넸다. S 스포츠 신문 연예부 기자였다. 마흔 줄로 보이는 외모에 눈매가 날카로웠다. 백해성이 비아냥거리며 나를 소개했다.

"이 새끼가 최사무엘이야. 얼굴이 비호감이야."

기자는 맞은편 백해성을 보고 표정을 일그러뜨리며 고개를 저었다.

"근데……"

백해성이 내 눈을 쳐다봤다.

"넌 언제 웃길래?"

백해성이 새빨간 입을 길게 벌리며 키득키득 웃었다. 순간 누군가 내 심장을 잡아 비트는 것 같은 통증을 느꼈다. 나는 성큼성큼 다가가 은별의 손목을 움켜잡았다.

"나가자!"

은별이 놀란 눈으로 나를 돌아봤다.

"백 선배 병원에 데려가야 해."

불러낼 때는 언제고 이제 와서 백해성을 위하는 꼴이 맘에 들지 않았다. 나도 모르게 바락 소리를 질렀다.

"그걸 왜 네가 하는데! 넌 왜 여기 있는데!"

은별은 손목이 잡힌 채 나와 백해성을 번갈아 바라보며 어쩔 줄 몰라 했다. 백해성이 머리를 번쩍 들었다.

"너희 뭐 하나? 〈심야 택시〉 찍냐? 야! 너 무엇이. 〈심야 택시〉 원래 내 아이디어야. 제목까지 똑같아. 그걸 너희 연놈이 도둑질한 거야. 원래 내 꺼였다고!"

백해성이 나중에는 악을 썼다. 은별은 고개를 가로저었다.

"형, 아냐. 선배가 먼저 말하기는 했지만 내용은 달라. 귀신 분장 같은 건 애초에 없었어."

"존나 어이없네. 그건 니가 일부러 바꾼 거고. 택시 기사와 여자 승객 얘긴 다 똑같잖아. 이게 어디서 약을 팔고 지랄이야."

은별이 헉! 소리와 함께 바닥으로 쓰러졌다. 백해성이 주

먹으로 은별의 옆구리를 가격했다. 그는 격투기 선수 출신
이다. 스치기만 해도 파괴력은 엄청나다. 나는 은별을 부축
해서 문 쪽으로 피신시켰다. 이 소란 속에서도 기자는 꿈적
하지도 않고 자기 자리에서 양주를 온더록스로 만들어 마
셨다. 백해성이 비틀거리며 소파에서 일어섰다.

"씨발, 너 무엘이. 이 방 나가는 순간, 너는 죽음이야."

백해성의 후환 따윈 두렵지 않았다. 나는 서슴없이 은별
을 끌어안다시피 해서 문을 나가려 했다.

"저 비호감 새끼가!"

유리잔이 붕 소리와 함께 내 귀 옆을 지나 출입문에 부딪
혀 산산조각이 났다. 놀라서 고개를 돌렸을 때 백해성은 이
미 테이블을 밟고 뛰어올라 플라잉니킥으로 날아오고 있
었다. 그의 무릎이 무쇠 해머처럼 보이면서 내 명치로 내려
꽂히는 궤적이 생생하게 그려졌다. 공포감에 짓눌린 나는
질끈 눈을 감았다. 다음 순간 상상도 못 한 일이 벌어졌다.
축 늘어져 있던 은별이 나를 옆으로 밀쳐내고 몸을 오른쪽
으로 틀더니 왼발을 축으로 삼아 빠르게 회전했다. 백해성
의 니킥을 피하면서 은별은 허리를 비틀어 강력한 탄력을
만들고 오른발을 백해성의 가슴을 향해 폭발하듯 뻗었다.
우직! 하는 묵직한 소리가 방 안을 울렸다. 백해성은 달려
들었던 방향으로 다시 날아가 바닥에 그대로 나자빠졌다.
다리, 엉덩이, 상체로 하나의 직선을 만들었던 은별은 곧바
로 무릎을 접어 발을 회수하고 균형을 잡았다. 공인 태권도

4단의 옆차기가 제대로 먹혔다. 남자 기자는 눈앞에서 벌어진 일을 보고 히죽 웃었다. 흉골을 정확히 가격당한 백해성은 비틀거리며 일어나려다가 제풀에 다시 쓰러졌다.

우리는 서둘러 로마를 빠져나왔다. 은별은 취해 있었고 뒤늦게 두려움에 떨었다. 나는 서둘러 택시를 잡고 은별을 밀어 넣었다. 은별이 두 손으로 얼굴을 가리고 흐느꼈다.

"모두 다 내 잘못이야. 내가 다 망친 거야."

내 왼뺨이 따끔거려 만져보니 피가 묻어났다. 유리잔이 깨지면서 파편이 만든 상처였다. 나는 자세한 사정도 모르면서 은별에게 말했다.

"괜찮아. 네 생각만큼 엉망은 아냐. 다 괜찮아질 거야."

내 말이 위로됐는지 은별은 고개를 끄덕이며 숨을 골랐다. 차창 밖에서 은행잎이 눈보라처럼 사납게 날렸다.

택시에서 내려 신촌 기차역 건너편 언덕배기를 올랐다. 저층 빌라들이 골목길을 따라 울퉁줄퉁 들어차 있었다. 오르막길을 힘들어하는 은별을 겁 없이 업었는데 보기보다 무거웠다.

은별이 살고 있는 원룸은 아늑하고 좋은 향기가 났다. 짙은 파란색 커튼과 창가에 놓인 아글라오네마 화분이 방 안에 평온함을 더했다. 은별은 패딩만 벗고 그대로 침대 위로 쓰러졌다. 나는 가쁜 숨을 몰아쉬며 물끄러미 서 있다가 침대 옆에 있는 의자에 앉았다. 은별이 잠드는 것까지 보고 돌아갈 생각이었다.

침대 맞은편 벽에 붙어 있는 영화 포스터가 보였다. 몇 년 전에 개봉해서 나도 본 영화였다. 여자 주인공이 앤젤리나 졸리였다. 졸리는 은별의 별명일 뿐만 아니라 롤 모델인 모양이다. 영화에서 졸리와 남자 주인공은 경쟁 조직의 전문 킬러인데 첫눈에 반해 사랑에 빠진다. 그리고 부부가 합심해서 두 킬러 조직을 상대로 싸운다. 남자 주인공은 바로 브래드 피트. 은별은 내가 브래드 피트를 닮았다고 했었다. 나는 침대 위에 잠든 은별을 내려봤다. 베개 위에 부드럽게 흩어진 머리카락 사이로 곤히 잠든 은별의 얼굴이 보였다. 졸리처럼 이목구비가 뚜렷했지만 은별에겐 부드럽고 섬세한 라인이 아울러 있었다. 은별이 살며시 눈을 떴다. 나를 보더니 희미한 미소를 띠었다. 마음이 좀 진정된 것 같았다. 은별은 몸을 옆으로 돌리며 침대 위에 공간을 만들었다.

"형, 피곤할 텐데 여기 같이 누워."

"그, 그래도 되나?"

목소리가 갈라져 나와서 당황했다. 나는 잠시 망설이다가 외투를 입은 채 엉덩이부터 침대에 걸치고 몸을 뉘었다. 은별의 들큼하고 고소한 체취가 코로 들어왔다. 은별을 처음 봤을 때부터 났던 그 향기는 내 고향 청양의 들판 냄새와 닮았다.

"형, 우리 자자."

누우면 저절로 눈을 감는 인형처럼 은별의 큰 눈이 스르륵 감겼다.

"어? 어, 그래."

나도 얼른 눈을 감았다. 전두엽 안 뉴런들이 바빠졌다. 이 상황을 어떻게 해석해야 할지 갈피를 못 잡았다. 눈꺼풀을 가느스름하게 열어보니 은별은 벌써 잠들었다. 조금 벌어진 도톰한 입술이 눈에 들어왔다. 촉촉한 꽃잎처럼 싱그럽고 잘 익은 체리처럼 탐스러워 보였다. 나주 돌팔이 카사노바 철수 형이 아쉬웠다. '같이 누워' '우리 자자'라고 말한 은별의 속내를 어떻게든 해석해주고 행동 지침을 내려줄텐데. 다음 순간 나주 카사노바의 말이 내 머릿속에 메아리처럼 울렸다.

'연애의 스타트는 스킨십이야.'

소 자 수염을 매만지며 여유롭게 웃고 있는 나주 카사노바의 얼굴이 떠올랐다. 나는 한 번 더 그에게 기회를 주기로 했다. 똥볼도 자주 차면 가끔 골이 되기도 한다.

나는 은별이 깨지 않게끔 가만히 몸을 돌려 천천히, 아주 아주 천천히 은별의 입술을 향해 다가갔다. 먹이를 향해 살금살금 촉수를 뻗는 오징어처럼, 슈퍼 슬로비디오로 움직이는 달팽이처럼 얼굴을 초속 1밀리미터의 속도로 전진시켰다. 얼마의 시간이 흘렀을까, 벌에 쏘인 듯 부풀어 오른 은별의 입술이 코앞으로 다가왔다. 은별이 내쉬는 숨에 코가 간질간질했다. 코와 코가 부딪히는 불상사를 반복하지 않고자 얼굴 각도를 45도 옆으로 틀었다. 이제 마지막 결단의 순간만 남았다. 나도 모르게 침을 삼켰다.

꿀깍.

깜짝 놀랄 만큼 큰 소리가 났다.

크크크큭.

은별이 웃음을 터뜨렸다. 은별이 눈을 떴다.

"아하하하. 형, 왜 이렇게 웃겨?"

난 도둑질하다 들킨 것처럼 후다닥 뒤로 물러났다.

"형, 우리 너무 힘든 하루였잖아. 오늘은 우리 잠만 자요."

은별은 몸을 동그랗게 말며 또 한 번 크게 웃더니 천장을
향해 몸을 바로 뉘었다.

"어, 그래, 나도 그러려고 했어."

나도 은별을 따라 몸을 바로 누이고 두 손을 얌전히 배꼽
위에 올렸다. 외투를 입어서인지 등과 이마에 땀이 찼다.
얼마 안 가 창밖이 부유스레 밝아왔다. 날 샜다.

졸리

    철수 형이 없어도 코미디의 영광 공연은 계속됐다. 분위기는 가라앉고 객석은 여전히 썰렁하지만 젊은 크루들은 그들의 개그를 꿋꿋하게 무대 위에서 펼쳤다. 나는 오전 운행으로 근무 형태가 바뀌어서 일찌감치 코미디의 영광에 도착했다. 한나가 나를 반겼고 우리는 나란히 앉아 공연을 봤다. 한나는 철수 형의 죽음에도 놀랄 만큼 의연했다. 교포 출신 여자 코미디언의 개그에 한나는 깔깔깔 아이처럼 웃었다. 마음이 놓이면서도 뭉클했다.

    우돈과 우주는 공연이 끝날 즈음에 들어왔다. 우리는 한번 해보기로 했다. 18년 전에 사인한 계약서야 철없을 때 저지른 장난으로 치부하고 무시할 수 있었지만 철수 형의 유언까지 모른 척할 수는 없었다.

며칠째 클럽에 모여 머리를 짜냈지만 뾰족한 아이디어는 나오지 않았다. 코미디를 떠난 지도 까마득하거니와 그동안 먹고살기 급급해 코미디 무대와 담쌓고 지냈다. 갑자기 대중을 웃기겠다고 달려들었지만 이미 녹슨 머리는 아무리 애를 써도 돌아가지 않았다. 장례식이란 제한도 있었다. 고인의 죽음을 추모하는 자리에서 어디까지 웃고 까불지 경계선을 긋기가 애매했다.

크루들이 떠났다. 무대의 불이 꺼지고 우리가 모여 있는 바 카운터 쪽에만 조명이 떨어졌다. 한나가 카운터 건너편에서 하이볼을 만들어 우리에게 돌렸다. 투명한 유리잔 안에서 갈색 액체가 살아 있는 생물처럼 얼음 조각을 타고 움직였다. 한나의 하이볼 레시피가 내 입맛에 맞았다. 위스키의 스모키한 향에 더해 탄산수의 달콤하고 청량한 풍미가 입안에 퍼졌다. 한나가 "최 도사, 술 좀 늘었네" 하고 웃더니 하이볼 한 잔을 더 만들었다. 우돈과 우주도 덩달아 잔을 비웠다.

"뜬금없지만 궁금한 게 있어."

나는 올라오는 취기에 기대 한나에게 물었다.

"철수 형이랑은 무슨 일이 있었던 거야. 그때 속초에서? 너 철수 형 싫어했잖아."

"맞다! 속초 갔다 와서 둘이 급친해졌지."

우주가 안경을 추어올리며 옛 기억을 더듬었다. 한나는 대답 대신 선반에서 새로운 위스키를 한 병 꺼냈다. 왕실의

문장처럼 보이는 고풍스러운 무늬가 양각으로 새겨져 있었다. 한나가 칵테일을 만들었다. 손놀림이 자연스러우면서도 야무졌다. 계량컵을 쓸 것도 없이 눈대중으로 위스키를 따르더니 탄산수와 이름 모를 액체를 첨가했다. "이건 내 비밀 소스야." 한나는 마지막으로 레몬 조각을 비틀어 향을 더하고 민트 잎을 살포시 띄워 우리에게 건넸다. 철수 형의 상중이라 우리는 건배는 생략하고 칵테일을 맛봤다. 한나도 한 모금 가볍게 마시더니 입을 열었다.

"조금만 취해서 살면 인생은 축제래."

노르웨이의 한 의사가 혈중 알코올을 0.05%로 유지하면 삶이 유쾌해지고 창의적이 된다는 가설을 내놓았다고 한다. 그의 가설이 적어도 내겐 통했다. 술 몇 잔에 음악 소리가 크게 들리고 주위가 화사한 파스텔 톤으로 바뀌었다. 웃을 때 드러나는 한나의 가지런한 치아와 동그랗게 접히는 눈매가 귀여웠다.

"그해 귀신의 집 기억나?"

한나가 철수 형과의 연애 이야기를 시작했다.

"난 처녀 귀신이었는데 캐비닛 안에 숨어 있어야 했거든. 난 그게 너무 무서웠어."

그동안 까맣게 잊고 지냈던 기억이 새록새록 돋아났다. 그때 그랬다. 손님이 들어올 때까지 귀신들은 각자의 자리를 지키고 기다려야 했다.

"내가 너무 무서워하니까 철수 오빠가 같이 있어 줬어."

"캐비닛 안에?"

한나가 웃음을 머금고 고개를 끄덕였다. 혈중알코올농도가 0.05%를 이미 넘어선 우리는 수다스러워졌다. "진짜? 천하의 송한나가 거기서 넘어갔구나." "캐비닛에서 역사가 이뤄졌네." "철수 형, 나주 카사노바 맞네." 몸이 풍선처럼 가벼워지는 느낌이 들었다. 발을 바닥에서 떼면 천장까지 붕 떠오를 것 같았다. 칵테일 잔을 마저 비우고 한나에게 물었다.

"도대체 캐비닛 속에서 무슨 일이 있었던 거야? 낱낱이, 하나도 빠뜨리지 말고, 자세히 다 털어놔."

말하면서 내 목소리가 점점 커진다는 것을 느꼈다. "다 불어." "무슨 나쁜 짓 했어?" 우돈과 우주도 맞장구쳤다.

"그게…… 너무 웃겨. 하하하."

한나가 말하다 말고 웃음을 터뜨렸다.

"철수 오빠가 내 손에 갑자기 핸드크림을 바르는 거야. 한여름에 더워 죽겠는데."

"록시땅 핸드크림!" 내가 손가락질하며 외치자 한나의 눈이 동그래졌다.

"그걸 어떻게 알아?"

"그게 통했다고?" "진짜?" 우돈과 우주도 믿을 수 없다는 듯 고개를 저었다.

"너무 귀엽잖아. 땀은 나고 손은 찐득찐득 해지는데 오빠는 계속 내 손만 문지르는 거야. 수줍어하면서."

"우와, 상상돼, 상상돼."

우돈이 몸을 부르르 떨며 손을 마주 비볐다. 우주가 보챘다.

"그래서? 그래서?"

"그래서? 내가 그냥 확 덮쳤어."

한나가 커다란 제스처로 키스하는 시늉을 했다. 남자를 덮치는 건 한나의 특기다. 우리 남자들은 소리를 지르며 배가 아리도록 웃었다. 몇 잔의 술이 우리를 18년 전 속초 바닷가 귀신의 집으로 데려다줬다. 냉방도 시원찮은 어두컴컴한 곳에서 마냥 손님을 기다리는 귀신들, 캐비닛 안에 숨죽이고 숨어 있는 남녀, 처녀 귀신의 손을 마냥 조몰락거리고 있는 달뜬 좀비의 얼굴. 혜실혜실 웃는 그의 표정을 보면서 내 입꼬리도 덩달아 올라갔다.

누군가 클럽 문을 열고 들어오는 소리가 들렸다. 우리는 출입문을 돌아봤다. 공연은 이미 끝났는데……. 까만 실루엣이 먼저 보이고 이어서 옆에 있는 여행 가방이 눈에 들어왔다. 우주가 손을 들어 인사했다.

"어서 와, 졸리."

12월은 시상식의 달이다. 한 해를 정리하면서 각종 영화제와 가요제 등 다양한 이름의 시상식이 개최된다. T 방송국은 매년 12월 29일부터 그해 최고의 엔터테이너를 뽑는 연예대상, 연기대상, 가요대상을 사흘 연달아 생방송 한다.

은별은 연예대상에서 여자 신인상 부문 후보에 올랐다. 다른 상과 달리 신인상은 데뷔한 해에만 받을 수 있는, 평생에 한 번만 받을 수 있는 특별한 상이다. 벌써부터 은별이 상을 받을 거란 소문이 돌았다. 〈코미디야〉와 시트콤에서의 활약이 눈에 띄었고 위에서 밀어준다는 말도 있었다.

반면 나는 남자 신인상 후보에 못 올랐다. 〈심야 택시〉 코너는 떴지만 그 열매는 오롯이 은별 차지였다. 아무리 은별을 받쳐주는 역할이라 해도 내게 돌아오는 혜택은 보잘것 없었다. 뒤따라오면서 "웃겨봐, 웃겨봐" 하고 조르는 동네 꼬마들, 마트에서 아는 체하며 등짝을 때리는 아주머니들, 식당에서 가끔 서비스로 받는 음료수, 딱 거기까지였다. 코미디언이 되면 자동으로 굴러 들어올 줄 알았던 돈과 인기는 요리조리 나를 기막히게 피해 달아났다.

남자 신인상 후보에 오른 나우주에게 축하한다고 말했지만 속은 쓰렸다. 신인상 수상까지는 아니더라도 후보 자격은 나도 충분하다고 생각했다. 나에 대한, 나와 다른 사람의 평가는 깜짝 놀랄 만큼 달랐다. 〈심야 택시〉의 성공에 취해서 자뻑에 빠졌던 걸까. 하지만 〈코미디야〉 시청률이 두 자릿수로 오르고 동 시간대 1등을 유지하는 것은 누가 봐도 〈심야 택시〉 덕분이다. 우주도 선배들의 코너에 불려 나가서 얼굴을 자주 내밀었지만 여태껏 자기 코너 하나 못 만들었다. 신인상 다른 후보 역시 마찬가지였다. 버라이어티 프로그램에서 얼굴마담 역할을 하는 어린 배우, 음악프로 MC를 맡은 아이돌 가수, 시트콤 장르에 처음 도전했다는 명목으로 후보에 오른 중견 탤런트, 백번 양보해서 생각해도 나만큼 활약이 두드러지진 않았다. 후보 선발하는 절차는 알 수 없지만 공정하고는 거리가 멀어 보였다. 출신 배경이란 높은 벽, 배우 프리미엄과 코미디언 디스카운트, 대형기획사의 입김……. 냉엄한 엔터 세계의 벽을 절감했다. 이런 불공정거래에 분개하는 사람은 나 혼자였다. 다른 선배나 동기는 모르는 건지 아니면 알고도 모르는 척하는 건지 신경조차 쓰지 않았다. 유일하게 한나만 내 마음을 알아줬다.

"이런 거지 같은 경우가 어딨어? 남자 신인상은 당연히 최 도산데. 딴 놈들이 한 게 뭐가 있어?"

빈말이라도 한나가 고마웠다. 늦은 저녁 3층 매점에는 한나와 나 둘뿐이었다.

"맘 풀어. 어차피 누가 탈지 처음부터 다 정해졌어."

한나는 연예대상 작가에게 들었다면서 나머지 후보들은 들러리고 남자 신인상은 시트콤에 출연 중인 중견 탤런트가 받게 돼 있다고 했다. 소속사 대표가 예능국장과 이미 딜을 마쳤다고 했다.

"최 도사, 아직도 몰라? 방송국도 진작에 공정하고 권위 있는 시상식은 포기했어. 그보다는 잔치 분위기를 원하는 거야."

한나가 마약 김밥을 이쑤시개로 찍어 먹으며 말했다.

"상을 최대한 많이 만들고 또 공동 수상으로 막 퍼주는 거야. 권위가 있든 없든 상이란 게 일단 받으면 기분 좋잖아. 출연자들 가오 살려주고, A급 연예인이랑 대형기획사들 삐지지 않게 챙겨주는 거지. 최 도사, 김밥 좀 먹어."

한나의 설명도 위로가 되진 않았다. 류 감독, 백발마녀, 예능국장에 대한 배신감에 속이 쓰렸다. 후보에 내 이름 하나 올리는 게 그렇게 어려운가. 한 해 동안 7시 출근 11시 퇴근하면서 궂은일 도맡아 했고 대박 코너를 띄웠다. 내 공

로를, 아니 그에 앞서 코미디언으로서 최사무엘의 존재를
인정받고 싶었다.

"너희 코너 괜찮은 거지?"

한나가 김밥을 하나 내밀며 뜬금없이 물었다. 내가 이해
하지 못하는 표정을 짓자 한나가 말했다.

"요즘 〈심야 택시〉 완전 노잼. 에너지가 하나도 없어. 너
도 느끼지?"

가슴이 덜컥 내려앉았다. 〈심야 택시〉는 여전히 잘나갔
고 '됐고요, 하던 일 하세요'는 올해의 유행어, 동시에 학부
모가 제일 싫어하는 유행어로 뽑혀 뉴스에도 나왔다. 하지
만 요즘 들어 지겹고 식상하다는 반응이 코미디 갤러리에
자주 올라왔다. 시청자의 눈은 생각보다 날카로웠다.

이번 주 검사받을 때도 류 감독은 까칠하게 나왔다.

"안 들려? 너희 코너 물 빠지는 소리? 이럴 거면 때려치
워! 너희 없어도 돼."

나는 은별의 눈치를 살폈다. 말없이 고개만 주억거리고
있었다. 류 감독의 목소리가 높아졌다.

"이걸로 방송하겠다고? 너희 쪽팔리지도 않냐? 정신 똑
바로 차려. 잘나갈 때가 제일 위험한 때야."

류 감독은 내용을 전부 엎고 다시 짜라고 했다. 검사를
통과하지 못하면 큐시트에서 빼겠다고 선언했다. 나는 류
감독의 질타가 내심 반가웠다. 내가 못 했던 말을 류 감독
이 대신해줘서 후련했다. 더 가혹하게 혼내주지 않아 아쉽

기까지 했다.

코미디언실로 돌아와서 은별과 나는 한참 동안 아무 말도 안 했다. 회의하고 있던 동기들이 우리를 돌아봤다. 테이블 위에 흐트러져 있는 신문에 은별이 나온 광고가 보였다. 은별은 얼마 전 국내 굴지의 베이커리 회사에서 만든 크리스마스 케이크 지면 광고를 찍었다. 광고 속에서 은별은 산타 복장을 하고 아이스크림 케이크를 든 채 활짝 웃고 있었다. 류 감독 말대로 우리 코너는 진작부터 물이 빠지기 시작했다. 그 시작점은 시트콤에서 은별의 연기가 호평을 받으면서 그녀가 일주일에 나흘씩 시트콤 촬영에 매달릴 때부터였다. 베이커리 광고를 찍자 연말 행사 진행을 맡아달라는 섭외 전화도 폭주하는 눈치였다. 류 감독의 허락을 받았지만 은별이 코미디언실에 나오지 않는 날이 늘었고 선배들의 눈 밖에 나기 시작했다. 선배들은 더 이상 자기 코너에 은별을 부르지 않았다.

〈심야 택시〉가 누구 아이디어인가에 대한 논쟁은 시간이 지나면서 잦아들었지만 백해성은 자기 아이디어를 도둑맞았다는 말을 여기저기 끈질기게 퍼뜨리고 다녔다. 은별의 인기 때문인지 선배들이 집합을 거는 일도 뜸해졌다. 백해성은 로마에서 녹다운당한 일이 창피한지 입을 다물었고 적어도 앞에서는 은별을 괴롭히지 않았다. 나는 은별에게 서운한 게 많았지만 말을 아꼈다. 내가 은별의 인기를 시기하는 건 아닐까, 내 고백이 거절당한 것에 대해 어쭙잖은 자존심을 세우고 있는 건 아닐까, 스스로 엄격한 잣대를 들이댔다. 하지만 이제 말해야 할 타이밍이 왔다고 생각했다.

"너 어쩌려고 그래?"

은별이 고개를 들었다.

"우리 코너 회의 제대로 해본 지가 언제야?"

동기들이 눈치를 보며 자리를 피해줬다.

"너는 시트콤도 있고 광고도 찍고 여기저기 불러주는 곳이 많겠지. 넌 어차피 연기할 거니까 코미디야 그냥 거쳐가는 징검다리일지 몰라도 난 아니거든. 난 이게 전부야. 코미디가 없으면 난 아무것도 아냐. 그래서 난 여기에 모든 걸 걸었어."

내 목소리가 떨려 나왔다. 바깥에서 보면 〈심야 택시〉는 여전히 잘나가고 동기끼리 호흡도 잘 맞는 것처럼 보이지만 속사정은 달랐다. 은별이 바빠지면서 아이디어 회의는 커녕 만나서 연습할 시간도 없었다. 내가 짠 내용을 서너 번 맞춰보고 류 감독에게 검사받고, 내가 수정하고 바로 녹화에 들어갔다. 5분짜리 코너에 일주일 온전히 매달려도 될까 말까인데 상황이 이러니 〈심야 택시〉가 제대로 돌아갈 리 없었다. 누구보다 당사자인 우리가 먼저 느끼고 있었다. 〈심야 택시〉 운행이 정지될 때가 머지않았다는 사실을. 내친김에 나는 하고 싶은 말을 다 쏟아냈다.

"우리 콤비라며? 콤비가 뭐 이래? 자기밖에 모르는데 무슨 콤비야? 이렇게 이기적인 콤비도 있나?"

말해놓고 나는 후회했다. 말재간이 없다 보니 표현이 거칠어졌고 인신공격까지 나왔다. 은별은 눈을 내리깔고 말을 더듬었다.

"형, 내, 내가 잘할게. 회의할 시간도 내볼게."

은별의 말을 하나도 믿지 않았다. 은별의 속내는 누구보다 내가 잘 꿰뚫고 있다. 시간을 얼마나 쪼개서 바지런히 살고 있는지, 주위의 시기와 질투에 얼마나 힘들어하는지, 내게 항상 미안해하고 있다는 것도 잘 안다. 하지만 머리로 아는 것과 가슴으로 느끼는 것은 다른 문제였다. 은별의 옅은 갈색 눈동자를 보면서 원망과 미안한 마음이 같이 들었다.

겨울은 스캔들의 계절이다. 연말연시에 셀럽들의 행사가 많아지면서 음주 운전, 열애, 이혼, 마약 같은 예기치 못한 사건들이 터진다. 프로야구가 끝나고 가판 판매량이 급감한 스포츠신문들은 그동안 쟁여놨던 연예인 스캔들을 하나씩 꺼내 보도한다. 외부 조직이 전략적으로 스캔들을 터뜨리는 경우도 있다. 기업인이나 정치인들의 이슈를 덮고 국민의 관심을 돌리는 데 연예인 스캔들만한 게 없다. 뉴스에서는 미국에서 시작된 글로벌 금융위기로 우리 국민 살림살이가 팍팍해지면서 이번 겨울은 어느 때보다 가혹하고 길 거라고 연일 떠들었다. 사회 분위기가 우울할수록 연예계 스캔들에 대한 대중의 관심은 병적으로 높아진다. 가장 먼저 S 스포츠 신문이 특종을 터뜨렸다.

아침에 출근했을 때 남자 동기들이 소파에 모여 앉아 있었다. 하나같이 벌겋게 달아오른 표정으로 봐서 뭔가 제대로 터진 모양이었다. 아직 담요를 몸에 친친 감고 있던 우주가 S 스포츠 신문을 들이밀었다. 빨간 박스 바탕에 새겨진 커다란 제목이 눈에 들어왔다.

하룻밤에 수천만 원? 연예인 스폰서 적발

나는 앉지도 못하고 가방을 어깨에 멘 채 기사를 읽어 내려갔다. 제목만큼 내용도 자극적이었다. 연예인 10여 명이 벤처 사업가, 종합병원 원장, 대기업 임원 등으로부터 수천만 원대의 금품을 받고 지속해서 잠자리를 가졌다. 검찰이 일부 연예인들을 소환해서 조사까지 마쳤지만 구체적으로 누구인지는 알려지지 않았다고 보도했다. 하지만 기자는 모델 출신 배우 A 씨, 미인대회 출신 배우 B 씨 등이 유력하다며 이니셜로 이름을 표기했다. 기자 이름이 낯익었다. 윤탄 기자. 룸 가라오케 로마에서 만났던 기자였다.

"문제는……."

우주가 목소리를 낮췄다. 우주는 몇 달째 코미디언실에서 숙식을 해결하다 보니 방송국에 떠도는 이런저런 가십에 빠끔했다. 지난주에는 유부남 남자 배우가 스무 살 어린 아이돌 여가수와 데이트하는 사진을 연예 기자보다 먼저 확보해서 우리에게 보여줬다.

"아직 보도되지 않았지만 윤유미 씨가 마담뚜 역할을 했다는 거야."

마담뚜라면 중개료를 챙기면서 연예인들과 스폰서를 연결하게 해주는 브로커를 뜻한다. 윤유미 씨는 은별이 출연하는 시트콤에서 할머니 역할을 맡은 배우다. 은별은 평소 존경하던 윤유미 씨와 같이 연기해서 좋다는 이야기를 한 적이 있다. 우주는 안경을 올려 쓰더니 마른 입술을 핥으며 말했다.

"어젯밤부터 예능국 난리 났어. 시트콤 바로 막 내릴 수 있대."

"윤유미 씨, 이번 연예대상 여자 최우수상 후보야."

우돈이 끼어들었다. 연예대상 생방송이 사흘 앞이다. 철수 형이 넋두리하듯 중얼댔다.

"후보 명단까지 다 발표했는데……. 디재스터급 쓰나미가 밀려오겠네."

나는 예능국이나 시트콤에는 아무 관심이 없었고 은별이 걱정됐다.

"우주야, 근데 그 얘긴 어디서?"

"조연출한테. 〈연예 특종〉 PD가 말했대."

연예 정보 프로그램 PD의 말이라면 신빙성이 높다.

"지금 보도국까지 나서서 후속 기사를 막고 있대."

우주의 말에 우돈이 고개를 가로저었다.

"못 막을걸. 요즘 우리 방송국하고 S 신문하고 사사건건 각 세우는 거 몰라? 우리 엿 먹이려고 작정하고 달려들었을걸."

S 신문은 S 스포츠의 모회사이며 막강한 언론 재벌이다. 은별은 이 소식을 알고나 있을까. 오늘 시트콤 야외 촬영이 있다며 저녁 연습 시간에 맞춰 방송국에 들어온다고 했다.

우주가 새로운 소식을 전했다.

"내년엔 코미디언 공채도 없대."

"오 마이 갓끈. 말도 안 돼."

철수 형이 머리를 쥐어뜯으며 소파에 쓰러졌다. 얼마 전 백발마녀는 내년 봄으로 선발 시기를 미뤘다고 했지만 결국 안 뽑기로 한 모양이었다. 시청률도 죽 쓰고 돈도 못 벌어오는 코미디 프로가 방송국의 애물단지가 된 지 이미 오래다. 세상 돌아가는 게 더 코미디 같고 정치인이 코미디언보다 훨씬 웃기는데 누가 코미디를 보겠는가. 방송국은 이참에 코미디 프로를 아예 고사시킬 작정인 듯했다. 후배를 받아서 막내 신세를 벗을 날만 손꼽으며 기다렸던 우리는 신병훈련소에 재입소하는 것처럼 절망했다. 내년에도 7시까지 출근해서 선배들 몸종 노릇을 하는 건가. 열이 뻗치는지 우돈이 땀을 주르륵 흘리며 말했다.

"간이 알코올을 부르네. 〈코미디야〉 1등 하잖아. 뭐가 문제야?"

우주가 고개를 저었다.

"이젠 시청률은 안 따져. 한계이익을 얼마나 남기냐가 중요해."

"우리 프로, 광고 꽤 붙지 않나?"

방송 시작할 때 전 CM이 많이 붙었던 기억이 나서 내가 물었다. 우주가 다시 해설했다.

"그거 다 서비스 광고야. 공짜로 붙여주는 거. 다른 프로에 광고해주면 서비스로 우리 프로 앞에 거저 붙여주는 거지."

철수 형이 소파에 누운 채 자조하듯 웅얼댔다.

"오 마이 가스레인지. 허구한 날 선배들 서비스하는 것도 헬인데 프로그램도 서비스만 하고 앉았네."

이번 연예대상에 우리 동기들이 한 무대에 선다. 물론 주인공은 우리가 아니다. 올해 대상 후보자가 모두 다섯인데 각자 특별 퍼포먼스 무대를 하나씩 선보이기로 했다. 우리 동기들은 김은구 선배의 백댄서로 나선다. 모두 여장을 하고 올해 최고의 히트곡 중 하나인 손담비의 〈미쳤어〉에 맞춰 춤을 추기로 했다.

저녁 연습 시간에 맞춰 동기들과 2층 무용연습실로 내려갔다. 우리끼리 이미 일주일 넘게 연습했고 김 선배와는 오늘 처음으로 맞추는 셈이다. 연예대상 작가와 코디네이터 그리고 안무 선생이 우릴 기다리고 있었다.

"은별이는?"

우돈의 질문에 나는 머리를 가로저었다.

"시트콤 촬영이 안 끝났나 봐. 전화도 안 받네."

동기들 표정이 와락 구겨졌다. 그간 쌓인 게 많았는지 돌아가면서 한마디씩 했다.

"은별이, 이쯤 되면 막 나가자는 거지?"

"치킨 광고도 찍었다며? 광고 찍을 시간은 있고 연습할 시간은 없는 거야?"

"야야, 아픈 애한테 너무 뭐라 하지 마. 쉬 이즈 씩. 병에 걸렸잖아. 배우병."

철수 형 말에 자기들끼리 킥킥대며 웃었다. 은별이 없을 때 이런 말이 오가는 게 불편해서 내가 나섰다.

"무슨 말을 그렇게 해? 촬영이 안 끝나서 못 오는 거잖아."

우주가 정색하며 반박했다.

"우리 말이 틀려? 자기 혼자 잘나가는 거까지는 좋아. 하지만 남한테 피해 주면 안 되지. 은별이 이번 주 연습 계속 빠졌잖아. 선배 오기 전에 우리끼리 한 번도 못 맞춰보게 됐어."

나는 할 말이 없었다. 나 역시 같은 생각이었기에. 우리 동기뿐만이 아니었다. 인기 좀 얻었다고 건방져졌다며 은별을 벼르고 있는 여자 선배들도 많았다.

은별을 빼고 연습하기로 하고 코디가 준비한 옷을 입었다. 빨간 반짝이 원피스와 비닐 바지였다. 우돈의 엉덩이 부분이 당장이라도 찢어질 것 같아 코디가 당황했다. 우리는 높이가 꽤 되는 통굽 펌프스를 신고 안무 선생의 지도에 맞춰 최종 연습을 했다.

김 선배가 매니저와 함께 나타났다. 나는 벌떡 일어나다

가 중심을 잃고 허우적거렸다. 대선배에게 우리는 배꼽인
사를 드렸다. 김 선배는 술을 걸쳤는지 불콰하게 물든 얼굴
이었다.

"늦어서 미안합니다."

선배를 직접 만나는 것은 처음이었다. T 방송 공채 1기인
김은구 선배는 오랜 무명 시절을 거쳐 정상의 자리에 오른
입지전적인 코미디언이다. 지금은 자기 이름을 건 토크쇼를
포함해 다섯 개가 넘는 프로그램에서 MC를 꿰차고 있다.

"아, 왜 나한테 이런 걸 시켜. 상도 안 준다면서."

들어올 때부터 그의 얼굴에 짜증이 서려 있었다.

"야! 이걸 입으라고? 박 감독 지금 어딨어? 가서 얘기해.
나 이거 못 입어."

김 선배는 코디가 전해준 터틀넥 민소매 니트와 스커트
를 바닥에 던졌다. 연예대상 작가가 웃음을 장착하고 얼른
다가가 김 선배를 다독였다. 우리는 쭈뼛거리며 구석에 섰
다. 은별의 휴대폰은 여전히 응답이 없었다. 여자 신인상도
받겠다, 광고도 찍었겠다, 이런 연습 정도는 가볍게 제칠
수 있다고 여기는 건가. 연습하는 우리는 다 쩌리인가. 속
이 부글부글 끓었다.

이번에는 안무 선생이 김 선배에게 상냥하게 말을 걸었다.

"영상은 보셨어요? 이거 어렵지 않아요."

그녀는 까만색 플라스틱 의자를 가져오더니 등받이를 앞
쪽으로 돌리고 김 선배와 마주 앉았다. 손담비의 〈미쳤어〉

는 섹시한 의자 춤이 포인트다. 김 선배가 버럭 소리를 질렀다.

"안 한다니까. 나 안 해! 못 해!"

안무 선생이 기겁하고 물러났다. 작가가 휴대폰을 들고 다가왔다.

"선배님, 감독님이 통화하고 싶어 하셔요."

작가는 코미디언도 아니면서 김은구를 선배님이라고 불렀다. 김 선배는 휴대폰을 건네받더니 대뜸 소리부터 질렀다.

"박 감독, 나한테 이러면 안 돼. 대상 안 줄 거잖아? 들러리 서는 것도 쪽팔린데."

'형님' '죄송해요' '내년엔 꼭' 수화기 너머로 쩔쩔매며 통사정하는 연예대상 PD의 목소리가 뜨문뜨문 들렸다. 김 선배의 목소리가 조금씩 누그러졌다. 한참 만에 전화를 끊더니 오늘은 짧게 연습하고 생방송 날 다시 맞추자고 했다.

김 선배가 의상을 갈아입고 나오자, 작가와 코디는 너무 잘 어울린다며 배를 잡고 웃었다. 예정보다 세 시간 늦게 연습에 들어갔다. 김 선배는 한 번도 연습을 안 한 게 틀림없었다. 안무를 전혀 몰랐고 가르쳐줘도 동작이 안 나오고 매번 박자를 놓쳤다. 김 선배는 자기가 틀려놓고 남에게 짜증을 냈다. 그럼에도 안무 선생은 연신 웃으면서 잘한다고 칭찬했다. 우리는 의자 춤을 추는 선배 주위를 돌면서 군무를 펼쳤다. 갑자기 선배가 음악을 멈추라고 하더니 철수 형을 가리켰다.

"너! 너무 나댄다. 네가 튀니까 내가 죽잖아."

철수 형은 얼굴이 벌게져서 시선을 떨어뜨렸다.

"너희들 다 뒤로 가. 앞에서 얼쩡거리지 말고."

안무 선생이 즉각 우리를 뒤로 밀어냈다.

까칠하기로 악명 높은 김 선배는 듣던 것보다 더 무례하고 제멋대로였다. 그의 개차반 같은 성질머리에 왈칵 화가 치밀면서도 나는 그가 부러웠다. 뒤에서 욕할망정 앞에서는 모든 사람이 간, 쓸개라도 다 빼줄 것처럼 알랑방귀 뀐다. 하나도 안 웃긴데 모두 뒤집어질 듯 웃는다. 연출 팀이 준비한 구성을 깡그리 무시하고 자기 성질대로 해도 PD들은 그를 섭외하려고 줄 선다. 나도 의자에 앉아서 춤추고 싶었다. 백댄서나 엑스트라가 아니라 한 번이라도 무대의 주인공이 돼보고 싶었다. 나는 영혼 없이 연습 시간을 때웠다.

코미디언실로 돌아왔을 때 은별에게서 전화가 왔다.

"야외 촬영이 늦어졌어. 녹화 중이라 휴대폰 끄고 있었어."

차라리 딴짓하느라 못 받았다고 하면 원망이라도 할 텐데 녹화 때문이었다니 화를 낼 수도 없어서 더 분했다. 내 말은 곱지 않았다.

"문자 보낼 짬도 없었냐?"

"무엘이 형……."

은별은 날 부르고 아무 말이 없었다. 나는 윤유미 씨 소문을 알려주고 너는 괜찮냐고 안부를 묻고 싶었지만 꿀꺽 말을 삼켰다.

"형, 미안해. 일이 좀 생겼어."

은별은 조금 울먹이는 것 같았다. 숨소리는 거칠고 목소리는 떨렸다. 내가 모르는 일들이 은별 주위에서 벌어지고 있었다. 나는 더 이상 은별의 일에 엮이고 싶지 않아 캐묻지 않았다. 통화를 마치면서 내일 일찍 와서 김 선배 공연을 같이 연습하자고 했더니 은별은 〈미쳤어〉 공연에서 빠지기로 했다며 연예대상 팀과 이미 얘기를 끝냈다고 했다.

"그걸 왜 이제 말해?"

나는 벌컥 화를 내고 전화를 끊었다. 머릿속이 와글거렸다.

연예대상

은별은 고개를 젖히고 빌딩 숲을 올려다봤다. 여의도에 가보고 싶다고 해서 이곳에 같이 왔다. T 방송국이 상암동으로 옮긴 지 10여 년이 지났다. 옛 방송국 자리에 지금은 오피스텔과 사무용 빌딩이 들어서 있다. 길 건너편 공영 주차장 자리에는 백화점과 금융센터 건물이 높이 솟아 있다. 은별은 낯선 땅에 떨어진 이방인처럼 말했다.

"어디가 어딘지 하나도 모르겠어."

은별을 찾아낸 건 우주의 아내였다. 생각보다 간단한 방법이 있었다. LA 포스트에 실렸던 소방서를 직접 찾아가서 은별의 연락처를 알아냈다. 철수 형이 죽은 다음 날이었다. 은별은 LA 코리아타운에 있는 H 마트에서 캐셔로 일하면서 태권도 사범 아르바이트를 하며 지냈다. 우주의 아내를 만나자 제일 먼저 내 안부를 물었다고 한다. 철수 형의 죽음을 알리자 은별은 장례식에 참여하겠다며 서울행 비행기표를 끊었다.

우주는 남자 동기들에게 시치미를 떼고 은별을 코미디의 영광으로 불렀다. 우주 부부의 서프라이즈 이벤트는 성공했다. 은별이 나타났을 때 우리는 유령이라도 본 것처럼 뇌 정지 상태가 왔다.

"어이, 잘 지냈어?"

은별은 마치 며칠 만에 만난 친구처럼 스스럼없이 물었다.

우리는 커피를 테이크아웃해서 플라타너스 아래 드리워진 그늘을 따라 걸었다. 언제나 생기발랄하고 에너지 넘쳤던 은별은 이제 성숙하고 차분한 중년의 여인이 됐다. 이마와 입가에 잔잔한 주름이 졌고 도드라진 광대와 마른 볼은 얼굴 윤곽을 더 뚜렷하게 만들었다. 아직 난 싱글로 지낸다고 하자 은별은 놀라지도 않고 자기도 싱글이라고 답했다. 내가 못 믿는 표정을 짓자 싱글은 맞는데 싱글 어게인, 돌싱이라며 웃었다. 큰 입을 벌려 순박하게 웃는 모습이 예전의 은별 그대로였다. 은별은 걸음을 멈추고 스마트폰에서 사진 한 장을 띄웠다. 남자 꼬마가 팔베개하고 잔디밭에 누워 있다. 갈색 곱슬머리와 파란 눈은 낯설지만 웃는 모습은 은별을 쏙 빼닮았다. 중학교 1학년인 아이는 학교 수영선수라고 했다. 은별을 닮았다면 운동에 소질이 있을 것이다.

우리는 길을 건너려고 잠시 멈췄다. 이마에 땀이 배어났다. 나는 후, 하고 숨을 골랐다.

"그때 우리 참 힘든 시간을 보냈어. 그렇게까지 하지 않아도 됐는데."

은별이 표정을 감추려는 듯 고개를 숙이더니 운동화 코를 바닥에 콕콕 찧으며 말했다.

"시간이 약이라잖아. 시간이 다 해결해주더라."

은별은 나보다 훨씬 강하다. 내 시간은 아무것도 해결해주지 않았다.

"우리가 한때 코미디언이었다는 거. 꿈같지 않니?"

은별은 나를 보고 빙긋 웃었다. 그 미소가 건강해 보였다.

"형, 세월이 흘렀어도 우린 여전히 코미디언으로 살고 있잖아."

그 말이 별로 마음에 와닿지 않았다.

"실패한 코미디언으로? 난 사는 게 그다지 즐겁지 않아. 그냥 비극의 연속 같아."

은별은 내가 무슨 말을 하는지 안다는 듯 고개를 주억거리며 말했다.

"천국에는 코미디가 존재하지 않는대. 코미디의 원천은 기쁨이 아니라 슬픔이니까."

은별의 말은 적잖이 위로가 됐다. 슬픔이 코미디의 원천이라면 나는 괜찮은 코미디언이다. 그리고 지난 시간 계속 코미디언으로 살았던 거다. 내가 사랑하는 코미디를 하면서.

"철수 형 장례식 얘기 들었지? 너도 같이 할거지?"

"당연하지. 동기 사랑 나라 사랑."

그늘 밖으로 나오자 한여름의 열기가 파도처럼 우리 몸을 휘감았다.

철수 형의 장례식 소식은 인터넷에서 빠르게 퍼졌다. 한나는 부고를 따로 내지 않고 다만 코미디의 영광 SNS 계정에 철수 형의 죽음을 알리고 장례식을 코미디 공연으로 치른다는 소식을 전했다. 그때까지만 해도 무명 코미디언의 죽음이 안타깝다거나 장례식이 기대된다는 댓글이 몇 개 달렸을 뿐이었다. 무료 공연이었지만 장례식에 대한 문의는 거의 없었다. 하지만 어디에서부터 정보가 샜는지 18년 전에 고인과 맺은 약속 때문에 T 방송국 18기 코미디언들이 다시 뭉친다는 사실이 알려졌다. 장난같이 만들었던 계약서 사진도 공개됐다. 영화에나 나올 법한 스토리텔링의 힘은 셌다. 어느 순간 코미디의 영광 SNS 계정 방문자 수가 수직 상승했다. 인플루언서들은 '세상에서 가장 슬프고도 웃기는 장례식'이라며 자신의 피드에 부지런히 퍼 날랐다. 철수 형의 '오 마이 갓' 3종 세트가 밈과 쇼츠로 재가공돼 인터넷에 퍼졌다. 관객용으로 남겨뒀던 입장권은 금세 동났고 당근마켓에서 수만 원에 거래된다는 기사가 났다. 김철수가 살아 있을 땐 아무 관심도 없던 사람들은 정작 그가 죽자 시대를 앞서간 코미디언을 잃었다며 호들갑을 떨었다.

연예대상 시상식 날, 잔뜩 찌푸린 하늘 아래 먹구름이 낮게 깔려 있었다. 공개홀은 세트 마무리 작업과 리허설로 분주했다. 생방송은 밤 9시 메인 뉴스가 끝나고 시작한다. 오후에 김 선배와 함께 〈미쳤어〉 드라이 리허설을 마쳤다. 선배는 계속 툴툴거렸지만 그새 안무를 모두 외웠고 웃음 포인트를 머릿속에 다 짜 왔다. 구경하던 스태프들이 폭소를 터뜨리자 선배의 표정이 풀렸다.

한나가 잠깐 보자고 했을 때 불길한 생각이 설핏 스쳤다. 우리는 바이올린 켜는 여자 청동상 옆에 앉아 채광창을 올려다봤다. 함박눈이 빙글빙글 유영하면서 떨어지고 있었다.

"은별이 아직 안 나왔지?"

"몸이 안 좋다고 저녁에 나온댔어."

한나가 후, 하며 숨을 고르더니 손에 들고 있던 S 스포츠 신문을 펼쳤다.

"이거 내일 자 가판이야."

불길한 예감은 지독하리만큼 잘 맞았다. 한나가 말을 이었다.

"지금 시트콤 팀이랑 연예대상 팀 폭탄 맞았어."

지난번 기사에 대한 윤탄 기자의 후속 보도였다. T 방송 보도국까지 동원됐다더니 결국 막지 못했다. 기자는 단독 보도라며 브로커 역할을 한 여배우로 Y 씨를 지목했다. 우주의 말대로라면 연예대상 여자 최우수상 후보인 윤유미 씨다. 타이밍이 절묘했다. 기사는 계속 이어졌다. 스폰서를 접대한 연예인으로 A 씨, B 씨에 이어 C 씨를 추가했다. 그러면서 Y 씨와 C 씨는 같은 시트콤에 출연 중이라고 밝혔다. 이때까지도 나는 사태 파악을 제대로 못 했다.

"C 씨가……?"

한나와 눈이 마주치는 순간 깨달았다. C가 누굴 가리키는 이니셜인지. 등골을 타고 한기가 흘러내렸다.

은별의 전화는 꺼져 있었다. 신문에 보도까지 됐으니 지금쯤 모든 언론사 기자들로부터 전화가 폭주할 것이다. 나는 방송국을 나와 택시 정류장으로 달렸다. 흩날리는 눈발이 내 얼굴을 사정없이 때렸다. 거리를 지나는데 가판대에 S 스포츠가 가득 꽂혀 있었다. 나는 신문을 몽땅 사서 쓰레기통에 처넣었다.

택시에서 내려 신촌의 빌라촌 언덕길을 올랐다. 세단 한 대가 눈 덮인 경사길에서 오도 가도 못 하며 헛바퀴만 돌리고 있었다. 은별의 집이 있는 건물로 들어가 초인종을 눌러도 대답이 없었다. 빌라 밖으로 나오니 저녁 어스름이 초콜릿 색깔 커튼처럼 낮게 내려와 있었다. 은별의 집 창문을 확인했지만, 인기척이 없었다. 아무 대책도 없이 무턱대고 이곳까지 달려왔다. 내가 해줄 것은 없지만 은별 곁에 그냥 있어 주고 싶었다.

건물로 다시 들어가 은별의 집 앞 계단에 쪼그리고 앉았다. 층계참 쪽창으로 함박눈이 쏟아지는 모습이 보였다. 벽에 기대어 잠바 지퍼를 끝까지 올리고 눈을 감았다. 숨을 쉴 때마다 입에서 하얀 김이 나왔다.

휴대폰 진동에 선잠에서 깨어났다. 쪽창 밖이 깜깜했다. 콘크리트 바닥의 냉기에 엉덩이가 시렸다. 한나가 보낸 문자를 확인했다.

[어디? 연예대상 후보 바꿨대. 윤유미, 조은별 둘 다 아웃. 지금 플레이백 다시 만들고 난리.]

나는 답장도 하지 않고 자리에서 일어났다. 다시 초인종을 계속 눌러봤지만 반응이 없었다. 앞집에 살고 있는 남자가 문을 열고 나를 노려봤다. 나는 어쩔 도리가 없어 건물을 나왔다. 카메라 리허설 시간에 맞추려면 돌아가야 했다. 언덕길을 내려가다가 은별이 사는 방 창문을 무심코 돌아봤는데 희미한 불빛이 보였다.

"은별아, 조은별! 문 열어. 안에 있는 거 다 알아."

나는 빌라로 돌아와 철제문을 세차게 두드렸다. 앞집 남자가 뛰어나와 적당히 좀 하라며 경찰을 부르겠다고 소리질렀다. 나는 남자에게 연신 사과하면서도 쉬지 않고 문을 두드렸다. 잠시 후 안에서 인기척이 나더니 문이 빼꼼히 열렸다.

은별의 눈은 많이 부었고 목덜미와 어깻죽지는 땀으로 흥건했다. 열이 오르는지 얼굴이 발갛게 달아올라 있었다. 이마를 만져보니 핫팩처럼 뜨거웠다.

"형, 나 이제 어떡해?"

은별의 입술이 부르르 떨렸다. 눈가에 고였던 눈물이 볼을 타고 흘러내려 턱 끝으로 방울져 떨어졌다. 나는 은별에게 화가 나 있었다. 무얼 하고 다니기에 이런 얼토당토않은 기사가 났는지, 또 백해성과 사귄다는 소문은 어디까지 사실인지 따져 묻고 싶었다. 연기한다고, 광고 찍는다고, 코미디는 안중에도 없더니 쌤통이라는 마음도 들었다.

하지만 겁에 질린 은별의 눈을 보는 순간 나는 그녀를 꼭 안았다. 모든 게 의미 없다고 생각했다. 전부 거짓이라고 믿지만 또 사실이면 어떠랴. 지금은 그런 것들이 중요하고 전부인 것처럼 보이지만 시간이 지나고 나면 모두 헛짓거리에 불과했음을 알게 되리라. 사소하고 중요하지 않은 것들 때문에 가장 소중한 것을 잃고 싶지 않았다. 어떤 잘못을 저질렀더라도 나는 은별 편에 서고 싶었다. 은별은 이를 마주치며 덜덜 떨었다.

"난 그런 자리인 줄 모르고 나갔어. 바로 나오려고 했지만 윤 선생님이 강권해서……. 한 번 나간 거, 그게 전부야."

"믿어. 너를 믿어."

나는 은별의 머리를 감싸고 뒷머리를 쓰다듬었다. 은별이 흐느끼며 도리질 쳤다.

"모두 거짓말이야. 난 돈도 안 받았고 아무 일도 없었어."

"괜찮아. 괜찮아. 다 괜찮아질 거야."

말을 하면서도 자신이 없었다. 기자들은 진실을 말해도 귀를 막고 자기가 듣고 싶은 말만 들을 것이다. 처음부터 자기가 쓰고 싶었던 대로, 사실을 말하면서 거짓말을 쓸 것이다.

해열제를 찾아 먹이고 은별을 침대에 눕혔다. 형광등 대신 침대 머리맡에 있는 취침등을 켰다. 오렌지색 불빛에 은별의 젖은 머리카락이 부딪혀 반짝였다. 그림자 진 얼굴 윤곽이 도드라져 보였다. 나는 베개 높이를 조절한 다음, 마른 수건으로 땀을 닦아줬다. 은별은 내가 하는 대로 가만히 있었다. 수건을 미지근한 물에 적셔 은별의 이마에 올리자 은별이 갈라진 입술을 벌리며 미소 지었다. 나는 침대 옆에 앉아 은별의 서늘한 손을 내 두 손으로 감쌌다.

동기들에게서 전화가 왔지만 받지 않았다. 카메라 리허설은 이미 시작됐다. 생방송 때까지는 돌아갈 테니 연예대상 팀에게 적당히 둘러대라고 문자를 보냈다.

벽에는 여전히 앤젤리나 졸리와 브래드 피트의 영화 포스터가 붙어 있었다. 둘은 등을 맞댄 채 서로를 속이고 있지만 나중에는 한 팀이 되어 적과 싸운다. 두 배우는 이 영화를 찍고 실제로 결혼했다. 은별과 나도 한 팀으로 모든 어려움을 헤치고 나아가 해피 엔딩으로 끝맺고 싶었다.

은별은 옆으로 누워 잠들었다. 살짝 들린 코와 벌어진 입술에서 숨소리가 규칙적으로 흘러나왔다. 곤히 잠든 은별 옆을 살며시 빠져나왔다. 내일 아침에 다시 오겠다는 메모를 남기고 서둘러 은별의 집을 나섰다.

방송국으로 돌아가는 택시를 탔을 때 라디오에서 9시 메인 뉴스가 끝나가고 있었다. 기온이 떨어지면서 도로가 빙판이 돼 차들이 기어다녔다. 될 대로 되라는 심정으로 등을 시트에 기대고 잠바에 두 손을 찔러 넣었다. 눈을 감고 시간을 헤아려봤다. 선배들 뒤치다꺼리는 동기들이 대신해줄 것이고 김은구 선배 퍼포먼스는 다행히 2부 첫 순서라 아직 여유가 있었다. 손끝에 날카로운 감촉이 느껴졌다. 꺼내보니 명함이었다. 로마에서 받았던 S 스포츠 윤탄 기자의 명함. 이번 연예인 스폰서 스캔들을 터뜨린 기자였다. 명함에 나와 있는 번호로 전화를 걸었다. 신호가 몇 번 갔고 뜻밖에도 쉽게 통화가 연결됐다.

"……."

전화를 받고서도 상대는 아무 말을 안 했다. 내가 서둘러 입을 열었다.

"윤 기자님."

"누구세요?"

굵은 바리톤 음색이 흘러나왔다. 여러 소음이 섞여 주위가 시끄러웠다. 술이라도 마시는 모양이었다.

"최사무엘입니다. 기억나세요? 여의도 로마에서 뵀잖아요. 백해성 선배랑."

"……무슨 일로?"

윤탄은 나를 기억했다. 휴대폰을 쥔 내 손이 부들부들 떨렸다. 내 안에 이런 분노가 쌓여 있었는지 미처 몰랐다. 나는 목소리를 누그러뜨렸다. 코미디 공식에 따라 먼저 바닥을 깔았다.

"선배님, 잘 지내셨죠?"

나는 그를 선배님이라고 불렀다.

"……."

윤탄은 경계를 풀지 않았다. 귀에 익은 록 음악이 들렸다.

"선배님, 오늘 특종 대박이에요. 지금 우리 방송국 난리 났어요."

"……."

"윤유미, 조은별, 후보에서 다 내렸어요. 선배님 기사 한 방에 다 날아갔어요. 하하하."

"아, 그래? 그렇게까지 할 필요는 없는데……."

윤탄은 말은 그렇게 하면서도 자기가 쓴 기사의 파괴력에 우쭐하는 뉘앙스를 풍겼다.

"그런데 무슨 일로?"

윤탄이 관심을 보였다. 아직 생방송 전이었다. 괜찮은 기삿거리가 저절로 굴러올 수 있다고 기대하는 눈치였다.

"선배님, 오늘 연예대상 누가 타는지 아세요?"

"누군데?"

대상은 워낙 예민한 문제라 담당 CP와 PD만 알고 있다. 극비인 만큼 발표 전에 대상 수상자를 예측하는 기사를 쓴다면 임팩트는 클 것이다. 물론 누가 대상을 탈지 나도 모른다. 하지만 다섯 후보 중 확실히 대상을 못 타는 한 사람은 안다. 김은구 선배. 같이 연습 하면서 담당 PD와 통화하는 내용을 똑똑히 들었다. 담당 PD가 죄송하다며 내년을 기약하자고 사죄했었다.

"김은구 선배가 타요."

"……."

의외라고 생각하는 눈치였다. 나는 서둘러 취재원을 밝혔다.

"연예대상 PD가 통화하는 걸 제가 옆에서 들었어요."

"하긴, T 방송 프로를 세 개나 하니까 기여도는 있지. 근데 왜……?"

왜 이런 기밀을 자진 납세하냐는 질문이었다.

"선배님, 잘 부탁드립니다. 저 잊지 말아주세요."

나도 모르게 머리를 꾸벅 숙였다. 택시 기사가 룸미러로 나를 쳐다봤다. 윤탄은 헛웃음 쳤다.

"그래, 좋은 거 하나 써줄게. 조만간 밥이나 먹자."

"네, 선배님. 감사합니다."

나는 다시 머리 숙여 인사했다. 바닥은 단단히 깔았다. 이제 반전의 시간이다.

"근데 선배님, 한 가지 궁금한 게……."

나는 이게 통할까 하는 마음으로 미끼를 하나 던졌다.

"백 선배는 자기가 제일 먼저 알았다고 하던데…… 조은별이 스폰서랑 그 짓 하고 다닌다는 거요. 진짜예요?"

사람은 누구나 자기가 알고 있는 것을 남에게 이야기하고 싶어 한다. 특히 자기가 우월하다고 생각할 때 그것을 증명하고자 스스럼없이 속내를 보여준다. 술에 취했는지 아니면 제보에 대한 보답인지, 윤탄은 의심 없이 덥석 미끼를 물었다.

"맞아, 해성이가 기사를 술술 불러주더라. 로마 사건 이후 그 애 죽이겠다고 벼르고 있었거든. 그 애는 좀 억울할 거야. 걔는 잠도 안 자고 돈도 못 받았어."

모든 게 백해성과 윤탄의 조작극이었다. 나는 치밀어 오르는 울분을 삼키고 마지막으로 물었다.

"……근데 왜 그렇게 쓰셨어요? 조은별은 아니라면서요?"

윤탄은 잠시 머뭇대다가 말을 이었다. 주변 소음이 심해서 목소리가 저절로 커졌다.

"사무엘이라고 했지? 내 말 잘 새겨들어. 이 바닥에선 사실인지 거짓인지는 하나도 안 중요해. 중요한 건 대중이 어

떤 것을 믿고 싶어 하느냐야. 그걸 말해줄 취재원만 찾으면
돼. 취재원이 불러주는 대로 기사 쓰고 취재원만 보호하면
끝이야. 내가 책임질 건 하나도 없지……."

윤탄은 주절주절 계속 말을 늘어놨지만 더 이상 귀에 들
어오지 않았다. 나는 인사도 없이 전화를 끊었다.

김은구 선배의 무대에 대한 반응은 폭발적이었다. 금발
가발을 쓰고 빨간 비닐 원피스에 하이힐을 신고 나오자 공
개홀이 후끈 달아올랐다. 프로는 달랐다. 관객들의 환호에
도 선배는 적당히 오버하지 않으면서도 보여줄 건 제대로
다 보여줬다. 요염하면서도 우아하게, 유쾌하면서도 경박
하지 않게 의자 춤을 췄다. 시청자들을 밀고 당기며 끝까지
눈을 뗄 수 없게 만들었다. 나는 백댄서로 춤을 추면서 그
의 노련한 무대매너에 감탄했다.

공연을 마치고 우리는 대기실로 돌아왔다. 무대에서 퇴
장하면 자연스럽게 대기실로 이어지는 동선이었다. 한나의
문자가 와 있었다.

[너희 무대 대박! 너 넘 웃겼음.]

한나는 이제 나를 최 도사도 아니고 너라고 불렀다. 아예
맞먹을 작정인가 보다. 이어서 문자가 하나 더 왔다.

[S 스포츠 오지다. 연예대상 김은구라고 인터넷에 올렸네. 미친
거 아냐? 남의 잔치에 완전 개매너. 그리고 이거 오보 확실.]

대기실에 있는 모니터에서 생방송이 중계되고 있었다.

남자 우수상 시상이 진행 중이었다. 쟁쟁한 후보들을 제치고 백해성이 상을 받았다. 놀란 표정의 백해성이 화면에 잡혔고 주변에 있던 코미디언들이 일어서며 환호했다. 선후배에게 축하받고 무대로 올라가는 그를 스테디캠이 따라가며 찍었다. 옆에 있던 철수 형이 목소리를 낮췄다.

"이건 탑 시크릿인데, 류 감독이 백 선배 밀었대."

아마도 한나에게 들었으리라. 언젠가 한나가 비밀이라며 말했다. 백해성의 출연료는 류 감독 접대비로 다 나간다고. 그래서 류 감독이 백해성을 무조건 챙긴다고. 청렴결백 류태성은 코미디언들과 술 마시러 다니고 명절에는 공공연하게 선물을 밝힌다고 했다. 백해성은 수상 소감을 말하면서 자신에겐 아버지가 둘 있는데 한 분은 낳아주신 아버지이고 또 한 분은 자신을 코미디의 길로 이끌어준 류 감독이라고 했다. 고개를 끄덕이며 감격하는 동료 코미디언의 리액션도 카메라에 잡혔다.

동기들과 옷을 갈아입고 공개홀로 돌아가려는데 백해성이 조찬과 함께 들어왔다. 꽃다발이 품 안에 가득했고 별 모양의 트로피를 한 손에 들고 있었다. 조찬이 귀엣말을 하자 백해성이 얼굴이 붉히며 큰 소리로 웃었다.

"선배님, 축하드립니다."

우리 동기들이 허리를 굽혔다. 나만 인사하지 않았다. 백해성의 눈빛에 순간 노여움이 비쳤지만 곧 사람 좋은 미소를 지었다. 조찬이 떨떠름한 표정으로 내게 다가서는 걸 백해성이 손으로 막았다. 백 선배의 매니저가 꽃다발과 트로피를 가져갔다. 백해성과 조환이 다시 공개홀로 들어가려고 우리 앞을 지나갔다.

"왜 그랬어요?"

내가 큰 소리로 물었다. 백해성이 나를 돌아봤다. 눈에서 푸른 광채가 번뜩였다. "너, 왜 그래?" 우돈이 내 팔을 잡아끌었다. 나는 더 목청을 높였다.

"은별이한테 왜 그랬어요?"

"너, 돌았냐?" 조환이 눈을 부라리며 주먹으로 내 어깨를 쳤다. 나는 잠시 비틀거렸지만 다시 몸을 꼿꼿이 세우고 백해성을 노려보며 악을 썼다.

"왜 기자한테 거짓말했어요? 은별이 아니란 거 다 알았잖아요?"

우돈과 우주가 화들짝 놀라 나를 끌어당겼다. "미친놈" 하면서 조환이 달려들려 하자 백해성이 나섰다.

"가만있어봐."

"선배님, 참으세요. 얘가 지금 정신이…… 억!"

말리던 철수 형이 비명과 함께 배를 잡고 바닥을 굴렀다. 우돈과 우주가 급히 철수 형을 챙겼다. 백해성이 내 앞으로 다가왔다. 흰자위를 희번덕거리는 큰 눈이 공포스러웠다. 나는 떨지 않으려고 어금니를 악물었다. 더 이상 참고 싶지 않았다. 선배고 코미디언 수칙이고 다 될대로 되라는 마음이었다. 백해성이 피식 웃더니 손으로 턱을 문질렀다. 손이 맹수의 앞발처럼 커다랗게 보였다.

"계속해봐."

나는 두려움에 먹히지 않으려고 백해성을 노려보고 또박또박 말했다.

"그러면 안 되는 거잖아요. 선배가 거짓말로 후배를 모함하면 안 되는……."

번쩍. 무언가 순간적으로 얼굴에 닿았다가 떨어졌고 내 목이 뒤로 꺾였다. 나는 나무토막처럼 뻣뻣하게 뒤로 쓰러졌다. 내 이름을 부르는 소리가 아련하게 들렸다. 목구멍으로 찝찔한 액체가 흘러들었다. 괜찮다고 말하려는데 턱이 움직이지 않았다. 숨이 막혀 입안 공기를 내뱉자 붉은 피와 함께 하얀 치아가 후드득 떨어졌다. 벌어진 입이 다물어지지 않았다. 순간, '아, 우리 〈심야 택시〉는 이제 어쩌지?' 하는 생각이 들었다. 이어서 떠오르는 사람이 있었다. 나는 옆으로 누워 웅얼댔다.

"어머이, 엄마……."

이마에 땀이 솟았고 강렬한 통증이 턱으로부터 올라왔다.

연예인 스폰서 사건은 한바탕 해프닝으로 끝났다. 다른 매체들이 S 스포츠 신문 기사를 그대로 받아 보도하면서 벌집을 쑤셔놓은 듯 연예계가 들끓었지만 얼마 안 가 사건은 증거불충분으로 종결됐다. 오보에 대한 책임은 누구도 지지 않았다. 이니셜로 거명됐던 연예인이나 피의자 중 아무도 언론 재벌 S 스포츠를 상대로 소송을 걸지 않았다. 시트콤은 조기종영 됐고 은별이 찍었던 광고들은 더 이상 볼 수 없었다. 은별은 모델료의 두 배를 위약금으로 토해냈다.

나는 아래턱이 골절되어 하악골에 금속 플레이트와 나사를 박았고 임플란트를 세 개 심었다. 수술 후 한 달간 입원했고 두 달간 통원 치료했다. 류 감독은 잘잘못을 문제 삼지 않고 넘어가는 쪽으로 상황을 정리했다. 감독의 묵인은 상징하는 바가 컸다. 문제를 문제 삼지 않겠고 문제 삼는 사람이 문제이니 받아들일 수 없으면 문제아가 떠나는 게 옳다는 메시지였다. 류 감독이 병원까지 나를 직접 찾아와 일을 키우지 말자고 했다. 바깥으로 알려지면 〈코미디야〉는 폐지되고 코미디언실도 해체될 거라고 말했다. 나는 알았다는 의미로 눈을 깜박였다. 어떤 일이 있어도 코미디언을 그만두고 싶지 않았다. 류 감독은 내 손을 잡더니 오늘 일을 잊지 않고 나중에 꼭 보답하겠다고 말을 남기고 떠났다.

한밤중에 병원에 들른 은별은 내 손을 잡고 한참 울었다.

"결국 이렇게 됐네. 난 여기까진 거 같아."

오랜만에 본 은별은 다른 사람 같았다. 생기가 사라진 얼굴은 푸석했고 옅은 갈색 눈동자엔 피로와 체념이 가득했다. 그녀는 자꾸 주변을 살피며 내 눈치를 보더니 방송 일을 그만두고 속초로 돌아간다고 말했다. 더 이상 버틸 힘이 하나도 남아 있지 않다고 했다. 은별이 내 손을 잡았다.

"형에겐 말하고 떠나야 할 것 같았어. 형, 미안해. 그리고 고마워."

나는 멀어지는 은별의 손을 다시 잡으려다 멈췄다. 은별은 떠나고 나는 남아 있다는 사실에, 지켜주지 못했다는 사실에 부끄럼이 밀려왔다.

류 감독이 사 온 과일 바구니는 손대지 않은 채 한 달 동안 협탁 위에 덩그러니 놓여 있었다. 적지 않은 돈이 치료비와 위자료 명목으로 내 통장에 꽂혔다. 나는 진실을 밝히고 가해자를 처벌하라고 소리 내지 않았다. 외면하고 비겁해짐으로써 살아남기로 했다. 내 알량한 코미디언 커리어를 포기하면서까지 싸울 용기가 없었다. 내가 입을 다물자 우리 동기들도 침묵했다. 입을 열어도 달라질 건 없을 테니까. 지금까지 그래왔듯이. 그렇게 믿기로 했다.

백해성은 아무 일도 없었던 것처럼 〈코미디야〉에서 고정 코너를 시작했고 새로 시작한 시트콤에 들어갔다.

다음 해 4월에 나는 방송에 복귀했지만 이렇다 할 활약은 없었다. 우돈과 우주는 〈모차르트 바이러스〉라는 음악 코너를 개발해 반짝인기를 얻었지만 시청률 침체와 광고 수주 부진으로 〈코미디야〉가 여름을 못 넘기고 폐지되면서 곧 잊혔다. 3층에 있던 코미디언실이 편집실로 바뀌었고 T 방송국 코미디언들은 뿔뿔이 흩어졌다. 다른 방송국 코미디 프로로 넘어간 선배 몇 명을 제외하고 대부분은 하루 만에 일자리를 잃었다. 우리 동기들은 제대로 인사도 못 나누고 각자 살길을 찾아 떠났다. 같이 지낼 때는 하루라도 못 보면 큰일이라도 날 것 같았지만 막상 헤어지고 나니 그만 이었다. 1년 반에 걸친 나의 코미디언 생활은 이렇게 막을 내렸다.

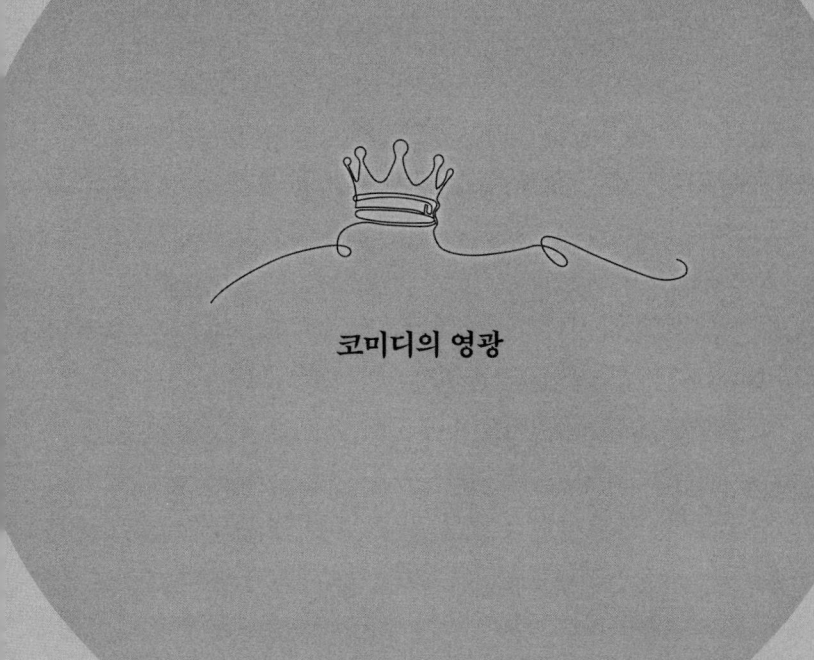

코미디의 영광

장례식 날은 올해 들어 가장 더운 날이었다. 장례식장을 고인의 유지에 따라 결혼 파티장처럼 꾸몄다. 건물 밖 입구에 코미디언으로 활약하던 시절의 철수 형 사진들을 전시했다. 꽃으로 장식된 아치형 게이트를 통과해서 들어오면 레드카펫이 클럽 입구까지 손님들을 안내했다. 클럽 천장에 알록달록한 풍선들을 매달았고 흰 레이스 커튼을 길게 늘어뜨렸다. 반짝이는 은하수 전구로 벽을 장식하고 무대 오른쪽엔 코미디의 영광 1주년을 상징하는 사람 크기의 '1'자 모양 풍선을 세웠다. 서양식 장례식처럼 무대 가운데 철수 형의 관을 놓기로 했는데 관을 올려놓을 단 주위에 핑크빛 작약과 연보라색 수국이 화려하게 피어 있었다.

우리는 무대 위에서 최종 리허설을 했다. 대사는 어색하고 호흡은 자꾸 어긋났다. 연습할수록 이게 먹힐까 싶으면서 자신감은 바닥에 떨어졌다. 코미디를 너무 오랫동안 떠나 있었다. 지나간 시간만큼 머리는 둔해지고 감각은 무뎌졌고 몸은 불었다. 벌써 땀으로 흠뻑 젖은 우돈이 말했다.

"아무도 웃지 않으면 어떡하지?"

"방송보다 더 긴장돼."

우주의 귀밑 턱 근육이 떨리는 게 보였다. 은별만이 여유를 잃지 않았다.

"이제 와서 무슨 걱정이야. 그냥 즐기자."

은별은 여름 하늘 같은 파란 원피스를 입었다. 방송 시상식이라도 나가는 분위기다. 태권도로 다져진 몸은 여전히 젊고 탄탄해 보였다.

장례식 시간이 임박해서 철수 형의 관이 들어왔다. 손님들은 1층 홀에서 입장을 기다리고 있었다. 클럽 크루들이 양쪽에서 관을 들고 한나가 뒤를 따랐다. 조용한 슬픔과 엄숙함 속에서 크루들이 짙은 마호가니 색깔의 관을 단 위에 올렸다. 우리는 관을 둘러쌌다. 테두리는 금색으로 장식돼 있고 뚜껑 위엔 커다란 장미 화환이 놓여 있었다. 철수 형의 죽음을 처음으로 마주하는 순간이었다. 은별이 왈칵 울음을 터뜨렸다. 나도 코끝이 시리며 눈자위가 뜨거워졌다. 그새 눈시울이 발개진 한나가 은별을 다독였다.

"오늘은 눈물 금지야. 알지?"

은별이 한나를 안았다. 한나는 옅은 화장에 분홍색 정장

차림이고 올림머리를 해서 짧은 목이 길쭉해 보였다.

"철수 오빠랑 인사하는 것은 장례식 끝나고 해요. 조문객들 지금 입장시켜야 해."

원래 철수 형 얼굴을 마주하고 마지막 인사를 하려 했지만 한나는 오늘 깜짝쇼의 주인공인 우리를 대기실로 몰아넣었다. '연예인은 신비주의'라며 관객들이 미리 우리를 보면 안 된다고 했다. 곧이어 클럽에 요란한 음악이 흐르고 사람들이 들어오는 소리가 들렸다.

대기실에서 창밖을 내려다보니 클럽 앞마당이 인파로 북적였다. 소문을 듣고 무작정 찾아온 사람들과 초대권을 구하지 못한 유튜버들이 계속 모여들었다. 철수 형의 엉뚱한 유언이 연쇄작용을 일으키며 사태가 점점 커지고 있었다.

"백발마녀다!"

객석을 엿보던 우주가 소리 죽여 외쳤다. 우리는 쪼르르 달려가 무대 커튼 사이로 브레멘 음악대처럼 머리를 차곡차곡 쌓아 올리고 클럽 안을 살폈다. 백발마녀는 여전했다. 백사자의 갈기처럼 어깨 너머로 흘러내린 백발과 단정한 흰색 정장이 실내조명을 받아 빛났다. 백발마녀 옆에 류 감독이 보였다. 덥수룩한 회색빛 수염으로 가득 찬 얼굴에서 세월의 흔적이 드러났다. 청산유수 안병태를 비롯해 코미디언 선배들도 연이어 도착했다. 백해성과 조환은 보이지 않았다. 객석에 흩어져 앉은 PD들과 작가들의 반가운 얼굴도 눈에 들어왔다. 천사표 조연출은 어느새 중견 PD가 되어 여유롭고 자신감이 넘쳐 보였다. 추모객들은 한결같이 원색이나 파스텔 계열의 밝은 옷을 입었고 해변 패션을 연출한 손님도 눈에 띄었다. 한나가 초대장에 쓴 드레스 코드는 '컬러풀과 발랄'이었다.

장례식은 코미디언 김철수의 영상으로 시작됐다. 음악 소리가 줄면서 조명이 서서히 어두워졌다. 스크린이 내려오고 프로젝터가 투사되자 술렁이던 객석이 조용해졌다. 건물 밖에서 함성과 클랙슨 소리가 조그맣게 들렸다. 우리는 무대 커튼 사이로 객석을 내다봤다. 영상을 볼 수 없지만 소리는 잘 들렸다. 간간이 철수 형의 목소리가 나고 객석의 웃음이 이어졌다.

나는 눈을 감았다. 동영상 소리를 따라 오래된 앨범 속 사진 같은 장면들이 머릿속에서 살아났다. 맨 먼저 남을 웃기는 게 마냥 좋던 개구쟁이 꼬마 철수가 보인다. 소 대신 쟁기를 끌며 오만상을 찡그린 고등학생 철수 모습이 이어진다. 나도 등장한다. 하얀 털 코트를 입은 김철수가 입담배를 피우며 한나와 내게 말을 걸고 있다. 속초 앞바다 모래사장에 나란히 누운 장면에선 나도 모르게 함박 미소를 짓는다. 하지만 곧 바위로 가슴을 누르는 묵직한 압박감이 올라온다. 코미디 프로그램은 폐지되고 코미디언실은 해체된다. 끝없는 터널과 같은 투병 생활을 견디는 김철수 모습이 나오고 외롭게 팟캐스트 방송을 하는 그의 목소리가 재생된다. "아, 지금 미국에 비가 내린다네요. 영어로 하면

USB 날씨죠." 객석에서 웃음소리가 났다. 김철수는 대학로 공연도 하고 지방 방송 리포터 노릇도 하지만 풀리는 건 하나도 없다. 그리고 1년 전 은행 대출을 왕창 받아 코미디의 영광을 오픈한다. 호스트를 보는 김철수의 목소리가 마지막으로 들린다. "인생 별거 없어요. 라이프 이즈 코미디, 코미디 이즈 라이프예요." 김철수의 인생 사진 전시회는 여기까지였다. 박수가 터져 나오다가 클럽 안이 다시 조용해졌다. 김철수 생전 모습이 뜬 모양이었다.

"와우, 어메이징! 제가 살면서 이렇게 많은 관객분은 처음이에요. 아차차! 나 죽었지?"

조문객들이 요란하게 웃었다.

"제 얼굴이 많이 부었죠? 이렇게 눈을 내리깔면 제 볼이 보여서 저도 놀라요."

감기라도 걸린 듯 김철수의 목소리는 뭉툭했다. 누군가 "잘생겼다!"라고 외쳤고 사람들이 조용히 웃었다.

"저는 종교는 없지만 죽으면 분명히 천국에 갑니다. 왜냐고요? 저는 평생 어떻게 하면 남을 웃길까, 그 고민만 했어요. 사람은 웃으면 해피하잖아요. 사람을 웃기면 더 해피하답니다. 전 다른 사람과 저 자신을 해피하게 하는 데 제 라이프를 바친 겁니다. 이런 제가 천국에 못 가면 누가 갈 수 있겠어요?"

박수가 길게 이어졌다. 훌쩍이는 소리도 들렸다. 다시 철수 형의 목소리가 났다.

"이렇게 뜨거운 반응은 제 평생 처음이네요. 두 번째 뜨거운 반응은 조금 이따 화장터에서 느낄 예정이고요."

사람들은 울다 웃고, 웃다 울었다.

"마지막으로 한마디만 할게요. 아이 러브 유. 아이 러브 코미디. 천국에서 곧 다시 만나요. 씨유 수운."

조문객들은 손뼉을 쳤고 손을 흔드는 사람도 있었다. 프로젝터가 꺼지고 한나가 무대 위로 올라왔다. 추도사를 할 차례다. 한나의 표정은 보이지 않지만 뒷모습은 여전히 당당했다.

"여러분, 당황하셨죠? 이런 장례식, 저도 당황스러워요."

객석에서 웃음이 흘러나왔다.

"평생 못 웃기더니 마지막에 이렇게라도 한번 웃기고 가네요."

다시 웃음이 터지지만 결은 조금 전과 달랐다.

"바이런이 이런 말을 했다고 합니다. '모든 비극은 죽음으로 끝나고 모든 희극은 결혼으로 마무리된다.' 그 사람 말을 듣고 김철수 씨는 장례식을 이렇게 결혼식 분위기로 꾸며 달라더군요. 자기 인생을 희극으로 마무리 짓고 싶다나 뭐라나. 자기 마누라 말은 죽어라~ 안 들으면서 남의 말은 또 잘 들어요."

와하하. 웃음이 연이어 터져 나왔다. 추모객들의 긴장이 풀린 건 좋은 징조다. 우리 공연도 너그럽게 봐줄 것이다. 한나는 웃음이 잦아들자 옆에 놓인 관을 보며 말했다.

"김철수 씨, 어때? 이 정도면 만족해요? 말 좀 해봐요. 어서요."

한나가 관 위로 귀를 바싹댔다. 마치 관 속의 고인과 대화를 나누는 것처럼 고개를 끄덕이며 "응응"거리더니 "진심이야?" 하면서 놀란 척을 해 관객을 웃겼다. 한나가 도리질하며 무대 중앙으로 돌아왔다.

"죽은 사람은 말이 없다는데 저 사람은 왜 저리 말이 많대요?"

객석에서 웃음과 함께 휘파람 소리가 길게 났다.

"아무튼 결론은 오늘이 코미디의 영광 첫 번째 생일이랍니다. 축하받고 싶다네요."

환호와 함께 박수가 쏟아졌다. 객석에 있던 선배 코미디언들이 코미디의 영광을 연호했다. 무대 뒤에서 훔쳐보던 나도 하마터면 소리 지를 뻔했다. 한나는 타고난 코미디언이었다. 재치 있는 말과 연기로 청중의 마음을 들었다 놨다 하면서 비극을 희극으로 바꿔놓았다.

"이것 봐."

우돈이 스마트폰을 내밀었다. 우돈의 유튜브 채널 〈대충요리〉를 통해 장례식 장면이 생중계되고 있었다. 우돈은 한나에게 허락을 받은 다음 코미디의 영광 크루의 도움을 받아 생방송을 준비했다. 실시간 채팅 창이 두루마리 화장지 풀리듯 빠른 속도로 올라갔다.

[이게 진정한 코미디다!]

[철수 아재 영어 개그 그립다. 아이 러뷰.]

[이 장례식으로 철수 형은 이 시대 최고의 코미디언으로 남게 됐다.]

[너무 웃긴데 자꾸 눈물이……]

"모두 호의적이네."

은별이 한숨 돌리면서 말했다. 접속자 수가 만 명을 넘어섰다. 채널 개설 이후 가장 많은 접속자라고 우돈이 말했다. 슬슬 걱정이 올라왔다.

"우리 공연도 전국에 생중계되겠네."

아! 하는 탄식과 함께 동기들 얼굴이 굳어졌다. 은별만이 여전히 여유 있는 표정이었다.

"우리 꺼 완전 재밌어. 연습대로만 하자."

무대에서 록 밴드 보컬이 하이킥을 날리며 마지막 악을 썼다. 철수 형의 최애 밴드로 초청된 록 그룹이었다. 장례식과 헤비메탈. 파격의 연속이었다.

이제 우리 순서. 우리는 둥글게 서서 손을 모았다. 18년 만에 외치는 구호. 손을 뒤집으며 나지막이 외쳤다.

"뒤집어버렷!"

한나가 무대에서 우리 공연을 소개했다. 손에 우리 계약서를 들고 있었다.

"놀라운 건 이 허접한 계약을 지키기 위해 T 방송국 18기 코미디언들이 다시 뭉쳤다는 거예요. 18년 만에요. 비록 김철수 씨는 함께 하지 못했지만, 아니 뒤에서 함께 하고 있네요."

우리는 커튼 뒤에서 숨을 골랐다. 장례식의 피날레가 우리 무대였다.

"박수로 맞아주세요. T 방송국 18기 코미디언, 마우돈! 나우주! 최사무엘! 조은별!"

우리는 주저 없이 커튼을 열고 뛰어 들어갔다. 조명에 눈이 부셔 객석이 보이지 않았다. 박수가 폭포수같이 쏟아졌다. 이런 열띤 환호를 받아본 지가 언제던가. 관 옆에 있던 한나가 나와 눈이 마주치자 18년 전 개인기를 선보였다. 한쪽 눈을 찡그리지 않은 채 다른 쪽 눈으로 지그시 윙크했다. 한나처럼 나도 슬픔을 웃음으로 넘어서고 비극을 코미디로 극복하고 싶었다. 웃음이 수그러들자 은별이 거침없이 나섰다.

"풀 몬티! 못 웃기면 벗는다! 한 사람씩 나와서 웃겨볼 테니 여러분이 평가해주세요. 웃기면 엄지척! 안 웃기면 엄지 다운!"

우리는 풀 몬티를 다시 하기로 했다. 장례식장에서!

불과 사흘 전이었다. 공연 아이디어로 끙끙 앓고 있는 우리를 보더니 은별이 불쑥 말했다.

"풀 몬티를 하면 어때?"

워낙 옛날 일이라 아무도 못 알아들었다. 우주가 먼저 기억해냈다.

"아, 못 웃기면 벗는다!"

그제야 그림이 그려졌다. 하지만 그걸 굳이 지금 왜?

"원래 철수 오빠 아이디어였잖아."

말은 됐다. 철수 형의 아이디어에서 시작해서 우리 동기들의 첫 작품이 될 뻔했던 코너. 백발마녀에게 발각되면서 빛도 못 보고 사라졌던 비운의 코너. 방송은 안 돼도 클럽 공연은 가능하다. 요즘 그 정도 노출은 우습다. 하지만 18년 전 아이디어가 오늘에도 통할지 의심스러웠다.

"사실, 난…… 벗고 싶어."

우주가 의뭉스럽게 말했다. 다른 사람도 아닌 겸손하다 나우주가 그런 말을 꺼내서 놀랐다. 우주는 여전히 말라깽이다. 벗어도 보여줄 게 없다.

"나도 벗을래."

이번엔 우돈이었다. 크기에서 나오는 자신감인가? 왜들 그렇게 벗고 싶은지 물었다. 우주의 답은 간단명료했다.

"답답해서."

우돈의 답은 엉뚱했다.

"난 새로 시작하고 싶어서."

이해되지 않았지만 다른 대안은 없었다.

객석의 반응은 뜨거웠다. 엄지척을 하면서 우리 이름을 하나씩 연호했다. 남자든 여자든 벗으면 다 좋아한다. 조명이 눈부셔 보이지 않았지만 백발마녀의 표정이 궁금했다. 은별이 주걱 통을 내밀었다. 은별이 MC 역할을 하기로 했다. 자기도 벗겠다는 것을 간신히 말렸다.

우리는 주걱에 적힌 번호 순서대로 다시 섰다. 우돈, 우주, 내 순서였다. 그때처럼 우린 정장을 맞춰 입었다. 재킷, 베스트, 바지, 팬티 순서대로 벗는다. 팬티가 노출되는 순간 불이 꺼지고 공연은 끝난다. 이번엔 라운드마다 주제가 있다. 은별이 에너지 넘치는 목소리로 또박또박 주제를 공개했다.

"첫 번째 라운드는 김철수식 영어 개그입니다."

손끝부터 떨려오기 시작했다. 나는 숨을 여러 번에 걸쳐 조금씩 끊어서 내쉬었다. 우돈이 한 발 앞으로 나서자 객석이 조용해졌다. 우돈이 팔을 앞으로 내밀고 손가락을 쫙 벌렸다.

"손가락은 핑~거."

이어서 주먹을 쥔다.

"주먹은 오므린 거."

우돈은 한 번 더 쳤다. 엄지와 검지를 맞붙이더니 뒤집힌 모양의 오케이를 만들었다. 돈을 의미하는 제스처다.

"이건 내가 환장하는 거."

여기저기서 웃음이 터졌다. 대부분 엄지척. 세월이 흘렀지만 우돈의 실력은 죽지 않았다. 자신감이 넘치고 군더더기가 없었다. 은별이 판정을 내렸다.

"마우돈 패스!"

이제 우주 차례.

"내 이름은 박규만. 미국에 갔다가 두들겨 맞았다."

조문객들이 귀를 쫑긋 세우는 소리가 들렸다.

"헤이 컴 온. 아임 빡큐맨~, 빡큐, 억!"

마지막에 우주는 배를 맞는 시늉을 했다. 비시시 비어져 나오던 웃음이 폭소로 변했다. 욕으로 웃기는 게 가장 쉽다. 나우주도 패스. 부담이 백배 가중됐다. 나는 한 발 앞으로 내디뎠다.

"미국 애들이 제일 좋아하는 헤어스타일."

나는 소품으로 준비한 헤어젤을 손에 짜고 앞머리를 뒤로 넘겼다.

"앞머리 깐 스타일."

키득키득 웃는 소리도 나오지만 야유에 묻혔다. 관객들이 대놓고 엄지 다운을 했다. 처음부터 이럴 줄 알았다. 마지막에 하는 게 가장 불리하다. 카라의 음악이 흘러나왔다.

라라라라 라라~.

나는 준비한 춤을 췄다. 그나마 춤은 자신 있다. 지방 행사 때마다 추는 막춤은 이제 능수능란하다. 옆으로 비스듬히 서서 엉덩이를 흔들었다. 핏이 타이트하게 들어간 정장이라 춤선이 살았다. 조문객들이 리듬에 맞춰 손뼉을 쳤다. 몇몇 관객은 고개를 절레절레 저으며 서둘러 클럽을 빠져나갔다. 나는 두 소절 정도 춤을 추다가 재킷을 벗었다. 맨 어깨가 훌러덩 드러났다. 예전 예능국 작가들이 오버해서 소리를 질렀다. 그들의 동업자 정신이 고마웠다. 나는 재킷을 머리 위에서 빙빙 돌리며 관객들 약을 올리다가 작가들을 향해 던졌다. 서로 잡으려고 몸싸움하는 모습을 보고 사람들이 또 한 번 웃었다. 객석의 웃음소리가 꽁했던 내 마음을 풀어줬다. 나는 못 웃었지만 그걸로 더 웃겼다.

코너가 어떻게 돌아가는지 감을 잡자 관객들은 웃음에 엄격해졌다. 두 번째 라운드의 주제는 김철수식 아재 개그. 우돈, 우주 모두 웃기는 데 실패해서 재킷을 벗었다. 다시 내 차례. 나는 스마트폰을 들고 통화하는 시늉을 했다.

"오늘 휴일인데 회사 가?"

벌써 피식 웃는 소리가 들렸다. 불길했지만 그렇다고 무를 순 없다.

"광어회? 우럭회?"

끅끅끅. 누군가 귀에 익은 돌고래 소리를 내며 웃었다. 하지만 대세는 야유 세례였다. 다시 음악이 흘러나왔다. 나는 될 대로 되라는 심정으로 춤을 췄다. 음악과 상관없이 칼싸움하듯이 팔을 절도 있게 마구 꺾었다. 속초 태권도 도장에서 은별이 췄던 왁킹 댄스를 유튜브를 보고 익혔다. 관객들이 팔동작을 따라 했다. 은별은 내 춤을 보고 까무러칠 정도로 웃었다. 나는 베스트를 벗어 객석으로 던졌다. 상반신이 누드가 됐다. 리듬에 맞춰 뱃살이 출렁였다. 18년 전 찌개용 두부살은 그나마 나았다. 이제는 순두부살이 됐다.

세 번째 라운드. 우돈, 우주는 연거푸 실패했고 우리 셋 모두 상의를 탈의한 상태였다. 다시 내 차례가 돌아왔다.

이번까지 실패하면 바지를 찢어야 하고 팬티를 보여주고 쇼는 끝난다. 고요한 가운데 귀에 익은 목소리가 들렸다.

'넌 언제 웃길래?'

키득키득 비웃음도 함께 들린다. 깜짝 놀라 관객을 바라봤다. 객석은 조용하다. 소리가 난 곳은 관객석이 아니었다. 바깥이 아니라 내 안에서 튀어나온 소리였다. 울컥 서러움이 치밀었다. 나도 한 번 제대로 웃기고 싶다. 받쳐주고 깔아주는 건 그만하고 내가 주인공이 돼서 사람들을 웃기고 싶다. 나는 아랫배에 힘을 꽉 주고 앞으로 나섰다. 핀 조명이 눈부셨다. 이번 라운드는 자유 주제. 나는 노파 목소리를 내며 손을 내밀었다.

"백설공주님, 세상에서 제일 맛있는 사과예요. 한 입만 먹어봐요."

이어서 백설공주 목소리를 냈다.

"방금 이 닦았어요."

순간 침묵. 누가 찬물이라도 끼얹은 분위기였다. 약했나? 숨이 목구멍에 걸린 것처럼 가슴이 답답해졌다. 관객들은 얼굴은 웃고 있으면서 기다렸다는 듯이 엄지 다운을 했다. 하나같이 로또라도 맞은 표정이었다. 카라의 노래가 나오고 나는 막춤을 췄다. 코미디 클럽을 가득 메운 환호성 속에 끅끅끅, 고주파 웃음소리가 다시 들렸다. 백발마녀의 웃음이었다. 신기하게도 소음 속에서 끅끅끅 소리가 깨끗하게 발라져서 귀에 쏙 들어왔다. 마치 잘 자라준 아들을 대

견해하는 어머니의 웃음소리처럼 들렸다. 그렇다면 더 이상 바랄 게 없다. 나를 코미디언으로 뽑아준 백발마녀를 연거푸 웃겼다. 가슴이 뻐근하게 부풀어 올랐다. 벗어나고 잊고 싶어 하는 줄 알았는데 사실은 언제나 이 무대를 그리워하고 있었다.

나도 벗고 싶어졌다. 다 벗으면 평등해지니까. 껍데기를 벗고 알맹이만 남고 싶다. 거추장스러운 거 다 벗어던지고 맨몸으로 세상에 일대일로 맞서고 싶다. 코미디가 원래 그런 게 아닌가. 권투선수처럼 맨 몸뚱어리로 세상과 맞장뜨는 것.

우돈과 우주가 다가왔다. 내 바지 허리춤을 양옆에서 잡고 한 치의 망설임도 없이 단숨에 잡아 뜯었다. 쫙 소리와 함께 바지가 찢겨나갔다. 조명에 익숙해지면서 관객들이 보였다. 눈물 흘리며 웃는 남자, 놀라서 아이의 눈을 가리는 엄마, 못 볼 꼴을 본 듯 고개 돌리는 여자, 소리를 지르며 항의하는 아저씨. 사람마다 제각각의 표정으로 반응했다. 이번엔 트렁크도 아니고 드로즈도 아니고 코끼리 팬티였다. 최소한의 것만 가렸다. 앞은 앙증맞은 코끼리 모양이지만 뒤는 적나라한 티팬티. 조명이 꺼졌다. 소란이 잦아드는 데 시간이 꽤 걸렸다.

우리는 흥분을 가라앉히며 무대 뒤로 조용히 퇴장했다. 동기들의 달아오른 얼굴들이 어둠 속에서 희미하게 보였다. 모든 쇼가 끝났다……고 생각했지만 끝은 시작이었다.

퉁!

둔탁한 소음과 함께 바닥이 울렸다. 우리가 커튼 열고 대기실로 들어서는 찰나였다.

팟!

핀 조명이 다시 켜졌다. 김철수의 관이 어둠 속에 또렷이 드러났다. 주위에 먼지가 부옇게 떠 있고 바닥에는 무언가 떨어져 있었다. 다름 아닌 관 뚜껑. 이어서 눈으로 보고도 믿지 못할 일이 벌어졌다.

스르륵.

관 속에서 김철수 시체가 상반신을 일으켰다. 소 자 모양 수염을 한 느끼한 얼굴의 진짜 김철수였다. 그는 두 손으로 관을 잡더니 다리를 하나씩 꺼내고 벌떡 일어섰다. 이어서 나사로가 무덤에서 나오듯 관 밖으로 뚜벅뚜벅 걸어 나왔다. 얼굴을 하얗게 분장한 김철수는 하얀 민소매 셔츠에 짧은 반바지 차림이었다. 목에는 빨간 보타이를 맸다. 관객들은 소리도 못 내고 입만 벌린 채 이 광경을 홀린 듯 바라봤다. 마우돈이 놀라서 바닥에 주저앉았다. 나는 내 허벅지를 힘껏 꼬집었다. 18년 전 속초 바닷가 귀신의 집으로 타임슬립 한 건가.

김철수가 무대 가운데에 우뚝 섰다. 한나는 아무렇지도 않게 마이크를 전달했다. 김철수가 다시 움직였다. 그는 눈이 부신 듯 손 그늘을 만들었다. 곧이어 특유의 염소 목소리로 어린아이처럼 천진난만하게 외쳤다.

"지금까지 코미디쇼 〈죽음에서 돌아온 김철수〉였습니다!"

조문객들은 벌어진 입을 여전히 다물지 못했다. 어떤 상황인지 그제야 내 머릿속에 윤곽이 잡혔다. 이 어마어마한 모든 상황이 철수 형과 한나가 기획, 연출, 연기한 한 편의 코미디였다. 코미디의 영광 창립 1주년 기념 작품, 김철수의 깜짝 장례식 쇼.

공연은 완벽하게 성공했지만 후폭풍을 어떻게 감당할지 아무도 가늠하지 못했다. 그래도 철수 형이 살아났고, 덕분에 동기들이 모였고 시원하게 한번 웃었으니 그걸로 충분하지 않을까. 그런데 이게 또 끝이 아니었다. 새로운 시작이 기다리고 있었다.

크루 한 명이 의자를 가져와 등받이가 객석 쪽을 향하도록 내려놓았다. 짧은 반바지 차림의 철수 형은 다리를 쩍 벌리고 등받이 의자에 앉았다. 음악이 흘러나왔다. 손담비의 〈미쳤어〉. 철수 형이 음악에 맞춰 머리를 돌리기 시작했다. 이어서 한쪽 다리를 번쩍 들더니 요염하게 의자 등받이 위로 넘겼다. 충격과 공포에서 가까스로 벗어난 조문객들이 또 한 번 쇼크를 먹었다.

내가 미쳤다는, 정말 미쳤다는 가사대로 철수 형은 미친 게 틀림없었다. 그런데 혼자 미치기는 싫었나 보다. "컴온! 올 투게더!" 철수 형이 손짓하며 우리를 불렀다. 우리는 여전히 패닉에 빠져 있는데 은별이 먼저 나섰다. 우리도 엉거

주춤 은별을 뒤따랐다. 18년 전 안무를 기억할 리 없다. 리듬에 맞춰 몸을 그냥 흔들었다. 철수 형은 멈출 줄을 몰랐다. "에브리 바디!" 하고 두 팔을 올리며 관객들을 일으켜 세웠다. 예능국 작가들이 먼저 일어나 춤을 추었다. 이어서 조연출이 일어나고 코미디언 선배들이 일어나고 조문객들도 눈치를 보며 쭈뼛쭈뼛 일어났다. 모두가 철수 형을 따라 떼창을 부르고 떼춤을 췄다. 나중에 보니 백발마녀는 벽을 잡고 헤드뱅잉을 하고 있었다. 다들 제정신이 아니었다. 오래전 속초 태권도장에서 은별을 따라 막춤을 추던 꼬마들이 떠올랐다. 그때처럼 사람들의 정신은 집단 가출했지만 모두 자유롭고 행복해 보였다. 철수 형, 한나, 은별과 마주 보며 몸을 흔들고 함께 웃다 보니 천국이 있다면 바로 여기가 아닐까 생각했다. 춤추면서도 내가 제일 창피했다. 나만 코끼리 팬티 차림이었다.

나는 코미디언이다

"결국 이렇게 됐네. 우리 코너처럼. 형은 기사, 나는 승객."

인천공항으로 가는 아스팔트 길이 강렬한 햇살 아래 끈적끈적 녹고 있었다. 멀리 보이는 승용차가 아지랑이 속에서 일렁이며 물 위에 떠 있는 것처럼 보였다. 은별이 차창을 내리자 후텁지근한 바닷바람이 밀려 들어왔다.

"택시 기사, 형이랑 잘 어울려. 운전하는 거 좋아했잖아."

택시 기사가 어울린다는 생각을 해본 적이 없었다.

"사실 난 너랑 잘 어울려. 우린 콤비잖아."

"콤비?"

은별이 재밌다는 표정으로 나를 바라봤다.

"〈심야 택시〉 콤비잖아, 우리."

그녀의 긴 갈색 머리가 바람에 세차게 날렸다.

"또 있어. 나 브래드잖아. 브래드 피트. 넌 앤젤리나 졸리. 둘이 콤비잖아."

"오우, 완전 아저씨 멘트. 나 소름 돋았어. 아하하하."

은별이 손으로 소름 돋은 팔을 황급히 쓸어내리는 시늉을 했다. 맑은 웃음소리가 꿉꿉했던 택시 안 공기를 창밖으로 밀어냈다. 은별은 바람에 날리는 머리를 한 손으로 잡았다.

"우리 동기들 대단해. 철수 오빠를 비롯해서."

"어떨 때 보면 우리 다 제정신이 아닌 거 같아."

"조금 미치면 세상이 훨씬 컬러풀하게 보이니까."

나는 언젠가 속초에서 은별이 했던 말이 떠올랐다.

"광기 말이지? 보통 사람들을 즐겁게 해주는?"

"그렇지. 우리는 몽상가니까."

"꿈꾸는 바보들."

내 말에 은별이 쿡, 하고 싱거운 웃음을 터뜨렸다.

왜 이런 장례식 코미디쇼를 기획했냐고 기자가 묻자, 철수 형은 엄지와 새끼손가락을 세우고 팔을 높이 올렸다. 공연을 끝낸 로커처럼.

"코미디는 네버 다이! 그걸 세상에 보여주고 싶었어요. 코미디 포에버!"

철수 형의 마냥 해맑고 철딱서니 없는 대답에 기자는 어이없다는 표정을 지었다.

반응은 갈렸다. 저질 막장 대국민 사기극이라며 비난하

는 여론이 거셌고 인생 최고의 코미디쇼를 봤다며 철수 형의 실험정신과 용기에 찬사를 보내는 의견도 많았다. 비율로 따지자면 반반쯤 됐다. 철수 형은 간단히 정리했다.

"어차피 모두는 못 웃겨. 반을 웃겼으면 성공이야."

철수 형이 관뚜껑 열고 나올 때 유튜브 실시간 접속자 수가 3만 명에 육박했다. 철수 형의 코미디언 인생에서 이렇게 뜨거운 주목을 받기는 처음이었다. 덕분에 클럽 코미디의 영광은 SNS 유저들의 성지가 되어 조회수가 폭발했고 몇 달 치 공연이 이미 매진됐다.

폐동맥 고혈압 판정을 받으면 평균 3년을 생존한다. 하지만 철수 형은 죽을 만하면 우연처럼 신약이 개발됐고, 또 죽을 만하면 타이밍에 맞춰 기적처럼 새 치료법이 나왔다. 이번에도 중환자실에서 죽을 고비를 넘긴 뒤 철수 형은 빠르게 건강을 회복했다. 의료진도 진짜 마지막이라고 여겼기에 모두 기적이라고 했다. 철수 형은 이번 기적만큼은 우연으로 그냥 흘려보내지 않기로 마음먹었다. 자기가 다시 살아난 것은 18년 전 약속을 지키라는 신의 뜻이라고 결론지었다. 코미디를 해서 사람들을 더 웃기고 행복하게 만들라는, 그리고 김철수 자신도 더 행복해지라는 신의 뜻. 철수 형과 한나는 장례식 코미디쇼로 스타트를 끊었다. 코미디의 영광은 계속될 것이다.

조수석에 앉은 은별은 무언가를 골똘히 생각하는 표정이

었다. 음악이라도 들을까 해서 라디오를 켰다. 이 시간이면 어김없이 나왔던 백해성 목소리가 들리지 않았다. 대신 T 방송국 아나운서가 1일 DJ를 맡아 진행하는 중이었다. 은별이 손을 뻗어 핸들 위에 있는 내 손을 감쌌다.

이틀 전, 은별과 철수 형을 비롯한 우리 동기들이 코미디의 영광에 다시 모였다. 마우돈의 유튜브 채널 〈대충 요리〉 생방송을 시작했다. 나는 18년 전 백해성에게 맞아 피투성이가 된 내 얼굴 사진과 부러진 하악골 엑스레이 사진 그리고 의사 진단서를 카메라 앞에 내밀었다. 연예대상 대기실에서 벌어졌던 일을 담담하게 이야기했고 현장에 같이 있었던 동기들이 내 말이 사실임을 확인했다. 치료비와 위자료 명목으로 백해성이 보냈던 옛날 통장 내역도 공개했고 받았던 액수의 정확히 두 배(이자라고 생각했다)를 그에게 되돌려준 명세표도 보여줬다. 은별에 관한 진실도 밝혔다. 내 오래된 피처폰에서 추출한 윤탄 기자와의 통화 내용을 재생시켰다. 은별은 방송하는 내내 담담한 표정이었다.

실시간 댓글 중 하나를 골라 우돈이 읽었다.

"지랄도 풍년. 그때는 찍소리 못 하다가 왜 이제 와서 케케묵은 일을 꺼내고 난리?"

내가 나섰다.

"앞으로는 그러고 싶지 않아서입니다. 그땐 잘못이란 걸 알면서도 먹고사는 게 절박했고 용기가 없어서 그냥 넘어갔습니다. 그러고 나서 많이 자책하고 후회했습니다. 잘못

된 일 앞에 침묵한 저도 결국 공범자니까요. 지금이라도 진실을 밝히는 이유는 이런 일이 앞으로 또 일어났을 때 그냥 넘어가지 않겠다고 나 자신에게 약속하기 위해서입니다."

철수 형이 이어서 말했다.

"조은별 씨께 그때 지켜주지 못한 저희의 비겁함을 사과드리고 용서를 빕니다."

우리는 은별에게 고개를 숙였다. 은별이 참았던 눈물을 주르륵 떨구며 고개를 끄덕였다.

공항은 분주했다. 체크인 카운터와 출발 시각을 알리는 전광판이 돌아가고 안내 방송이 이어졌다. 아쉬움 속에서 사람들은 이별의 시간을 뒤로 미루고 있었다. 시간 여유가 있어 은별과 나는 카페에 마주 앉았다.

"나는 형이 코미디의 영광 무대에 가끔 서면 좋겠어. 사람은 좋아하는 일을 할 때 눈빛이 달라지거든. 형은 코미디 할 때 눈빛에 생기가 돌아."

나는 은별의 말을 그대로 믿고 싶었다. 코미디는 나와 참 어울리지 않지만 난 코미디가 좋다. 아이스커피를 한 모금 마시자 얼음이 부딪치며 경쾌한 소리가 났다.

"난 아직도 모르겠어. 이렇게 택시 운전사로 살아도 되는지……."

"형은 이제 전도사도 잘할 것 같아. 코미디언 전도사, 멋지잖아?"

성과 속은 공존할 수 없다는 담임목사의 말이 떠올랐다. 하지만 전도사 출신 코미디언과 코미디언 출신 전도사는 서로 잘 통하지 않을까. 둘 다 사람들을 웃기고 행복하게 해준다는 공통점이 있으니까.

"이건 비밀인데……."

은별이 탁자 위로 상체를 구부리며 다가왔다. 나도 은별 쪽으로 몸을 기울였다.

"모레, 할리우드에서 최종 오디션이 있거든. 단역이지만 욕심나는 역할이야. 감독이 션 베이커야."

내 단춧구멍 눈이 커졌다. 아직도 연기에 대한 꿈을 품고 애쓰고 있는 은별이 놀라웠다. 나는 주머니에서 주섬주섬 무언가를 꺼내 코에 끼웠다. 때가 탔고 군데군데 해졌지만 여전히 깜찍한 피에로 코. 나는 표정을 크게 하고 목소리 톤을 높였다.

"졸리 조, 내가 치어리더는 아니지만 널 응원할게. 파이팅!"

은별은 금세 빨간 코의 정체를 기억해냈다. 그녀가 아하하하 웃으며 엄지척을 했다.

"최사무엘, 패스!"

공항의 통유리를 통과한 빛이 스튜디오 조명처럼 우리 둘을 비췄다.

은별이 캐리어를 끌고 출국장으로 향했다. 작별 인사를 나누는 가족들과 연인들 속으로 우리도 들어갔다. 게이트

앞에서 우리는 길게 포옹했다.

"형, 어디서든 사람들을 웃기면 그게 코미디언이야. 우리 어디서 무엇을 하든 코미디언으로 계속 살기로 약속해."

은별이 새끼손가락을 내밀었다. 나도 손을 뻗어 고리를 단단히 걸었다. 이어서 예전처럼 약속, 도장, 복사를 했다.

"우리 꼭 다시 만나."

은별이 마지막 인사말을 남기고 유리문 너머로 사라졌다. 은별의 손이 스쳐간 내 손바닥에 열감이 오래 머물렀다.

서울로 돌아오는 길에 운수 좋게 장거리 손님을 태웠다. 오랜 비행 탓에 손님의 눈꺼풀이 무거워 보였다. 행선지는 수원에 있는 골프장이었다.

"손님, 제 기운을 받아 굿샷 하실 거예요."

피곤한 눈으로 손님이 나를 멀뚱히 쳐다봤다.

"특히 드라이버가 잘 맞을 겁니다. 제가 베스트 드라이버거든요."

손님이 잠깐 멈칫하더니 곧 푸흡, 웃음을 터뜨린다. 남자의 웃음이 나를 구원해준다.

은별과 약속대로 나는 계속 코미디언으로 살고 싶다. 사람들을 관찰하고, 아이디어 노트를 적고, 개그 짜느라 머리를 쥐어뜯고, 무대에 올라 한 명의 관객을 위해 내 전부를 걸고 싶다. 이게 다 무슨 소용이냐고? 관객의 웃음 한 조각, 짧은 박수가 코미디언 최사무엘이 사는 이유가 아닐까. 그러니 돈은 안 되겠지만 손해 보는 장사는 아닐 성싶다.

하늘색 비행기 한 대가 택시와 나란히 달리다가 하늘 높이 솟아올랐다.

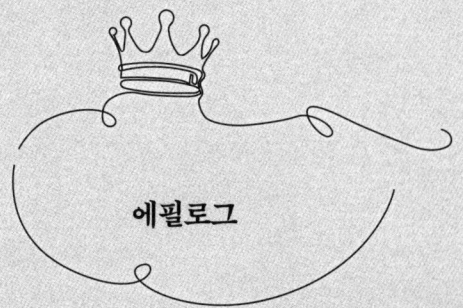

에필로그

근조 풀 몬티. 시대를 너무 앞서나간 탓일까. 빛을 보기도 전에 사망 선고가 내려졌다. 검사를 마치고 쫓겨나듯 돌아온 우리는 E 스튜디오 바닥에 아무렇게나 퍼질러 누웠다. 천장에 어지럽게 매달린 배튼과 조명기구가 보였다. 우돈은 철수 형 팬티에서 나온 두루마리 화장지로 땀을 닦고 있었다. 우주가 물었다.

"우리 망한 거지?"

"그냥 망한 게 아니라 테러블리 컴플리틀리 인크레더블리 망했어."

철수 형이 큰 대 자로 팔다리를 펼치며 중얼댔다. 내 옆에 누워 있던 은별이 말했다.

"그래도 멋졌어요. 공연할 때 너무 섹시했어요."

내가 이어받았다.

"테러블리 컴플리틀리 인크레더블리 섹시하게 망했네."

큐 사인이라도 받은 듯 우리는 동시에 한숨을 내쉬었다. 그리고 정적.

모두 같은 생각이리라. 다시 맨땅에 헤딩이다. 우리가 새 코너를 짤 수 있을까. 새로운 게 아직 남아는 있을까. 우리 깜냥이 부족한 건 아닐까. 스튜디오가 꺼질 듯한 한숨이 다시 이어졌다.

느닷없이 우돈이 상체를 벌떡 일으키더니 천장을 향해 주먹질했다.

"인생, 너 진짜 우리한테 왜 이러는데? 우리랑 한판 붙자는 거야!"

우돈의 볼에 붙은 화장지 조각이 나풀거렸다. 그 모습에 누군가 끄윽 트림하듯이 웃었다. 잠깐의 침묵 뒤에 이번엔 내가 푸흡! 웃었고 또 잠깐 쉬었다가 크크큭 은별이 웃었다. 그리고 다음 순간.

파하하하.

우리 모두 웃음이 터졌다. 스튜디오에 누운 채 두 발을 동동 구르고, 옆 사람 팔을 때리고, 배를 잡고, 손바닥으로 바닥을 두드리고 눈물까지 흘리면서 마구 웃었다. 모든 게 코미디였다. 풀 몬티도, 류 감독도, 환호하던 작가들도, 백발마녀도 그리고 지금 이 상황도 모두가 코미디였다. 한번 터진 웃음은 쉬 그치지 않았다.

철수 형이 몸을 부스스 일으키더니 어디선가 노란색 메모지를 가져왔다.

"아이 니드 유어 시그니처. 여기에 사인해줘."

은별이 메모지를 건네받아 펼쳤다. 줄이 그어진 노란 메모지 위에 글씨가 개발새발 쓰여 있다. 은별이 내용을 읽었다.

"계약서."

계약서? 우리는 꾸물꾸물 상체를 일으켜 종이를 내려다봤다. 이어서 우돈이 읽었다.

"우리 T 방송국 18기는 18년 후 김철수의 코미디 클럽에서 다시 모여 공연할 것을 엄숙히…… 푸핫. 이게 뭐야?"

"읽은 그대로야. 너희들 뜨기 전에 미리 계약해두려고."

철수 형의 회복탄력성은 넘사벽이다. 백발마녀에게 대차게 까이고 당장 자기 앞가림도 못 하는데 18년 후를 기약하잔다.

"계약금은? 계약금 없어?"

나우주의 장난 같은 질문에 철수 형은 잠깐 고민하더니 선심 쓰듯 말했다.

"계약금으로 오늘 저녁 내가 왕궁에서 탕수육 쏜다."

"우와."

우리는 탕수육 한 그릇에 만세를 부르며 환호했다. 18년 후라니……. 그 시간이 오기나 할까. 온다 해도 오늘처럼 우리가 같이할 수 있을까?

우리는 당장 허기를 채우는 게 급하다. 서둘러 사인하는 우리를 바라보며 철수 형이 혼잣말로 중얼댔다.

"벌써부터 기대돼. 18년 후의 우리 공연. 아임 쏘 익사이트드."

  권석 형이 소설을 쓰다니! 그것도 희극인들의 이야기를ㅎㅎ. 무엇보다 이 책의 가장 큰 장점은 재밌고 잘 읽힌다는 점이다. 힘차고 빠른 전개와 살아 움직이는 캐릭터 덕분에 첫 장부터 빠져들어 단숨에 읽게 된다. 깨알 같은 유머에 웃으며 읽다가도 마지막 책장을 덮었을 때 묵직한 울림이 남는 점도 이 소설이 가진 특별한 미덕이다. 페이지마다 녹아 있는 코미디에 대한 작가의 애정과 생각은 결국 인생에 관한 질문이 아닐까. 오랜 현장 경험을 통해 나온 이 생생한 이야기를 많은 분이 함께해주셨으면 좋겠다. 권석 작가 파이팅!!!

—코미디언/MC 유재석

권석 작가를 처음 알게 된 건 그가 만든 〈무한도전〉을 통해서였다. 무도 초창기에 부진한 멤버를 '보리'에 빗대며 촌철살인(?)을 날린 장본인 아니겠나. '보리'라는 평가는 차라리 나았다, 싶다. 이 책의 등장인물들은 '쭉정이'에 가깝다. 가진 거라곤 '껍질'뿐이라서, 잃을 것도 '껍질'뿐이라서 이마저 한 겹, 두 겹 벗기를 택한 쭉정이들. 한 번이라도 웃기겠다고 옷을 벗는 이들.

'옷을 벗는다'는 관용적 표현은 으레 '어떤 지위나 자리에서 물러남'을 뜻하는 반면 이 쭉정이들은 바로 그 행위로써 '개그맨'으로 거듭난다. 그래서일까, 이들의 이야기를 따라가다 보면 '인습'이라는 껍질을 넝달아 벗고 싶어진다. 그렇게 벗고 나면 우리 모두 '알맹이'라고 자부할 것이 딱히 없는, 다 같은 쭉정이임을 시인하게 될지 모르기에.

'〈무한도전〉왜 보냐,『코미디의 영광』보면 되는데.' 이런 추천사는 차마 할 수가 없다. 둘 다 같은 사람이 만든 것이어서가 아니라 이 둘은 시리즈물에 가깝기에. 어쩌면 이 책은 〈무한도전〉의 프리퀄 아닐까. 전설적인 개그맨들이 있기까지 그들이 어떤 일들을 겪어냈을지를 담은 프리퀄. 그들이 겪어야 했던 '가혹행위'라는 역할극(쇼)을 상상하게 한다. 진부하고 웃음기 없는 그 쇼에, 주인공들은 개그쇼로 '펀치라인'을 날린다. 차원이 다른 펀치로 상대하겠다는 듯이, 다른 의미로 배를 움켜잡게 하겠다는 듯이.

—코미디언/소설가 원소윤

이 소설의 씨앗이 된 것은 유튜브에서 본 유명 코미디언의 장례식 장면이었다. 동영상은 코미디언 후배가 조문하는 모습이었다. 다리를 연체동물처럼 비비 꼬는 춤으로 인기를 끌었던 후배는 두 손을 다소곳이 모으고 말했다. "형님 가시는 길, 잘 가시라고 아랫도리로 밀어드리겠습니다." 그러더니 고인의 영정 앞에서 '숭구리당당' 춤을 추기 시작했다. '숭구리당당 숭당당 수구수구당당 숭당당' 주문을 외며 마르고 길쭉한 다리를 문어처럼 흐느적댔다. 언제 봐도 웃기는 춤에 나는 폭소를 터뜨렸는데 동영상 속에선 오히려 울음소리가 커졌다. 유가족의 곡소리와 아랫도리를 흔들어대는 후배의 춤. 둘은 서로 불편해 보이면서도 묘하게 잘 어울렸다. 문득 '이게 코미디가 아닐까'란 생각이 들었다. 어쩔 수 없이 맞닥뜨리는 인생의 비극 앞에서 울음 대신 오히려 춤과 웃음으로 화답하는 것. 코미디는 삶의 고달픔 위에서 피어나는 꽃이니까.

예능 PD로 지내면서 운 좋게 많은 톱 코미디언들과 함께 일했다. 일은 고됐지만 그들 덕분에 녹화하면서, 편집하면서, 방송을 보면서 배를 잡고 웃을 수 있었다. 하지만 내 주위엔 웃기고 싶어도 웃길 기회가 없는 코미디언들이 훨씬 많았다. 웃기는 데 국가대표급인 그들은 출신도, 외모도, 가방끈 길이도, 개그 스타일도 달랐지만 한 가지는 같았다. 세상을 웃기고 싶다는 소망! 생계형 코미디언이라 불리는 이들의 이야기를 쓰고 싶었다. 다가올 자신의 시간을 기다리며 묵묵히 칼을 벼리고, 코미디에 인생 전부를 베팅한 그들의 이야기를.

옛이야기로 잊혀가는 지상파 코미디 프로그램을 기록으로 남기고 싶은 마음도 있었다. 시청자들은 이제 TV 채널보다 유튜브나 OTT를 통해 코미디를 본다. 포맷도 스케치 코미디, 스탠드업 코미디, 숏폼 등으로 다양하게 진화했다. 하지만 코미디를 즐기는 방법이 달라졌을 뿐 코미디에 대한 대중의 사랑은 줄지 않았다. 인류가 생존하는 한 코미디는 사랑받을 것이다. 우리는 웃을 수 있는 유일한 피조물이고 우리는 웃고 싶으니까.

바쁜 중에도 흔쾌히 인터뷰를 해준 코미디언 서경석 님, 이윤석 님, 박명수 님, 손헌수 님, 김용재 님, 김병준 님께 고마움을 전한다. 코미디에 대한 애정이 넘쳐나던 그들의 눈빛을 잊을 수 없다. 수고로움을 마다하지 않고 추천의 글을 기꺼이 써준 유재석 님과 원소윤 님도 감사하다. 아울러 부족한 글을 좋게 봐주시고 출간해주신 정은영 대표님, 길을 잃지 않게끔 중심을 잡아주신 김수진 편집자님, 따뜻한 조언을 아끼지 않은 스터디 멤버들과 언제나 든든한 후원군이 돼준 가족에게도 깊은 감사의 마음을 전한다. 소설을 쓰면서 예전 코미디 프로그램의 히트 코너들을 차용했고 온라인에 나오는 여러 유머를 끌어다 썼음을 밝힌다. 소설 속 캐릭터는 실제 인물과 아무 관련 없고 작가가 상상으로 빚어낸 허구라는 점을 거듭 알려드린다.

이 책을 읽으면서 독자들이 행복했으면 좋겠다. 내가 코미디를 볼 때 그런 것처럼.

권석

코미디의 영광

© 권석, 2025

초판 1쇄 인쇄일 2025년 12월 20일
초판 1쇄 발행일 2025년 12월 30일

지은이	권석
펴낸이	정은영
편집	김수진 임종현
디자인	이선희
마케팅	이언영 연병선 임동렬 임병천 이경민
IP기획	신은혜 김현영
제작	홍동근

펴낸곳	(주)자음과모음
출판등록	2001년 11월 28일 제2001-000259호
주소	10881 경기도 파주시 회동길 325-20
전화	편집부 (02)324-2347, 경영지원부 (02)325-6047
팩스	편집부 (02)324-2348, 경영지원부 (02)2648-1311
이메일	munhak@jamobook.com

ISBN 978-89-544-7329-3 (03810)

잘못된 책은 구입한 곳에서 교환해드립니다.

이 책의 판권은 지은이와 자음과모음에 있습니다.
책 내용의 전부 또는 일부를 사용하려면 반드시 양측의 동의를 받아야 합니다.